嶽神《がくじん》(上)

白銀《しろがね》渡り

長谷川 卓

講談社

序

元亀《げんき》四年（一五七三）四月十二日、信州駒場《こまんば》に武田《たけだ》信玄《しんげん》を失った武田勢は、やがて急速にその力を失っていく。

信玄亡き後の武田氏を率いた勝頼《かつより》は、初手は遠江《とおとうみ》の高天神《たかてんじん》城を落とすなど威勢がよかったが、なまじ戦《いくさ》の才があったことが災いした。天正《てんしょう》三年（一五七五）五月、三河《みかわ》に攻め込んだ勝頼は、織田《おだ》・徳川《とくがわ》の連合軍と対決する。長篠《ながしの》の合戦である。

この合戦で、無敵を誇った武田騎馬隊は完膚《かんぷ》無きまでに叩きのめされ、多数の重臣が戦死した。織田軍の鉄砲隊の前になす術《すべ》もなかったのである。

武田軍は、さらに北条《ほうじょう》軍と徳川軍に挟撃されるに至り、甲府《こうふ》を捨て、韮崎《にらさき》に新府《しんぷ》城を築き、活路を見出そうとした。

ところが天正十年（一五八二）二月、織田信長《のぶなが》の甲州征伐が開始されるや、親類衆の離反や裏切りが相次ぎ、新府城を維持することも困難になり、城に火をかけ、都留《つる》郡の岩殿《いわどの》城に向かう。そこでも離反と裏切りに遭い、三月十一日、勝頼、嫡男《ちゃくなん》の信勝《のぶかつ》らは天目山《てんもくざん》の麓・田野《たの》に果て、ここに武田氏は滅亡した。

甲斐《かい》、信濃《しなの》、駿河《するが》と領国を広げ、隆盛を極めた戦国の雄《ゆう》・武田氏も滅亡を免れることは出来なかったのである。

しかし——。

戦乱の最中、勝頼の三男が、惨劇の地・田野から落ち延びていた。十四歳で北条から武田に嫁ぎ、十九歳でともに散った、北条氏政《うじまさ》の妹が産んだ男児である。

この物語は、武田氏滅亡の一月《ひとつき》程前に始まる。

目次

〈下巻目次〉

嶽神（上）

白銀渡り

《主要登場人物》

蛇塚《へびづか》の多十《たじゅう》　ひとり渡り。
勝三《かつぞう》（若千代《わかちよ》）　武田勝頼《たけだかつより》の三男。武田氏唯一の嫡流《ちゃくりゅう》。
千歳《ちとせ》　勝三の侍女。
栗原新之助《くりはらしんのすけ》　その兄。
蓮《れん》　金山衆《ムカデ》赤脚組組頭の娘。
北条幻庵《ほうじょうげんあん》　北条忍群《風魔《ふうま》》を配下に持つ。
風魔小太郎《こたろう》　《風魔》の棟梁《とうりょう》。
真田源次郎《さなだげんじろう》　のちの幸村《ゆきむら》。
鏑木道軒《かぶらぎどうけん》　真田忍群《猿《さる》》の棟梁。
サカキ　《猿》の小頭。
嘉門《かもん》　涌井《わくい》谷《だに》衆《束ね》。
胡桃《くるみ》　嘉門の妻。
巣雲《すくも》の弥蔵《やぞう》　巣雲衆二百余名を率いる棟梁。
大蔵十兵衛《おおくらじゅうべえ》　元武田家蔵前衆。
服部半蔵正成《はっとりはんぞうまさなり》　現伊賀忍群棟梁。
服部半蔵保長《やすなが》　前《さき》の棟梁。正成の父。

第一章　ひとり渡り

一

雷鳴が轟《とどろ》いた。

叩きつけるような雨が庇《ひさし》を打ち、回《まわ》り縁《えん》を濡《ぬ》らしている。春雷であった。

男は稲光の走る庭を座敷から見ていた。稲光が男の顔を照らし出した。頰肉の殺《そ》げた鋭い顔は、猛禽《もうきん》類を思わせた。

(武田が、滅するか)

信玄が没して九年。長篠の合戦で大敗して七年。主立った重臣は戦場に散り、信玄の時代に冷遇されていた者が軍師となり参謀となり、当代・勝頼の脇を固めている。

(勝てぬ。織田が来れば、防ぎようがない)

男の名は、幻庵《げんあん》北条宗哲《そうてつ》。梟雄《きようゆう》と言われた北条早雲《そううん》の四男である。

早雲が関東に覇を称《とな》えて百年。北条も五代を数え、氏直《うじなお》の時代になっていた。

この間、風魔《ふうま》小太郎《こたろう》率いる風魔の忍群を従え、近隣の諸勢力を相手に諜報《ちようほう》戦を繰り広げて来たのが、幻庵だった。

北条氏の最長老である幻庵の屋敷は、小田原《おだわら》城から北西に二十四町（約二・六キロメートル）離れた久野《くの》にあった。

北条氏にあって最高の所領高（五千四百五十七貫文）を得ている幻庵だったが、屋敷の作りは武骨なまでに質素であった。

一朝事ある時の備えとして、火で炙《あぶ》った板の間に飛礫《つぶて》にする小石を詰め、笠瓦を乗せる。それが幻庵屋敷の塀だった。幻庵は、その塀に囲まれた屋敷に起居し、甲斐、信濃、東海、そして関東の動きを見据えて来たのである。

だが、明応《めいおう》二年（一四九三）に生まれた幻庵は、既に老いていた。齢《よわい》は九十歳に達している。

（よう生きたものよ）

それが老いだと知りながら、述懐する回数は増えていた。が、

（まだ死ねぬ）

その思いも強かった。

「誰か、ある」

襖《ふすま》に向けて声を発した。

「ここに」

襖越しに声が届いた。備えとして配されている風魔の下忍であった。

「棟梁《とうりよう》を」

「直《ただ》ちに」

気配が去った。

老いは、風魔の棟梁・小太郎にも忍び寄って来ていた。

数えて五代目になる小太郎は、五十を過ぎている。幻庵の年と比べれば孫程の年だが、忍び働きをするのは、ここ数年が限度であった。

箱根山《はこねやま》の上空に居座っているのか、行き過ぎようともせずに春雷が鳴っている。

幻庵は、北条氏の前途に不吉な影を感じ取っていた。

二

その男が山の者であることは、直《す》ぐに看《み》て取れた。

柿渋を塗り重ねた笠を被《かぶ》り、筒袖の刺子《さしこ》を纏《まと》い、腰からは山刀と鉈《なた》を下げている。

鉈の形が里のものとは違った。刃渡りだけでも一尺（約三十センチ）、柄を含めると一尺七寸（約五十一センチ）になる、山の者が好んで使う長鉈だった。肉厚の刃は、柄のところでゆったりと逆〝く〟の字に曲がっている。

山の者が里に降りる日は、ほぼ決まっていた。各集落ごとに、春夏秋冬の何日頃と決めておき、箕《み》や籠《かご》を編んでは塩などと交換するのである。

里人の目に奇異に映ったのは、男がひとりで現れたからだった。

山の者は少なくとも数家族が集まり、小さな集団を作って行動する。里に姿を現す時は、集落の外れに野営し、女ふたりか男女が一組になって破れた箕などを集めて回る。それが習慣になっていた。

しかし、男はひとりだった。しかも笠を目深に被り、顔を隠していた。

男の顔には傷があった。右耳から左耳に達する、顔を横切る刀傷だった。

男が笠の縁を持ち上げた。日に焼けた黒い肌が脂で光り、落ち窪んだ目が細かく揺れている。男の目に、大きな百姓家が映った。力無く足を踏み出した。

男は病んでいた。

体調の異変に気づき、急いで草庵を編んだ。枝を組み合わせて屋根を作り、渋紙をかけ、その上にまた枝を乗せ、草を被せる。それで雨露はしのげた。草庵の床は、刈った枝を積み上げた。雨が流れ込んでも身体が濡れないように、自身の重さに耐え得る厚さに敷き、火種がなくなればそれを燃やした。

草庵を編み上げた夜から高熱を発した。手持ちの薬草を煎《せん》じて飲み、ただひたすら眠った。三日経っても、五日が過ぎても、熱気《ねっけ》は抜けなかった。そして十日を数え、薬草が尽き、食べ物もなくなった。塩と味噌を嘗《な》めるだけの日々が五日続き、塩も味噌も切れた。草庵から這《は》い出し、粘土を嘗めた。粘土には塩分があった。

しかし、限界だった。回復するには、もっと多くの塩が必要だった。身体が動くうちに里に下り、塩を求めなければならない。

元気な時ならば、薬草やら小鳥やら獣の肉と塩を交換出来たが、病んだ身には何もなかった。蓄えておいたものはすべて食べ尽くしており、新たに狩りをする力は残されていない。

男は襟《えり》に縫い込んでおいた金の小粒を取り出し、草庵を出た。襟に縫い込んだ金は、命を繋《つな》ぐ最後の手段であった。

§

男は百姓家の庭先に膝を突き、額《ひたい》を地面に擦《こす》りつけるようにして家の衆が声をかけてくれるのを待った。山の者から声をかけることは許されていない。その家の子供なのだろう。七つ八つの子供が男を見、家の中に駆け込んだが何の音沙汰もない。

山の者が庭先に現れるのは、余程切羽詰《せっぱつ》まった時である。待たせるだけ待たせ、己が優位に立てる時に応対するのが百姓家の遣《や》り方《かた》だった。耐えるしかなかった。

男は待った。

男は名を多十《たじゆう》と言った。

年は三十一歳。ひとりで山を渡るようになって五年が過ぎ、庭先に座るのは二度目になる。

幼子の泣き声が聞こえて来た。家の方向からではない。街道からだった。街道は諏《す》訪《わ》から韮崎《にらさき》、古府中《こふちゆう》(甲府)、勝沼《かつぬま》を経て、大月《おおつき》、猿橋《さるはし》、更に八王子《はちおうじ》の方にまで延びている。

泣き声に交じって、足音と甲冑《かっちゆう》の擦れる音も勝沼の方向から響いて来た。男は、そっと頭を擡《もた》げ、街道に目を遣った。三百を優に越す武者に足軽が従っていた。

(どこの兵だ?)

目立たぬようにと、旗も幟《のぼり》も指物《さしもの》も掲《かか》げてはいない。

(逃げているのか)

兵の中程に女人がいた。前後に侍女を従えているが、自身も自らの足で歩いている。

しゃくり上げている幼子が、女人に手を伸ばした。高貴な身分なのだろう。女人の衣《ころも》が贅沢《ぜいたく》な光沢を見せている。

約半月の間、寝込んでいた。その間に何が起こったのか。多十は知る限りの断片を頭の中に寄せ集めた。

天正九年（一五八一）十二月、武田勝頼は韮崎の新府城に移った。明けて天正十年の正月、武田方である木曾谷《きそだに》の木曾義昌《よしまさ》が織田信長に内通した。三ヵ月前のことになる。親類衆である義昌の裏切りを機に、武田衆の裏切りが相次ぎ、それに乗じて信長と信忠《のぶただ》親子、北条氏政、徳川家康《いえやす》らが木曾口、上州口、駿河口から攻め込んで来た。それから僅《わず》か一ヵ月しか経っていない――。

行軍の後方から甲冑姿の兵が先頭へと駆け上がった。驚いたのか、また幼子が泣き声を上げた。侍女が懸命にあやしている。

先頭の兵が休息を告げた。兵どもがその場に座り込んだ。街道から外れて山道を歩く時の用心のためか、山の者らしき男の姿が先頭近くにいた。男が多十に目を留め、鋭い視線を投げて来た。

朱漆を塗った胴具足《どうぐそく》を着けた兵が、多十の目の前を通り、百姓家に駆け込んだ。湯を求めている。胴に金泥《きんでい》で《大》の文字が書かれていた。

（四郎勝頼か）

武田勝頼が好んで《大》の字を雑兵《ぞうひょう》の具足に書かせたことは、まだ集落にいた頃、兵糧《ひょうろう》などを山城に運んでいた多十の耳にも達していた。

勝頼一行は、勝沼方面から来た。方角から察して、行く先は笹子《ささご》峠を越えた大月と思われた。そこにいるのは武田の重臣・小山田《おやまだ》信茂《のぶしげ》だった。信茂の居城は、岩山の上に築かれた、難攻不落と言われた岩殿城である。

（あそこか）

岩殿城まで逃げ延びれば、暫《しば》しは安泰だろう。

多十は、熱気に圧《お》され目を閉じた。

§

案内《あない》の山の者・岩松《いわまつ》が小刀を使い、朽木の腹を掘っている。刃先を見詰め、掘る手に強弱をつけ、懸命に作業を続けている。

侍女の千歳《ちとせ》は、岩松の背後に立ち、声をかける頃合を見計らっていた。岩松の手が止まり、何かを摘《つま》み上げた。黄色みを帯びた親指大の物が動いている。千歳には、その種類までは分からなかったが、幼虫であることは分かった。

岩松は摘んだ幼虫を口の中に放り込んだ。

そこに至って、岩松が背後にいる千歳に気づいた。

青い顔をして己の口を見詰めている千歳に、何用かと聞いた。岩松は、その侍女に覚えがあった。御台所《みだいどころ》に仕える侍女だった。若さと、人の目を引く華やいだものがあった。

千歳は多十を目で示し、

「あの者は」と言った。「先程から何をしているのです?」

岩松は、千歳の指した方を一瞥《いちべつ》すると、

「お目汚しでございます」と言った。「お気になさることはございません」

「そなたと同じ山の者のように見受けられますが」

「冗談ではございません」

岩松が、前歯でしごいて幼虫の筋のようなものを吐き飛ばした。

「あれは、《ひとり渡り》ですぜ」

「ひとり……?」

「掟《おきて》破りでございますよ」

掟を破り、集団から追放された者は、どこかに定住することも、山の者と口を利くことも禁じられ、ただひとり死ぬまで山から山を渡らなければならなかった。そのような者を《ひとり渡り》と言うのだ、と岩松が言った。

「お目がよければ、ここからでも見えますが」

近くに行けば顔に傷があるのが分かると、岩松は己の指を顔に走らせた。

「その者が《ひとり渡り》だと他国の者にも分かるように、追放する時に顔に刻みつけるのでございますよ」

千歳が明らかに驚いたのを見て、恐らく、と言った。

「誰ぞ仲間でも殺したのでしょう……」

岩松が笑った。口が開き、幼虫の体液が口の中に広がっているのが見えた。千歳は込み上げて来る吐き気を堪《こら》え、顔を背《そむ》けた。

「その《ひとり渡り》が、何ゆえあそこにいるのです?」

何かを求めて家の者が出て来るのを待っているのだと、岩松が小刀の切っ先で爪垢をほじりながら言った。

「欲しがるものが、あの百姓家にあるのですか」

「多分、塩でしょう。塩とか味噌は渡り者には作れませぬからな。これくらいで、よろしいですか」

「お手間を取らせました」

「あんな者、気にする値打ちなどございません。放っときなさい」

千歳は頭を下げると、御台所が休息している方へと急ぎ足で戻っていった。

「物好きなものよ」

岩松は倒木を裏に返し、また小刀を突き立てた。

§

「もし」

多十は若い女の声に戸惑いながら顔を起こした。女の目が傷を見ている。反射的に女の表情を読んだ。驚いた様子は感じられなかった。それどころか、多十の顔を覗《のぞ》き込みながら、何か、と言った。

「お手助けすることはございませぬか」

「はっ……？」

色が抜けるように白かった。香を薫《た》き染《し》めた衣を纏い、髪にはきれいに櫛《くし》の目が通っている。

「困っておいでなのでしょ？」

「いささか……」

「塩ですか、味噌ですか」

膝を折り、屈《かが》み込《こ》んだ女子《おなご》の膝の上に、包みがふたつ乗っていた。

「塩、でございます」

「味噌は？」

「味噌もあれば……」

「よかった」

女子の顔が笑み割れた。

「ここに塩と味噌が、少々ですが、ございます。お持ちなさい」

「しかし」

「いらないのですか」

「いいえ」

「遠慮は無用です」

「ありがとう存じます」

女は多十の手許に包みを置くと、

「私は使いです。御礼は……」

言いかけた女に、武者が歩み寄った。

「千歳、何をいたしておる？」

「兄上」

千歳が立ち上がった。足袋《たび》の爪先に血が滲《にじ》んでいる。

「御台所様が、困っている時は相身互いだと仰《おお》せになられ、塩と味噌を」

「そうか。お優しいの。峠を越えれば郡内《ぐんない》、小山田様の御領地だ。もう少しだぞ」

「はい」

「其《そ》の方《ほう》」

と武者が、多十に言った。

「我ら、見ての通りゆえ、過分には与えられぬが、堪えてくれよ」

「勿体《もったい》のうございます」

多十はふたりの顔を記憶に焼きつけてから、低頭した。

三

一行を見送り、里から山に戻った三日後、遠くから鋭い声が聞こえて来た。方角からすると笹子峠の辺りだった。

声は風に乗ると、思わぬ遠くまで届くことがある。多十は見晴らしの利く高台によじ上ってみた。

笹子峠は、南方にあった。鶴瀬《つるせ》宿、駒飼《こまかい》宿の向こうになる。多十は目を凝《こ》らし、耳を澄ました。静まり返っていた。

（確かに悲鳴のような気がしたが）

視線を転じ、北西方向の柏尾《かしお》から勝沼を見た。いつも通りの人気《ひとけ》のない街道が走っている。

（鳥ではあるまいな）

山の者として三十年余生きて来た己が、悲鳴と鳥の鳴き声を聞き違えるとは思えなかった。だが、一瞬のことである。十全の自信がある訳ではなかった。

（まさか小山田信茂が……）

己の身を守るために勝頼を追い返したのか。それとも、国人どもが手柄にしようと勝頼の命を狙ったのか。あるいは、織田の別働隊が一行を見つけたのか。知る由《よし》もなかったが、一行が思わしくない事態に陥っているように思えてならなかった。

千歳という名の侍女と、その兄を思い返した。胸騒ぎに似た、嫌な思いが多十の心を捕らえた。

薬草の残りは少ししかなかった。急いで薬草を摘《つ》んだ。干している間《ま》はない。草庵の中に作ってある囲炉裏《いろり》で炙ってから煎じ、味噌を嘗めては飲んだ。使い古した鍋に罅《ひび》が入った。薬湯が鍋裏を伝って熾《おき》に落ちている。胸騒ぎは確信に変わった。

一日が過ぎ、二日目の夜、大量の寝汗をかいた。着替え、眠り、また寝汗をかき、熱気が去った。

次は食べるものだった。空腹を満たさねばならない。小川の岸辺で水菜を摘み、山の中に分け入った。病み上がりの身体は、重かった。息が上がり、直ぐに汗が出た。

勝沼方向から武者の姿がぽつりぽつりと見え始めた。物見なのだろう。辺りを見回しては、笹子峠の方へと歩を進めている。

（織田方か……）

突然、藪《やぶ》の下草が騒いだ。兎《うさぎ》が飛び出し、坂を駆け上がっている。兎は前脚が短く後ろ脚が長いために、坂道を駆け下ると転げてしまうが、上るのは得意であった。逃げ切れると踏んだのだろう。兎は身体を思い切り伸ばし、速度を上げた。

多十の手から鉈が離れた。鉈はゆるりと回転しながら兎の頭部を捕らえた。

§

夥《おびただ》しい数の織田方の兵だった。街道が武者と雑兵で埋め尽くされている。

多十は草庵を畳むと、山中を東へと走った。

勝頼一行が笹子峠を越えられなかった場合、逃げ行く方向はひとつしかない。天目山の麓《ふもと》を回り、大菩薩峠《だいぼさつとうげ》へ至る山道を行くことだった。

（山の者がおったゆえ、まず案ずることはあるまいが……）

いや、と多十は首を横に振った。その者とて、どこまで信じられるか。

とにかく、自身が行き、見定めるしかなかった。地を蹴った。

甲州街道から折れた道は、田野、栖雲寺《せいうんじ》を経て大菩薩峠へと続いている。栖雲寺の手前で間道に出た多十は、勝頼主従が既に通ったか否《いな》か、踏み跡を調べた。山道は、道の脇の新芽まで徹底的に踏み荒らされていた。

多十は大菩薩峠に向かって駆け出した。木立が、見る間に後方に流れて消えた。

鬱蒼《うっそう》とした林の奥に騒《ざわ》めきがあった。兵だ。千を超す者がてんでに声を発している。武田方とは思えなかった。

間もなくして多十は、見張りの兵を木立の陰に見出した。手柄、素っ首などの言葉が切れ切れに聞こえて来た。織田方の兵か国人どもなのだろう。

（待ち構えているのだ）

多十は、這うようにして戻ると、間道を駆け戻った。半刻《はんとき》（約一時間）程走り続けた時、木立の向こうの窪地に人の気配を感じ、足を止めた。その場に佇《たたず》み、見張りの姿を探したが、それらしき姿はどこにもなかった。腹這いになって進み、窪地を見下ろした。武者姿の主従が、一塊《ひとかたまり》になって休んでいた。甲冑の胴に書かれた《大》の金文字や旗に染め抜かれた武田菱から、それが勝頼主従だと分かったが、多十を驚かせたのはその数だった。三百余名いた兵が、僅か四十数名になっていた。

多十は千歳を探した。

御台所なのだろう、絹の衣を纏った女人の傍《かたわ》らに膝を突き、手足を摩《さす》っている。

「御屋形《おやかた》様、最早《もはや》これまでかと存じまする」

重臣らしき武者が、声を振り絞った。その声に合わせ、拳《こぶし》で涙を拭《ぬぐ》う者が続いている。

「このような地で、武田は滅ぶのか」

勝頼が、天を仰いだ。

「父上、それも定めと心得ますれば、信勝喜んでお供いたしまするが」

若武者が幼子に目を遣った。

「若千代《わかちよ》は、死なすに忍びませぬ」

街道で泣きじゃくっていた幼子だった。まだ四つか五つなのだろう。枯れ落ち葉を小さな指で拾っては、空に放り上げている。

「儂《わし》とて死なせとうはない。しかし、生きるは死ぬより辛いぞ」

「それでも、生かしてやりとうございます」

「若千代は」と、御台所である相模《さがみ》の方《かた》が、か細い声を上げた。「まだこの世の楽しみを何も知りませぬ」

「儂とて、そう思わぬではない。だが、どうやって落ち延びさせる？　案内の者は逃げ、追っ手は直ぐそこまで来ているのだぞ」

「千歳」

と相模の方が、侍女の手を取った。

「そなたに頼む。新之助《しんのすけ》とともに、若千代を連れて逃げてたも」

「無理を言うでない」勝頼が言い放った。「追っ手だらけなのだぞ。逃げ延びようがないわ」

多十の中で何かが弾けた。

いかに敵兵がいようと、山は隠れるところに溢《あふ》れている。

ただひたすら逃げよと言うのなら、子供を連れていようが、難しいことではなかった。逃げ切れる。その自信が、多十にはあった。

「御免くださりませ」

多十は声を発すると、窪地に駆け降り、平伏した。

数名の武者が抜刀し、多十を取り囲んだ。

「千歳様」と、多十が言った。「先頃お情をいただいた者にございます」

武者が揃って千歳を見た。千歳も、武者を見返し、多十に視線を移した。

「そなた……」

千歳は相模の方に多十のことを話すと、怪しい者ではござりませぬ、と武者に告げた。

§

多十は見聞きして来たことを話した。

「千を超す敵兵が待ち構えております」

「よう知らせてくれました。礼を申しますぞ」

千歳が改めて尋ねた。

「そなたは、わざわざ知らせに来てくれたのですか」

「それもございますが……」

多十は己の才を語った。山の中のことならば、里の者に後れは取りませぬ。逃げ延びてみせまする。

千歳は相模の方を振り返ってから、多十に言った。

「そなたのことは何も存じませぬ。どうやって信じろと申すのですか」

「恩義としか、答えられませぬ」

「恩義は信じぬ」

勝頼だった。

「名を聞かせても其の方は知らぬやも知れぬが、親類衆筆頭であり、伯母を母とし、我が姉を妻《めと》に娶っておった穴山梅雪《あなやまばいせつ》。これまた妹を妻にしていた木曾義昌。郡内の地を任せ、血の繋がりも濃かった小山田信茂。ことごとく裏切りおった。この儂に恩義は通じぬわ」

「ではございましょうが、御屋形様」相模の方が幼子を招き寄せた。「我らとともに死なすは、むごうございまする」

「だからと言うて、見ず知らずの者に若千代を委《ゆだ》ねよと申すのか」

その時千歳は、岩松の言葉を思い出していた。

――掟破りでございますよ。

――誰ぞ仲間でも殺したのでしょう……。

千歳は多十の顔の傷を改めて見詰めた。深い傷だった。

(そなたは、何をして追放されたのじゃ？)

訊《き》きたかった。だが、それを問えば、若千代が助かる望みは完全に断たれてしまうだろう。千歳はすがる思いで相模の方を見た。

相模の方の眉が、突然開いた。

「若千代の目を信じてみるのは、いかがでしょうか」

「……若千代の？」

勝頼が得心のゆかぬ顔をしている。

「はい」

相模の方は多十を見ると、そなた、と言った。

「顔に傷があり、鬼のように見えまする。この子は、人になつかぬ子です。この子が、そなたの近くに行き、泣かなかったら信じましょう」

多十は頷《うなず》き返した。

「若」と相模の方が、幼子に言った。「あの者がひもじいと言うております。口に、この菓子を入れてお上げなさい」

白い菓子を渡された若千代は、母と多十を交互に見てから、千歳に手を伸ばした。千歳が首を横に振った。若千代は、千歳を諦《あきら》め、兄の新之助に向かおうとした。

「若千代様、御自らお与えなされませ」

新之助が顔を背けた。

若千代が多十を見た。肌の色が黒い。顔をふたつに分ける傷がある。また母親を振り向いた。

「何をしています」

母親が睨《にら》んで見せた。

若千代の足が動いた。一歩、更に一歩と近づき、多十の目の前に立ち止まると、指で多十の傷をなぞった。一回、二回となぞると、自らの口を開け、「あーん」と言った。多十が口を開けるのを待ち、菓子を入れると、急いで母の元へ走った。

四十数名の、溜め息が漏れた。

「よう頑張りました」

相模の方が若千代を抱き締めた。

「信じられぬ」

勝頼は床几《しょうぎ》から腰を上げ、信勝の名を呼んだ。

「三日月刀を若千代に与えい」

「承知」

信勝が鎧《よろい》を脱いで、懐《ふところ》から刀身が三日月の形をしている短刀を取り出し、若千代に渡した。

「大事にせいよ。これが、武田嫡流の印だからの……」

更に言い足そうとして信勝が勝頼を見た。勝頼が首を小さく横に振った。

若千代は、珍しそうに短刀を見詰めている。

「決まった以上、否やは言わぬ。其の方に頼むゆえ、逃がしてくれ」

勝頼が頭を下げた。相模の方以下、一同が勝頼に倣《なら》った。武田氏の御屋形様、御台所様、そして生き残った家臣が、揃って頭を下げているのである。多十は、こそばゆさを誤魔化そうとして尋ねた。

「どこまで逃がせばよろしいので？」

「追っ手がかからぬところまでだ。ここにおる栗原《くりはら》新之助と千歳のふたりをつけるゆえ、確《しか》と頼むぞ」

武田の嫡流を預かるのである。供が当然つくとは思っていたが、まさか女子を連れて逃げる羽目になろうとは、思ってもいなかった。千歳を連れるとなると、逃げ果《おお》す自信は揺らいだ。しかし、ふたりが行をともにするのであれば、追っ手から逃れたところで、後事を託せばよかった。

「承知いたしました」

「米など要り用のものを持たせい」

勝頼が傍らの武者に言った。武者が布袋に詰めた米と、塩や味噌を持って来た。それを見ていた勝頼が、

「迂闊《うかつ》であった」この場に不似合いな笑みを見せた。「其の方、名は何と申す？」

多十も名乗っていないことに気づき、詫《わ》びてから言った。

「蛇塚《へびづか》の多十と申します」

「多十か、忘れぬぞ」

平伏した多十の耳に、栖雲寺の方向から乱れた足音と甲冑の音が届いた。

「いたぞ」

北方に続いて、南方からも追っ手が追いついた。

「御首級《みしるし》、貰い受ける」

雪崩《なだれ》のように襲いかかって来る敵兵を、武田の主従が輪になって防いだ。

「さっ、今のうちに」

相模の方が懐剣の鞘《さや》を払いながら言った。

新之助が若千代の手を引いた。

「こちらへ」

多十が一方の繁みを指さした。千歳が繁みの手前で振り向いた。

相模の方が懐剣を口に含んでいる。迸《ほとばし》り出た血が、襟を赤く染めた。だが、それ以上深く刺せないでいる。若千代が、新之助の手を振り解き、母親に駆け寄った。

逃ゲルノデス。相模の方は血に染まった手を横に振ると、若千代に背を向け、懐剣を銜《くわ》えたまま地面に倒れ込もうとした。その背に、若千代が縋《すが》りついた。母親の口を貫いた懐剣が、項《うなじ》を抜け、若千代の目の前に飛び出した。若千代が目を剝《む》いて、切っ先を見詰めたまま泣き叫んだ。その瞬間、木立の上を影がよぎった。鳥だった。数羽の鳥が、梢の上を飛び過ぎたのだった。

「行けい。何をいたしておる」

勝頼が叫んだ。新之助が千歳の手から布袋を取り上げた。

多十は、若千代の腹に手を回し、抱え上げると、新之助と千歳の先に立ち、繁みに飛び込んだ。

走った。ゆるやかな坂道を飛ぶように走った。

追って来る一隊がいた。

「振り返るな」

新之助と千歳に命じ、ひたすら走った。新之助は命じられたことにむっとしたようだが、多十は気づかぬ振りをした。

遥か後方で、ときの声が上がった。主従揃って休んでいた辺りだった。勝頼らの命の灯が消えたのだ、と多十も、新之助も、千歳も思った。

新之助と千歳が走りながら見詰め合ったのと同時に、多十の足が止まった。

多十は若千代をその場に座らせると、竹林に飛び込み、細身の竹を数本切り出し、枝を払っている。

追いついた新之助と千歳が、座り込み、肩で息を吐いた。

（それをどうするつもりだ？）

尋ねたくとも、声が出なかった。

多十は枝を払い終えた竹を数度土に突き立て、切り口に土を詰めている。《蛇走《じゃばし》り》と名づけた、多十が好んで使う武器だった。

「あそこだ」

追っ手の一隊が、呼気を乱しながら多十らを囲もうとした。

多十の手から竹槍が放たれた。竹槍は切り口を先にして、細い尾を振りながら追っ手へと飛び、立ち木に腹を打ちつけて、飛ぶ方向を変えた。油断していた追っ手のひとりの太股《ふともも》を刺した。

二本目が飛んだ。飛び来る方向を見定めた兵が、身を躱《かわ》した。竹槍はそのまま当たらずに行き過ぎる筈《はず》だった。兵は駆け出そうとして、竹槍の尾が目の前にあるのに気づいた。竹槍は尾を左右に振りながら飛んで来たのだ。尾が兵の顔を打った。兵の鼻から血が噴き出した。

（おのれ）

兵のひとりが鉄砲を構えた。その腹に三本目の竹槍が食い込んだ。

竹槍に次いで、多十の手から鉈が離れた。頭《かしら》らしき者の首を捕らえた。

首は鈍い音を立てて地に落ちると、坂道を転がった。隊の足が止まった。首をなくした身体が、崩れるようにして倒れた。隊に怯《おび》えが奔《はし》った。腕が縮み、腰が引けている。

多十が追っ手の中に躍り込んだ。刃渡り一尺八寸（約五十四センチ）、無反《むぞり》の山刀が、木立の隙間から射す陽を受け、鈍く光った。数瞬の後、追っ手の八人は骸《むくろ》となった。

呆然と見ていた新之助が、多十に駆け寄り、足許の骸を見回した。それぞれが一撃の下に倒されていた。

「其の方、どこで剣を習うた？」

「習ったことなど、ございません」

「そうは思えぬ」

「恐らく、熊や猪と戦っているうちに身についたものでしょう」

「熊か……」

「勝ち負けではなく、食うか食われるかの戦いでございますゆえ」

多十は呟《つぶや》くように言うと、新之助をその場に残し、投げた鉈を探しに坂道を登って行った。鉈とともに、鉄砲方の腰から革袋を取っている。火薬の袋であった。

振り向いた新之助の目に、多十を見詰めている千歳が映った。

四

(遅い)

微かな苛立《いらだ》ちが多十の胸をよぎった。

千歳と新之助の足が上がらなくなってきていた。踏み出しが浅い。木の根につまずき、倒れた身体を起こすのに難渋している。米などを入れた布袋を背負い、若千代を腕に抱いたまま、ふたりを待った。

「少し休まぬか」

新之助が、喘《あえ》ぎながら言った。

「先程休んだばかりです。休み過ぎると却《かえ》って疲れます」

「相分《あい》かった」

「杖は?」

吐き出すように言った新之助の両の手には、与えたはずの竹の杖がなかった。

「捨てた」

二本の杖で身体を支え、立っていた。竹の杖は武器になった。武器を持たせておく意味も、多十にはあった。

「今日は」と千歳が言った。「どこまで参るのです？」

山に分け入り、西に向かうのだと、多十は生い茂っている林を指した。

「道がないではありませぬか」

「歩けば、道になります」

「そんな……」

「半里（約二キロメートル弱）も行けば、川の水源《みなもと》に出ます。今夜はそこで野宿いたします」

「半里なら、直ぐですね？」

「山の中は平らではありませぬ。平地の数倍はかかりましょう」

「水は間違いなくあるのですね？」

「はい」

「兄上、参りましょう」

「仕方あるまい。ここにおっては、新手《あらて》に襲われるかも知れぬしの」

「案内を頼みます」

「千歳様は？」

多十は心の中で首を横に振りながら、歩き始めた。

（受けた恩義を返したら、後は知らんぞ）

滅亡を前にした一族を見て、つい心を動かされてしまった己の軽率さが恨《うら》めしかった。関わらなければ、今頃は高みの見物をしていた筈だった。

多十は若千代を抱え、張り出した枝葉を潜《くぐ》り、草を踏まぬようにして道を作った。

千歳が後に続き、殿《しんがり》を新之助が務めた。

繁みが濃くなった。

「千歳、代われ」

新之助が先に立ち、脇差を抜いた。

邪魔な枝を払っている。

「お止《や》め下さい」

駆け戻り、多十が言った。

「どうしてだ？」

「追っ手にここを通りました、と教えるようなものです」

枝の切り口が、真新しく、白い。

「それから無闇に草を踏まぬように」

「分かった、分かった。他には？」

新之助が苛立たしげに答えた。

「ございませんが」

多十は若千代を地面に降ろすと、枝を拾い上げ、山刀を抜いた。鮮やかな手つきで余分な枝を切り落とし、三叉《さんまた》を作った。

「せっかく切られたのだから、これで枝を除けるとよいでしょう」

千歳は受け取ると、礼を言いながら新之助を見た。脇差を握っている手が、細かく震えている。

「怪我の功名ですね、兄上」

千歳が三叉で枝を掬《すく》い上げて見せた。

「…………」

新之助は頷きもせず、多十の動きを目で追った。多十は、枝の切り口に土を塗りつけていた。

§

「美味《おい》しい」

千歳が岩から染み出して来た水を掌に受け、飲み干した。

「この辺りの湧《わ》き水は、どこも皆旨《うま》いのです」

富士の御山に降った雪が地中に染み込み、湧き出したのだと、多十が説明している
と、千歳がおずおずと遮《さえぎ》った。

「申し訳ございませぬが、若様が少々空腹を覚えておられます。何か食するものは
……」

「いただいた味噌と塩がありますゆえ、何かお作りいたしましょう」

「そうですか」

千歳の顔に笑みが奔った。

「若様の御相手をしていて下されば、御用意いたします」

千歳が頭を下げて、離れた。

多十は、山刀を抜いて、繁みに入った。

程なくして、多十が戻って来た。手に竹の束と葉に包んだ水菜を持ち、腰から山鳥
を下げていた。

駆け寄って来た若千代が、山鳥を見詰めている。

「いい出汁《だし》が取れますぞ」

見る間に若千代の表情が強張《こわば》り、声を上げて泣き始めた。

突然、森のあちこちから生き物の気配が濃密に立ち上がった。多十の頭上を鳥が羽《は》

撃《ばた》いた。

「若様、いかがなされました？」

千歳と新之助が、山鳥に目を止めた。

「若様は」と千歳が言った。「鳥が駄目なのです」

「駄目？」

「そうではない」新之助が声を荒らげた。「鳥を可愛《かわい》がるのだ。それを、其の方が殺して参ったから泣かれたのだ」

「何も伺っておりません」

「そうかも知れぬが」

「多十殿、私の不注意でございました」

千歳が、恐れ入りまするが、と手を差し出した。「その鳥を、葬ってやりとうございますので」

千歳は両の掌に鳥をのせると、しゃくり上げている若千代に見せ、お墓を、と言った。

「作って上げましょう」

屈み込み、大小ふたつの丸い背を向けて、穴を掘っている。

多十は頭を数回掻《か》き毟《むし》ってから、火を熾《おこ》し、太い竹を立て掛けた。竹には米と水と水菜を入れてある。鳥が入れば、鳥飯になったのだが、緩《ゆる》く炊《た》いたそれに味噌を落とすことにした。

(我慢だ。南に下り、甲斐を出さえすれば役目は終わる)

多十は竹を組み合わせ、渋紙をのせ、簡便な草庵を作った。

一夜を過ごせればいい。それだけの庵《いおり》だった。若千代と千歳が休む処《ところ》に余った竹を敷き、多十と新之助は石に腰掛けて眠ることにした。庵の中程で炎を抑えた焚《た》き火《び》をすれば、夜の冷え込みと湿り気はどうにか防げた。

夜中に小雨が降った。渋紙に当たり、音が弾《はじ》けた。常ならば刈った草を渋紙にのせるのだが、一手間省いたために音が耳にうるさく響いた。

熾に木っ端をくべた。小さな炎が立った。若千代が千歳の胸に潜り込んで眠っている。新之助は太刀を抱えるようにして身体を支えている。燃え落ちる前に木っ端を継ぎ足し、炎を少し大きくした。渋紙の端から雨粒が光って落ちた。

§

目を覚ました新之助が、辺りを見回した。

草庵から多十の姿が消えていた。暫《しばら》く待ったが、帰って来る気配もない。

それだけの男よ。何が恩義だ。新之助は、心のどこかでほっとするのと同時に、これから何をどうしたらよいのか分からずにいる己に気づいた。

若千代君と千歳を連れ、己ひとりの才覚で落ち延びることが出来ようか。

寒気が背を奔り抜けた。

焚き火を見た。熾に微かな赤みがあった。小枝をのせ、唇を尖《とが》らせて風を送った。灰が舞い上がり、消えかけていた熾に小さな火が灯ったが、直ぐに消えてしまった。乾いた葉を拾い集め、熾にのせた。少しの間燻《くすぶ》っていたが、そこで火の気は完全に尽きてしまった。

「どうなされました？」

千歳が小声で訊いた。

「逃げられたぞ」

「まさか」

千歳が、周囲に目を遣った。

「所詮は、山の者よ。信じてはならぬのだ」

新之助は草庵の竹柱を手で叩いた。渋紙にのっていた雨粒が、それぞれの方向に流れて落ちた。

「壊れてしまいますよ」

多十だった。いつの間に、どこから戻って来たのか、見馴れぬ大きな竹籠《たけかご》を背負い、草庵の脇にいた。

「どこに行っておったのだ」

安堵してしまう己を誤魔化そうと、荒い声を発した。

「その身形《みなり》では逃げられません。お着替え下さい」

多十は籠の底から、野良着を取り出した。

「子連れの百姓の若夫婦に化けるのです」

新之助はためらい、千歳に応えを求めた。

「分かりました。着替えましょう」

着替え終えたふたりが、互いの形《なり》を見詰めている。似合わなかった。百姓とは色の白さも、所作もまったく違っていた。手足に泥をなすり、汚す。その上で、新之助には籠を背負わせ、千歳には若千代を抱かせれば、武家や奥女中の所作をどうにか隠せるだろう。

「その前に朝餉《あさげ》といたしましょうか」

籠から米と卵を取り出した。

「卵の粥《かゆ》ですが、よろしいでしょうか」

「其の方、どうやってこれらの物を手に入れたのだ？」

多十は襟を見せ、山の者は必ず金の小粒を入れておくのだと言った。

「使うてくれたのか、我らのために？」

「済みませぬ」

千歳が、床に敷いた竹に両の指先を揃え、頭を下げた。

「大仰《おおぎよう》な。頭をお上げ下さい」

小粒は塩と味噌に換えてなくなっていた筈のものだったのだと、多十は出会った時のことを話し、それよりも、と若千代も着替えさせるように言い、焚き火の灰を探った。

（消えておる。点《つ》かぬ）

新之助は、言葉に出さずに多十の動きを見詰めた。

多十は顔を熾に寄せて熱気を計ると、熾を砕いた。芯のところが赤く燃え残っていた。腰の竹筒から素早く艾《もぐさ》を取り出し、熾にのせ、息を吹きかけた。艾に火が点いた。火を枯れ葉に移し、小枝を燃やし、薪《まき》をのせた。

「上手《うま》いものだな」

新之助が呟いた。

「拙者には熾せなんだ」

§

草庵を畳み、籠に朝まで着ていた着衣や藁莫蓙《わらござ》で巻いた新之助の刀を入れ、水源を後にして南に下った。

時折、織田方の兵に姿を見られたが、百姓姿に身を窶《やつ》した一行を若千代らだと見抜いた者はいなかった。

勝沼から尾山《おやま》に抜け、西に折れて笛吹川《ふえふきがわ》沿いに進み、鰍沢《かじかざわ》から身延道《みのぶみち》に入った。この間、街道は殆《ほとん》ど通らず、街道を横目に見て、ひたすら足場の悪い間道を縫って歩いていた。

身延道は、樹々の種類から岩の数まで熟知している歩き馴れた道だった。後は南下して東海道に出、清水湊《しみずみなと》から堺《さかい》方面の船に乗せれば、逃げ果せたことになる。

(存外楽だったな)

そう思う心を隠して、多十は一行を急がせた。

鰍沢から十一里(約四十二・九キロ)、南部《なんぶ》を過ぎて万沢《まんざわ》の手前一里(約三・九キロ)の木立の中に草庵を編んだ。

奥津《おきつ》(興津)まで八里(約三十一・二キロ)を残すだけだった。奥津からは東海道を西に一里三町で江尻《えじり》に出、そこから清水道に折れれば、湊は目と鼻の先だった。

手早く草庵を編み、足軽用の陣笠を鍋代わりに、夕餉の支度に取りかかった。陣笠は、甲斐を抜ける時に怪我をした雑兵の手当をし、薬代として貰ったものだった。戦場で野営する足軽は、鉄で出来た陣笠を石の竈《かまど》に置いたり、吊るしたりして鍋として使った。その遣り方を踏襲しようとしたのだ。

「何でもよう知っておるな」

石に腰を降ろした新之助が、小まめに動く多十を見ながら言った。

「ほんに」千歳が頷いた。

「生きるためでございます」

「生きる……か」

新之助が思いついたように訊いた。

「其の方は、何ゆえ生きておるのだ?」

「さあ、何ででございましょうねえ……」

多十の脳裏にひとりの女の面影がよぎった。

憎からず思うたばかりに死なせてしまった女だった。その女への償いのためにも、生き抜かなければならぬ、と心に決めていた。

「死ねないからではございませんか」

「そうか、死ねぬか」

「無茶をしたこともございましたが、御覧の通り生き残っております」

「そうか……」

「はい」

採った山菜を湯掻《ゆが》きながら、多十が答えた。

「其の方、仲間はおらぬのか」

千歳が新之助の声を聞きつけ、振り向いた。多十の手が一瞬止まり、また動いた。

「兄上、若が機嫌ようしておられます」

若千代が、両の手を広げて、辺りを駆け回っている。

「手前は」と多十が言った。「ひとりでございます」

五

一夜が明けた。

「栗原様」

陣笠を洗って籠に仕舞い、朝餉の片づけを終えると、多十が口調を改めた。

「奥津に出れば、まずは一安心。そこで、お別れさせていただこうかと」

「船には乗らぬのか」

「申し訳ございませんが」

「千歳」

新之助が、並んで石に腰掛けている千歳の名を呼んだ。

「もしよろしければ、私どもと一緒に参りませぬか」

「そうせい」

新之助が、身を乗り出した。

「お山を離れることは出来ぬのですか」

「いえ、そのようなことは……」

「でしたら、ひとりでいるより気が晴れると思いますが」

「ありがとう存じます」

そんな暮らしも悪くないとは思うが、相手は所詮は武家である。どちらかが相手に歩み寄るとなれば、多十が譲らなければならないのは目に見えていた。小さな頃から山城に兵糧を運び、武家の勝手は知り尽くしている。

「山が好きなんでございます。それに」と、多十は言った。「山ならば生きて行く方《す》法《べ》を知っておりますし」

「無理にとは言わぬが、ここまで逃げ延びて来られたのは、其の方のお陰だ。十分な礼もせずに別れるのは心苦しい。もう少しともにおらぬか」

「別れが辛くなりますので」

「分かった。くどくは申すまい。とにかく礼を申しておく」

新之助に倣って千歳も頭を下げた。

「そのようにおっしゃられては」

多十は、後退《あとずさ》りながら立ち上がると、そろそろ出立《しゅったつ》いたしますか、と空を見上げ、雲の流れを調べた。

奥津に近づくにつれて、若千代がぐずり始めた。

「どうした？」

新之助が千歳に尋ねた。

千歳は若千代の額に掌を当てている。

「お熱はございませぬ」

「お疲れになられたのかも知れぬの？」

天地が引っ繰り返るような日々であったのだ。無理もないわ。だが、それもこれももう少しのご辛抱だ、と新之助が明るい声を発した。

しかし、一向に若千代がよくなる気配は見えなかった。それどころか、泣き声が混じるようになり、奥津の宿外れに着いた時には、ひどくしゃくり上げていた。

「何をいたしておる？」

新之助が若千代を抱き上げあやしたが、治《おさ》まるどころか息を詰まらせて顔色が変わり始めてしまった。

多十が若千代の口を覗いた。舌が丸まって咽喉《のど》を塞《ふさ》いでいる。

多十は親指と人差し指を若千代の口に捩込《ねじこ》み、舌を引いた。

若千代の咽喉が鳴り、胸が大きく膨らんだ。息は吐けたが、しゃくり上げは治まらずに続いている。

「どうしたのだ？」

新之助と千歳が、多十を見た。多十も子供を育てた経験はなかった。何が起こったのか、正確なことは何も分からなかった。ただ、まだ集落にいた頃、木の芽時になると体調を崩した子供がいたことを思い出した。

「この辺りに、何か御身体と合わない花か木があるのかも知れませぬ。少し動いてみましょう」

ぐずり始めたのは身延道だった。

「動くなら、東海道だ」

新之助の主張で、由井《ゆい》（由比）に向かった。

薩埵《さった》峠の登り口に達する頃には、今までの苦しげな様子が嘘のように治まり、いつもの若千代に戻っていた。

「今度は大丈夫であろう」

もう一度奥津に参ろうと、額を寄せている新之助と千歳に、

「花か木が因《もと》であるならば」と、多十が言った。「波打ち際を行くが得策かと存じますが」

「そうだな」

新之助と千歳の顔に光が射した。

西に向かい、保良村の手前で磯に降りた。若千代に笑顔が見えたのは一瞬のことで、直ぐにまた泣き出し、同じように進めなくなってしまった。

「今夜は宿に泊まろう」

新之助が言った。

「野宿が続き、お疲れなのだ。一晩宿でぐっすりと休まれれば、きっと良くなられる」

「宿は危のうございます」

辺りには、行商人相手の木賃宿《きちんやど》しかなかった。米も菜も十分には持たず、鍋代わり

に陣笠を使う者が泊まり、武家言葉を話していれば、どんなに鈍い者でも武田の落武者だと思うだろう。それでも宿の者が見て見ぬ振りをしてくれ、しかも近くに織田の兵がおらねば、一晩は無事に過ごせるかも知れない。だが一旦調べが入れば、宿の者に隠し立てする理由はない。足取りを追われることは必至だった。ここまで野宿を続け、苦労して追っ手の目から逃れて来たのは、何のためだったのか。

説いたが、無駄だった。

「奥津に出れば一安心だと申したのは、其の方だぞ。今更何をためらう？」

「宿に泊まるとは思いもいたしておりませんでした」

「我らはそなたと違っての、野宿ばかりでは身がもたぬのだ。泊まるのが嫌ならここで別れるが、どういたす？」

「兄上」

千歳が新之助を窘《たしな》め、多十と向き合った。

「たった一夜のことです。案ずることはござりますまい」

「今安心してはならぬのです。栗原様と千歳様が安堵の胸を撫で下ろすのは、堺に着いた時であり、ここではありません」

「そうかも知れませぬ。でも……」

「多十」

新之助は遮ると背を向け、懐に手を入れた。銭の触れ合う音がした。

「これは礼だ。受けてくれ」

「何でございますか」

「礼と申した筈だが」

「塩と味噌の恩を返しただけのこと。礼を貰おうとは思うておりませぬ」

「気持ちだ」

「受け取っては」と、千歳が口を添えた。「いただけませぬか」

「ご容赦下さい」

多十は籠から渋紙を取り出すと、

「手前のものはこれだけでございます。塩と味噌は差し上げますゆえ、随分とお気をつけて」

ふたりを交互に見詰めた。千歳の目に潤むものを認めたが、打ち捨てた。

「世話になった。礼を申す」

新之助に続いて、千歳が深く腰を折った。

多十は渋紙を懐に仕舞うと、ふたりに背を向け足早に去り、藪に入った。

ふたりは暫く凝《じ》っとしていたが、若千代を抱え上げると、保良村の方へと歩き始めた。

背後は勿論《もちろん》、左右に気を配る気配もなく、並んで歩いている。

（あそこか）

多十はふたりの後ろ姿を見送りながら、保良村の外れに百姓家を思わせる木賃宿があったことを思い出した。

（あそこに泊まろうとしているのか）

迷った。跡を尾《つ》け、見張り、陰ながら見守るべきか。恩義は返したゆえ、立ち去るべきか。

立ち去るには、余りに新之助と千歳が頼りなかった。

ここで去っては、悔いを残すことになるかも知れない。それは、いかにも辛かった。

（せめて、船に乗るまで見届けるか）

藪から走り出て、跡を尾けた。

ふたりが木賃宿に入った。

半刻程が過ぎた。宿の者なのか、ひとりの男が裏の戸口から現れ、暫しの間薪の束を数える振りをしていたが、奥津の方へと走り去った。

（そら、見たことか……）

多十は身延道に駆け込み、覚えのある竹林へと急いだ。

§

夜が明ける前に、新之助らは宿を引き払い、街道に姿を現した。奥津に向かって歩き出している。

多十は物陰に身を潜めたまま微動だにしない。山の者が身につけている獣を待つ呼吸である。

宿から昨日の男が現れ、新之助らの跡を尾け始めた。そこに至ってようやく、多十は身体を起こすと、夜の間に作っておいた竹槍の束を抱え、男の後に続いた。

大きく弧を描いた街道の先から、若千代の泣き声が聞こえて来た。新之助が強引に進もうとしているらしい。若千代の泣き声が激しさを増した。止めようとする千歳と新之助が言い争っている。泣き声が止んだ。間もなくして、千歳の駆けて来る足音が聞こえた。

多十は木立の陰に潜み、千歳と若千代を、新之助を、昨夜の男を遣り過ごした。

多十は新之助がどのような結論を下すのか、待った。

(奥津を越せぬのならば、どうするか)

新之助は、若千代の手を引いた千歳の前に立ち、身延道を北に溯《さかのぼ》り始めた。

（甲斐へ戻るのか）

そうではなかった。身延道を北に半里程進むと、西に折れた。奥津を避けて、山中を横断して江尻に抜けようとしているらしい。

考え方として悪いものではなかった。だが、それは尾行者がいない時の話だった。

男の仲間が徐々に数を増していた。ふたりが三人になり、今では七人になっている。どうやら足軽働きの覚えがある者どもらしかった。手に手に刀や槍を持っており、弓矢も二張り用意していた。新之助らを武家と見て、金品を奪い、千歳と若千代を売り飛ばす算段のようだった。男どもの呼気を探った。乱れがなかった。野盗としての場数を踏んでいるのだ。火を熾し、火縄で種火を作った。

男どもの背後に回り、一本の竹槍に葉で包《くる》んだ火薬と短い火縄を仕込んだ。竹槍は五本作った。二本は細工のない竹槍で、残る二本には二節目に細工彫りを施し、投げると風を切って笛が鳴るようにした。

若千代が泣き出さぬよう、騙《だま》し騙し歩を進めていた新之助らを、男どもが呼び止めた。

身延道を西に折れて数町入った荒れ野の中程だった。

「お武家様」

思わず振り向いた新之助と千歳の目に、野盗どもが携えている武器が飛び込んだ。

ふたりの顔が見る間に青ざめた。見逃す男どもではなかった。

（勝てる）

嵩《かさ》にかかれば造作もなく倒せる相手だ。

「殺すな」

「生け捕りにしろ」

一張りの弓が威圧するように引き絞られた。

「抗《あらが》っても無駄だぞ」

頭目株の男が凄んで見せた。

「こっちには弓も……」

弓を引き絞っていた男が、前に弾き飛ばされた。背には深々と竹槍が刺さっている。

頭目株が振り向いた。二本目の竹槍が、目の前にあった。躱せる間合ではなかった。男の腹を抉《えぐ》った。

「誰だ!?」

副頭目の頭上で笛が鳴った。竹槍が弧を描いて飛んで来ている。

「逃げろ」

走りだそうとした男どもの背後で爆発が起こった。竹槍に仕掛けられていた火薬が破裂したのだ。

一目散に駆け出した男どもを、笛を仕込んだ竹槍が追った。

多十は荒れ野に飛び出すと、新之助らに声をかけた。

「早く、こちらへ」

多十を見て、新之助と千歳の顔に笑みが奔った。千歳が若千代を胸に抱いて、小走りになった。

多十の目に、弓を引き絞っている男が映った。

「伏せろ」

多十が叫んだ。しかし、若千代を抱いていたため、千歳は即座に伏せることが出来なかった。若千代を降ろしている間に、矢が千歳の背に突き刺さった。

若千代の口から悲鳴が上がり、火が点いたように泣き出した。

「若様」

千歳は地面に座り込むと、両の腕で若千代を抱き抱《かか》えた。若千代の涙が止まった。

「千歳様、お気を確かに」

駆けつけた多十を見て、千歳の唇の間から歯が覗いた。

新之助が吠《ほ》えた。吠えたまま刀を抜き、弓を射た男の後を追って駆け出した。まだ、他にも男どもがいた。

「若様、千歳様のこと、お頼み申し上げます」

若千代が、眩《まぶ》しげに目を細めて多十を見上げた。

「若様も男です。泣いてはなりません」

若千代の目から涙が溢れそうになっている。

「男は泣かずに戦うものです」

多十は若千代に言い置くと、山刀と鉈を両の手に握り、男どもに向かった。

「懐に金の小粒が袋一杯ある。欲しくば、取ってみせい」

ふたりの男が正面から、ひとりが左の繁みから現れた。

左のひとりが、若千代目がけて走り出した。多十が間髪を容れずに反応した。走り、追い、鉈を男の首に投げつけた。

血を噴き出しながら、男が横転した。

正面からふたりが襲って来た。槍を躱し、懐に潜り込み、ひとり目の顎《あご》を斬り上げ、返す刀でふたり目の太刀を払い除け、手首を斬り、脚を払い、もがく背に止《とど》めを刺した。

直ぐに千歳の許に戻った。

まだ息があった。

「千歳様」

「多十殿、よう戻って来てくれました……」

「もう離れません。若様が無事に落ちられるまで、決して離れません」

千歳の耳許で言った。

「頼みます……」

一度閉じた千歳の唇が、震えながら小さく開いた。

「多十殿……」

掟を破った訳を訊こうとしたのだが、息が続かなかった。多十の腕の中で息を引き取った。若千代が、瞼《まぶた》を閉じた千歳の顔を撫でている。

多十は、千歳を腕に抱いたまま新之助を探した。

遠くで人の争う気配がした。

若千代が小さな手を合わせ、祈り始めた。

第二章　ムカデ

一

「幻庵様」

風魔小太郎が板廊下に平伏した。

「ただ今戻りましてござります」

小太郎に甲斐の様子を探らせていたのだった。入るよう小太郎に言った。襖を閉めた小太郎は、股に手を当て、つつっと進むと手を突いた。

見て来たことを話すよう幻庵が言った。

「大国が滅びるところを初めて見ましたが、余りに呆気なく、武田が哀れでございました」

木曾義昌、穴山梅雪ら親類衆が裏切ると、後は堰《せき》を切ったように離反と裏切りが続いたと、小太郎は話した。

「抗い、意地を見せたのは、高遠《たかとお》城主・仁科盛信《にしなもりのぶ》ただひとりでございました」

盛信以下全員が戦い、討ち死にして果てたのである。

「信玄の五男として生まれた盛信が、天下に示した武田の矜持《きょうじ》であったかに思われました」

「怒り、泣いておったのであろうの」

「恐らくは……」

小太郎は、女子《おなご》衆の奮闘と落城の様子を語り、言葉を切った。

「勝頼殿の御最期は？」

「見届けることは叶《かな》いませなんだ。そこで、雑兵に化け、訊き出して参りました」

小山田信茂の岩殿城に落ち延びようと勝頼主従は街道を急いだのだが、笹子峠の登り口で人質としていた信茂の母を取り戻されてしまった。その途端、信茂が反旗を翻《ひるがえ》した。

「弓と鉄砲で追い返され、行き場をなくし、栖雲寺に逃れようと田野で休息をとられている時……」

「襲われたのか」

幻庵が尋ねた。

「そのように聞いております」

「勝頼殿は、戦って亡くなられたのか」

「壮絶に戦った後、果てたと申す者と、ぼんやり鎧櫃《よろいびつ》に腰を降ろしていたところを槍で突かれたと申す者がおりまして、どちらが正しいのかは判然といたしませぬ」

「信勝殿は？」

「戦った後、腹を十文字にかっさばいて果てたと」

「実《まこと》か」

「御立派な御最期であった由にございます」

「姫は、弥生《やよい》姫は？」

姫とは、勝頼の正室・相模の方を指した。相模の方は、北条氏政の妹で、当代・氏直の叔母に当たった。

「懐剣で咽喉を突き、御自害なされたそうにございます」

「そうか……」

幻庵の目尻に光るものを認め、小太郎は瞬間押し黙った。終《つい》ぞ見せたことのない、老いだった。

「幻庵様」

小太郎に応え、幻庵が顔を上げた。

「田野の地に、若千代君の亡骸はなかった、との報せが入っております」

「まだ五歳であられた筈。よもや生きてはおられぬであろう」

「ところが」

山の者に抱えられ、繁みの中に逃れたという話があるのだ、と小太郎が言った。

「早速、足取りを追うてみました」

「で、どうであった？」

「林の中に追っ手と争うた跡があり、そこから大人三人の足跡が山の奥に向かってのびておりました」

「若千代君の足跡は？」

「恐らく、抱えられておられたのでございましょう。見当たりませんでした」

「首尾よく落ちられるとよいがの。このまま織田方に殺されたのでは、余りに不憫《ふびん》じゃ」

「隈無《くまな》く探させておりますゆえ、間もなく吉報をお届け出来るかと」

「そうか……」

「途中までは草を踏み、枝を払うなど、痕《あと》を残しておった由にございます」

「途中まで？」

「ぱたりと痕が消えたそうですが、おおよその方向は摑《つか》めておりまする」

「その山の者だが、腕は立つのかの？」

「追っ手を返り討ちにしたのは、その者だそうでございます。竹や鉈を使い、見る間に八人を倒したと、追っ手のひとりが息を引き取る前に言い遺したやに聞き及んでおります」

暫し黙考していた幻庵が顔を上げ、

「済まぬが」

と言った。

「はっ？」小太郎が尋ねた。「まさか、探すな、と仰せでは……」

幻庵の目と小太郎の目が絡《から》んだ。北条が生き残るためには、今この時に、どのような些細《ささい》なことでも、織田と対立すべきではなかった。風魔、即《すなわ》ち北条が動いていることを、織田方に知られるのは避けなければならない。幻庵が下した結論だった。

「居所を摑むに留めい。手出しせず、見ているのだ」

「殺されかけた時は？」

「それまでの御命と考えよ」

「それでは……」

見殺しにするのかと、小太郎は咽喉まで出かかった言葉を呑《の》み込んだ。

「御屋形様には、武田家再興のお考えはない。若をお助けいたしても、散り散りになった武田の遺臣を集める道具に使うのが関《せき》の山。敗れた時から、武田とはその程度のものになってしまったのだ」

「……承知いたしました」

小太郎が低頭して見せた。

「これで」と幻庵が、吐き捨てるように言った。「甲斐と信濃は織田のものになったか。当分は、御屋形様も手が出せぬの」

勝頼らが没するや否《いな》や、信長は武田領を分割し、功績のあった者に与えた。川尻秀隆《かわじりひでたか》に甲斐と諏訪が、滝川一益《たきがわかずます》に上野国《こうずけ》と小県《ちいさがた》、佐久《さく》が、そして武田を裏切った穴山梅雪も甲州に所領を賜《たまわ》った。梅雪を誘った家康には駿河が与えられ、家康は駿河、遠江、三河で七十万石を越す大名になった。

「何ぞ面白い話はないのか」

「目端《めはし》の利く者が動き始めましてございます」

「誰じゃ？」

「武田にあって蔵前衆を務めておりました大蔵十兵衛《おおくらじゆうべえ》なる者が、川尻秀隆に近づき、何やら探す算段をいたしております」

「探すとは、何を？」

「武田の隠し金にございます」

「あるのか、そのような金が？」

「分かりませぬ」

「あるとは思えぬが、ないとも言い切れぬの」

甲斐武田を支えたのは、甲州金と呼ばれる金鉱脈であった。

「しかし、掘り出した金に一番近いところにおった蔵前衆が動き出したとなれば……」

「そのままにはしておけぬか」

「まさに」

「あるものなら」と幻庵が、小太郎の目を見て言った。「みすみす彼奴《きやつ》らに渡しとうはないの」

「動きを確と見張っておきましょうや」

「そうだな」

二

「甲斐の者は、一人《いちにん》たりとも生かしておくな」

信長が川尻秀隆に下した命令だった。

秀隆の兵が通った後には、武田兵の屍《しかばね》だけが遺された。

信長は、信州高遠城にいた。勝頼父子の首が届けられるのと、武田の禄を食《は》んでいた侍臣の殺戮《さつりく》が完了するのを待っていたのである。

川尻勢は、武田の隠し金山であった黒川谷《くろかわだに》に迫っていた。黒川谷は大菩薩峠の北に位置する黒川山（鶏冠山《けいかんざん》）の東方山麓に刻まれた渓谷である。谷を流れる黒川を溯れば、黒川千軒《くろかわせんけん》と呼ばれる金山衆《かなやましゅう》の小屋が建ち並んでいた。

金山衆は金鉱を探り当て、掘り出すという特殊な技能集団で、蔵前衆に属す。一名をムカデと言う。ムカデにはふたつの組があり、掘りを務めとするムカデは黒脚組、火薬を専《もっぱ》ら扱うムカデは赤脚組と呼ばれた。

ムカデは合戦にも駆り出され、城攻めの際には、敵城の水脈を断つなどの働きをした。危険の多い務めを果たす技能集団であるところから、租税の免除など特別な待遇を受けていた。

信長は、特別待遇を可能ならしめる特殊能力を嫌い、例えば忍び衆を下々《げげ》の者として皆殺しにしようとしたことがあった。天正伊賀《いが》の乱と言われる伊賀攻めには、彼ら忍びが守護を認めず、自らが国を経営しようとする在り方を信長が嫌った面もあったが、面妖な集団の存在が信長の神経を逆撫でしたのである。ムカデの存在も、信長には目障りだった。

（皆殺しか……）

川尻秀隆は独りごちた。

平気で残酷になっていく己がいた。

(馴れるものだな)

黒川を溯る本隊とともに、別働隊が四方から山に入っていった。

§

「来た」

ムカデ黒脚組の見張りが、川尻勢の物見を視野に捕らえた。

ムカデだけが使う獣道を抜け、代官屋敷へと急いだ。

黒川谷の斜面を階段状に均《なら》し、石垣を積んで土留めをした上に小屋が建っている。幅二町(約二百十八メートル)、奥行五町三十間(約五百九十九メートル)に及ぶその敷地の中央にあるのが代官屋敷、通称《御屋敷》だった。以前は六組あったが、二組《ふたくみ》が全滅し、今は四組から成る黒脚組の組頭は、組屋敷を兼ねた垣と門のある《御屋敷》にいた。

見張りの報を受けた一の組の組頭・喜左次《きさじ》は《御屋敷》の奥へと走った。

奥座敷には、蔵前衆のひとり・大蔵十兵衛がいた。数日前から泊まりがけで文書《もんじょ》を調べている。

　大蔵十兵衛――。

　能役者の家に生まれたが、甲州流の土木、治水、採掘技術を会得し、代官職である蔵前衆として信玄の代から仕えて来た切れ者である。

　十兵衛は山と積み上げた文書の間から顔を覗かせると、

「慌てるな」

　と、喜左次に言った。

「御山は我らが庭だ。織田勢から逃げるなんぞ、容易《たやす》いことだ」

「ではございますが、一刻も早く立ち退いた方が」

「それよりも」と十兵衛が聞いた。「隠し部屋があるとの話だが、知らぬか」

「ここに、でございますか」

「そうだ」

　喜左次が首を捻《ひね》って見せた。

「知らぬか」

「はい」

「噂でもよい。知らぬか」

「まったく」

十兵衛が、二の組の組頭を呼んだ。

「八鍬《やくわ》」

「喜左次は知らぬらしい」

「やはり」

「分かりませぬ。一体何を……」

喜左次の腹を八鍬の脇差が貫いた。喜左次が叫び声も上げずに息絶えた。

十兵衛が、幾つかの文書を懐に捩込んだ。

「お目当てのものは？」

八鍬が十兵衛の懐に目を遣った。

「見つからぬ。其の方は？」

八鍬は配下のムカデに《御屋敷》のあらゆる壁や床に仕掛けがないか、調べさせていた。

「まだ、何も。ですが……」

「何だ？」

「組頭になって十年、隠し部屋の話など聞いたこともございませぬ」

「其の方も、ないと申すか」

「嘘偽りございませぬ」

十兵衛は暫く爪を嚙《か》んでいたが、

「戦《いくさ》働《ばたら》きに出ている間に」と言った。

「小屋が出来たとか壁が塗り替えられたとか、なかったか」

八鍬は小さくうなりながら考え込んでいたが、北隅の空き地に納屋が建てられたことを思い出し、はたと手を打った。

「いつのことだ？」

「元亀四年（一五七三）、先の御屋形様が伊那《いな》でお亡くなりになられた後でございます」

「臭いな。調べてくれようぞ」

「それよりも、川尻様がそこまで……」

「納屋が先だ」

立ち上がり、ふたりして廊下を駆けた。数名のムカデが気づき、続いた。

十兵衛が納屋の戸を蹴破った。中には燭台《しょくだい》や石臼《いしうす》などが仕舞われていた。外に投げ出し、板壁を外から叩かせた。二重になっているところはなかった。床を叩き、苦無《くない》で板を剝《は》がさせた。地下に隠し座敷らしきものはなかった。

「ございませぬな」

「余計なことは申すな」

八鍬は慌てて低頭してから、思い出したように二の組の者を集め、命じた。

「我らに与《くみ》せぬ喜左次は討った。川尻様のお手を煩《わずら》わせぬよう、速やかに一の組を抹殺せよ」

二の組の者が屋敷内に散った。

「大蔵様、ささっ、急がれませい。川尻様をお待たせしてしまいまするぞ」

十兵衛と八鍬は《御屋敷》の門前に出て、地に伏した。

§

「赤脚組はどこだ?」と秀隆が言った。「案内いたせ」

赤脚組の作業小屋と塩硝蔵は、火薬を扱うので、爆発による坑道への影響を考慮し、《御屋敷》などから三町程奥まったところにあった。

居住のための小屋は、それらの手前に建てられている。二組から成る赤脚組の組頭の居場所は《御屋敷》に設けられているのだが、寄合日以外の時は、作業小屋か赤脚組の組屋敷にいることが多かった。組屋敷とは言っても、《御屋敷》と違い、垣も門もない広い小屋に過ぎなかった。

逃げ遅れた一の組のムカデの叫び声が、風に乗って微かに赤脚組の作業小屋に届いた。

気づいたのは、赤脚組イの組組頭・庄作《しょうさく》だった。

「蓮《れん》」

庄作の娘・蓮は作業小屋の近くで弟の面倒を見ている筈だった。

蓮は十四歳になる。火薬の調合から仕掛けまで何を教えても、直ぐに覚えた。飲み込みの早さは、庄作も舌を巻く程だった。

――いずれは、蓮様が赤脚組を率いてゆくであろうよ。

組の誰もが、蓮の能力を認めていた。庄作は作業小屋を出ると、周囲に目を遣った。灌木《かんぼく》の根許に穴が掘られている。

中を覗いた。蓮と勇作《ゆうさく》が穴底の土を掘っていた。

「蓮、上がって参れ」

勇作が穴から泥に塗《まみ》れた顔を出し、蓮が続いた。

「《御屋敷》で何か起こったのやも知れぬ。五平《ごへい》と八郎太《はちろうた》を呼べ」

五平ら組の者は、塩硝蔵の壁塗り作業に駆り出されていた。

五平と八郎太が、蓮に伴われて直ぐに来た。

「何事か、ございましたか」

五平が訊いた。答えようとした庄作を囲むように、年老い、組から外され、養い小屋で暮らしている甚蔵《じんぞう》ら古老が集まって来た。

「ちと気になってな」

庄作は五平と八郎太に、様子を見てくるように言った。

「火矢は」と、八郎太が言った。「上がったのでござりますか」

火急の時は火矢を上げ、煙の色で知らせることになっていた。

「いや」

「でしたら……」

「気の所為《せい》かも知れぬが、何かあってからでは間に合わぬ。急いでくれ」

庄作はふたりを走らせると、蓮に塩硝蔵の者にも知らせるように言い、自身は山刀を取りに小屋に向かった。

§

五平が八郎太に、

「何か聞こえたか」

と走りながら訊いた。

「いや、何も」

「儂もだ。組頭の勘違いではないか」

「年だからな」

笑おうとして八郎太は、息を呑んだ。風を切り裂いて、何かが中天から落ちて来たのだ。背後で鈍い音が立ち、五平の声が突然途絶えた。

振り向いた八郎太の目に、胸と咽喉に矢を受けて昏倒しかけている五平が映った。

「五平！」

駆け寄る暇は、八郎太には無かった。風を巻き、四本の矢が背に突き刺さった。膝を折り、ぺたりと地に座り込んだ八郎太の脇を、川尻の兵が駆け抜けていった。

「おい」

手を伸ばしかけた八郎太の首を、熱いものが打った。頭の奥が、すっと軽くなり、ひどく頼りなく感じられた。

（どうしたんだ？）

首を刎《は》ねられたと気づく前に、八郎太は息絶えていた。

§

蓮が塩硝蔵から父・庄作の許に戻ろうとした時には、どこから現れたのか、至るところに川尻秀隆の兵が満ちていた。

繁みに飛び込み、崖下に降り、沼岸を這い、また崖をよじ上り、ようやく父の小屋に辿り着いた蓮の見たものは、父と弟の死骸だった。父は全身に刀傷を受け、血達磨《ちだるま》になっており、勇作は蓮が掘った穴に半身を落としていた。

蓮は父の手から山刀をもぎ取ると、見張りの兵に斬りかかった。兵の槍が一閃《いっせん》し、蓮の足を払った。地に頭を打ちつけ、蓮は気を失った。

襟首を摑まれ、引《ひ》き摺《ず》られていく途中で、蓮は息を吹き返した。小屋の周囲に、赤脚組の者の血塗《ちまみ》れの死骸が転がっていた。

組屋敷の前に、老人や女子供が集められている。蓮は、彼らの只中に放り出された。

「川尻秀隆である。抗わず、神妙にいたせば、命までは取らぬ。静まれ」

太い髭を生やした武将が、大声を発した。弓と槍を手にした兵に囲まれていたイの組とロの組の者が、山刀を捨てた。それでも斬りかかった者は、矢を射られ、槍で刺され、斬り刻まれた。

「抗うでない」

ロの組組頭・孫市《まごいち》が皆に叫んだ。

「其の方は？」

川尻秀隆が訊いた。組頭が、身分を伝えた。

「ちょうどよい。掘り出した金塊があると聞いたが、どこだ？」

「そのようなものは、ございません」

「嘘を申すと、ためにならぬぞ」

秀隆は手近にいた女の髪を摑むと引き倒した。

「言わねば殺すぞ」

女が歯を鳴らしながら孫市を見た。

「掘り出した金は蔵前衆に届けられるので、ここには何もございません」

女の腹に太刀が滑り込んだ。

秀隆は、女を蹴り倒して太刀を抜き取ると、辺りを見回した。蓮と目が合った。蓮を目の前に据えた。

「儂は面倒は嫌いなのだ。早う、申せ。金はどこにある？」

蓮の咽喉に切っ先を向けた。

「口を開けろ」

秀隆が蓮に言った。蓮の口が、僅かに開いた。秀隆の太刀が伸びた。

「お止め下さいませ」

孫市が叫んだ。

「申す気になったか」

孫市は蓮に歩み寄ると、引き摺り起こし、頬を叩いてから、思い切り女子供衆の中に突き飛ばした。

「邪魔なところにおるでないわ」

孫市は蓮に言うと、秀隆に向かい合った。

「ないものはございませぬ。調べれば、分かることでございます」

秀隆の許へ、各所を調べていた兵が入れ替わり飛んで来ては、耳打ちした。

「実《まこと》にないようだな」

「儂らに勝手をさせる御屋形様ではございませなんだ」

秀隆は、目を眩《まばゆ》げに細めると、そうらしいなと言って、十兵衛の名を呼んだ。十兵衛が悪びれる風もなく、兵の間を擦《す》り抜けて、姿を晒《さら》した。

「大蔵様……」

赤脚組の間から響動《どよ》めきが起こった。十兵衛は皆を見渡して言った。

「正直に申せばお慈悲もあると、殿様が仰せになっておられるのだ。余りお手を煩わせるでないわ」

「大蔵様は、我らを売ったのですな？」

孫市が一歩、十兵衛に詰め寄った。

「それがどうした？」

十兵衛は鼻で笑った。

「才ある者は生き残る。それだけの話よ」

「外道《げどう》が！」

罵声を浴びせ、十兵衛に飛びかかろうとした孫市が、その場で兵に斬り殺された。女たちが悲鳴を上げた。斬り口から流れ出た血が、泡を浮かべて流れ、やがて地に吸い込まれていった。

「これで」と十兵衛が言った。「イ組の組頭もロ組の組頭も死んでしまいましたが」

「構わぬ。どうせ何も話さぬのだ」

「確かに」

十兵衛が足許の死骸を見下ろしながら、負け犬どもが、と言った。

「目障りでございますな」

「殺すか」

「初めからそのおつもりでは？」

秀隆が、声に出さずに笑った。

「掘れ」

赤脚組の男衆と古老の男衆に鍬が渡された。何のための穴かは、教えられなくとも分かった。

女衆は組屋敷に入れられ、裸になるよう命じられた。蓮も背を押され、板の間に転がされた。この先我が身に何が起ころうとしているのか分かったが、涙は出て来なかった。どうせ直ぐに死ぬのだ、と思った。

五平の貰いたての女房が、裸のまま組屋敷を飛び出した。川尻の兵から歓声が上がり、次いで悲鳴が聞こえて来た。

三

古老の甚蔵は、隣の男衆に突《つっ》かれて顔を上げた。

組屋敷から女衆が出て来た。泣いている者、虚ろな目を向けている者らの中に蓮がいた。

誰が着ていたものなのか、裄《ゆき》も丈も合わぬ着物を身体に巻きつけている。

(何と……)

涙より先に怒りが込み上げて来た。鍬を握る手が震えた。

（この身なぞ、どうなってもよい……）

川尻の兵に襲いかかろうと身構えた時、

「おしの！」

叫び声を上げた者がいた。ロの組の太助《たすけ》だった。太助は、穴から這い出すと、鍬を振り回しながら女房に駆け寄ろうとした。

兵のひとりが立ちはだかった。太助の鍬が振り下ろされた。兵は難無く鍬を掻い潜ると、太助の両手首を斬り落とした。噴き出した血が、霧になって靡《なび》いた。

甚蔵は目を閉じ、息を整えると、鍬を振るった。涙が目尻から溢れ、真下に落ちた。

掘り進むにつれ、蓮の足許が見えなくなり、腰から下が穴の陰になり、やがて目に映るものは空だけになった。

鍬を取り上げられ、女が穴の中に蹴落とされて来た。

蓮がいた。

「蓮様」

甚蔵は蓮の腕を摑み、引き起こした。蓮の目が青空を映し、光った。

「蓮様」

「悔しい……」

蓮の唇が小さく開いて、閉じた。

「皆の者、よく聞け」

川尻秀隆の声がした。

「ひとり残らず、生き埋めにしてくれる。だがの、金の在り処《あか》を言うた者は助けてやる。どうだ、死にたいか、生きたいか。言うなら今しかないぞ」

穴をひとつひとつ覗き終えた秀隆が、額に青筋を浮かべ、

「埋めい」

命を下した。土が頭の上から落ちて来た。

「《籠《かご》》だ。蓮様をお助けするぞ」

甚蔵が穴の中の古老らに言った。蓮とともに蹴落とされたふたりの女が顔を見合わせた。

「私どもは？」

「済まぬ」

甚蔵が叫んだ。

「分かりました。蓮様、私どもの分も生きて……」

甚蔵が、懐に隠し持っていた小刀で女ふたりの心の臓を次々に刺した。

「急げ」

甚蔵が両の手を広げた。

§

蓮を輪の中心に置き、ぐるりを取り囲んだ者が肩を組み、頭をつけ、降り注いでくる土を受け止める。足の間から雪崩込んで来る土は足で掻き出し、固め、半円形の籠のような空間を作る。それが金山衆に伝わる《籠》という、ただひとりを生き延びさせる方法だった。

しかし、この方法には犠牲が必要だった。土の落下を受け止め終えたところで、《籠》の支えとなる者らが命を断たねばならなかった。

土のにおいに噎《む》せ返りながら甚蔵が言った。

「蓮様、懐に小刀があります。儂らの咽喉を切り裂いて下され。儂らが息を継いでおると、蓮様が苦しくなりますゆえ、一刻も早う」

「……そんな、出来ない……」

闇の中で蓮は激しく首を振った。

「儂らは死ぬと身体が固まります。この広さなら一刻（約二時間）か一刻半（約三時間）は息がもちます。その頃には川尻の兵も去っておるでしょう。そうしたら、儂らの死骸をひとつ引き剝がし、天井を掘って逃げ出すのです」甚蔵が淡々と続けた。

「蓮様、生きるのでございます。儂らの寿命は先が見えております。蓮様はお若く、先がございます。それに、組頭が言われていたように、その若さで火薬を知り抜いておられる。生き延びて、儂らの仇《かたき》を討って下され」

「……済まぬ」

　蓮は闇の底に額を押しつけ、泣いた。

「泣いてはなりませぬ。息が続かぬようになります」

「分かった」

　蓮は、口に手をあて、嗚咽《おえつ》を堪えた。

「蓮様」

　背後から声がした。古老の兵助《へいすけ》だった。

「儂が踏んでいるのは、嫁の身体でございます」

（そうだった）

　一緒に落とされたのは、兵助の長男の嫁だった。黒脚組から嫁いで来て、五年程しか経っていない。

「蓮様、儂らのためにも生き延びて下され」

「必ず生き抜いてみせる。そして仇を討つ。誓うぞ」

「されば、早く」

甚蔵が急《せ》かした。川尻の兵が、土を盛り、踏みつけているのだろう。地響きが伝わり、圧《お》された土がミシリと鳴った。

「咽喉が渇いた時は、儂らの血を飲むのですぞ」

「……分かった」

「さらばでございます」

「さらば」

手探りで甚蔵の咽喉を探り、小刀で斬り裂いた。

噴き出した血が、顔に、髪にかかり、腕を伝った。

ふたり目に手を伸ばした。顎に触れた。髭が震えていた。

§

蓮は血に濡れた身体を丸め、ひたすら時が過ぎて行くのを待っていた。

間遠になっていた血の滴《したた》る音が、途絶えた。

（どれくらい、経ったのだろう）

蓮は、息苦しさを覚え、顔を起こした。地上からは、何も聞こえて来ない。

（立ち去ったのか）

暫くして蓮は、《籠》の支柱になっているひとりを外しにかかった。肩を組み合わせたまま固まっている。襟を摑み、思い切り引いた。頭と上半身が前に傾《かし》いだ。更に引き、腰に登って、天蓋《てんがい》の土を小刀で掘った。

手首を回転させられるだけの穴を真上に掘り続けた。肩の付け根まで掘り進んだ時、小刀の先が地表に出た。

穴に耳を押しつけた。生き延びた者は誰もいないのだろう。音は絶えていた。

掘った。穴を広げ、懸命に掘った。風が穴に落ちて来た。焦《こ》げ臭かった。

（小屋か……）

火をかけられたのだと蓮は思った。蓮は深く息を吸い込んでから再び掘り続け、地表に這い出した。

四

小伏《こぶせ》の双兵衛《そうべえ》がひとり渡りになって、十五年が経つ。

齢は既に六十を数えていた。

ひとり渡りになったきっかけは、子供だった。四十歳を過ぎてやっと授かった子供が、ある時高熱を発して倒れた。双兵衛は、矢も楯もたまらず、禁断の地に走った。そこにしか自生しない薬草を目指した。

山の神が憩《いこ》う清浄の地として、集落の者たちはその地に入ることを禁じられていた。止むを得ず足を踏み入れるには、十日の斎戒沐浴《さいかいもくよく》に加えて五日の断食が欠かせなかった。

待てなかった。双兵衛は一刻も早くという思いに駆られ、掟を破った。

双兵衛の挙は、直ぐに知れた。顔に横一文字の傷をつけられ、集落を追われた。子供は死に、残された嫁は、長《おさ》の薦《すす》める男に嫁いでいった。

生きようという気持ちはなかった。ただ生きていた。それらの日々が積み重なって十五年が経っていた。

双兵衛が、この谷の近くに住処《すみか》を拵《こしら》えて、二年になる。

ひとり渡りに定住は許されない。一年以上同じところに留まっていることが知られれば、定住と見做《みな》され、殺されても文句は言えなかった。

この地が気に入った訳ではない。藪蚊が少ないので、留まっているに過ぎない。

その少女を谷で拾ったのは、三日前だった。

谷川の水に剝ぎ取られたのか、裸で川岸に浮いていた。手足は擦傷《すりきず》だらけだった。山犬に咬《か》まれたと思われる歯型もあった。相当深く咬まれたのだろう、肌肉が裂けている箇所もあった。

死んでいるのかと思った。血の気がまったくなかった。

棒の先で突いてみた。肌に、まだ弾力があった。岸に引き上げた。水を飲み、膨らんだ腹を足でそっと踏んでみた。

変化はない。

頰を数回叩き、顎を摑んで口を開きながら、腹を掌で押した。少女の身体がぴくりと震え、咽喉が鳴り、口から水柱が立った。

「おおっ」

双兵衛は、思わず声を発して、少女の顔を見詰めた。紙のように白かった顔に血の気がさして来ていた。

§

双兵衛は着物を脱ぎ、少女を包《くる》み、草庵に運んだ。草庵と言っても、枝を組み、草を被せた、雨風を凌《しの》ぐだけの簡便なものだったが、煮炊きのために囲炉裏を設けてあった。

いつもは人に知られるのを恐れて煙が出ないように小枝などを燃やすのだが、少女の冷え切った身体を暖めるため、汗ばむ程に薪を焚きつけた。

湯も直ぐに沸いた。薬草を入れてある麻袋から干した草を取り出し、湯に落とした。茶褐色の薬湯が出来た。椀に注ぎ、少女に飲ませた。

少女は時間をかけて三杯飲むと、眠りに落ちた。手足の傷口に蓬《よもぎ》の葉を揉《も》んでのせ、布で縛った。

翌朝、双兵衛が起きた時には、少女は目を覚ましていた。

「ここは、どこじゃ？」

少女が口にした最初の言葉だった。

黒川山と大菩薩峠の間にある泉水谷《せんすい》の大曲《おおまがり》と呼ばれているところだと、双兵衛は話した。

「分かるか」

少女が頷いた。

「名は？」

双兵衛が尋ねた。

「蓮」

「山犬《いぬ》に追われたようだな?」

「…………」

蓮は聞いていなかった。どこか遠くを見詰めていた。双兵衛は口を閉ざした。

§

穴から抜け出した蓮は、誰か生き残っている者がいないか、辺りを駆け回った。声に出して叫びたかったが、川尻秀隆の兵がまだ山に留まっているかも知れなかった。

燃え残っている小屋を覗き、塩硝蔵を調べた。人の気配はまったくなく、塩硝に火薬、蔵の中のものはすべて運び去られていた。父と弟の死体も消えていた。その他数名の者とともに、どこかの穴に放り込まれたのだろう。地に伏し、土を握り締め、泣いた。背を波打たせ、全身で泣いた。

やがて、涙が涸《か》れた。

立ち上がり、生き抜く方法を考えた。

作業小屋に駆け込み、火薬を詰めた竹と水火縄と火種を探し出し、懐に収めた。山刀も腰に差し、山の奥へと走った。横手《よこて》峠を越え、柳沢《やなぎさわ》峠まで行けば青梅街道《おうめかいどう》に出る。日が暮れるまでに、何としてもそこまでは行こう、と懸命に駆けた。ふと気づくと、周囲に不気味な唸《うな》りが満ちていた。

山犬だった。十数頭はいた。

蓮は、頭から浴びた血を、汗とともに撒《ま》き散らしながら駆けていたのだった。

（しまった……）

山犬は牙《きば》を剝き、距離を縮めて来た。血のにおいが更に濃くなったのだろう、鼻を蠢《うごめ》かせている。

駆けるのを止め、蓮がしゃがみ込んだ。山犬も脚を止めた。

僅かな時が流れた。

一頭の山犬が、そろりと脚を踏み出した。黒い染みの浮いた舌に涎《よだれ》が溢れている。前脚で地面を掻いた。飛びかかろうとして、山犬の脚が竦《すく》んだ。ひ弱そうに見えた少女の手に竹筒があり、その先についた紐から煙が出ている。

嗅いだことのある臭いだった。

恐ろしく大きな音が出、咬み切れぬ固いものを砕いてしまう、人間どもが作った武器だった。

山犬の背に戦慄《せんりつ》が奔った。逆毛が立った。

地を蹴り、一目散に逃げ出した。

配下の山犬どもがついて来る。どうしたのかと、吠えている。

無視した。火薬を投げつけられ、首と胴と脚がばらばらになるのは真っ平だった。

爆音が起こり、爆風が続いた。前後の脚が、地面から離れた。尻がふわりと上がり、頭を越えた。そのままの体勢で落下し、背中を嫌と言うほど地面に叩きつけられた。

(そら見ろ)

だが、配下の山犬どもの、己を見る目が冷えていた。

(いかん。これではいかん)

仲間の死骸に食らいついている奴どもを怒鳴り散らし、再び少女の跡を追った。

何としても、少女を食べなければならなかった。尻尾を丸めて逃げたところを配下に見られている。威厳を回復するには、戦うしかなかった。

追った。

二本目の火薬で、もう二頭が犠牲になった。少女の手に残っている竹筒は、あと一本だった。あれを爆発させてしまえば、嬲《なぶ》り殺しに出来る。皆を鼓舞し、少女と距離を保ちながら駆けた。

(見てろよ)

山犬は、ひょいと跳び上がると、少女に近づいた。慌てた少女が木の根につまずき、倒れた。竹筒が手から離れ、転がった。

（見たか、見たか）

山犬は奇声を発し、少女に飛びかかった。口を開け、牙を剝き、最初の一口を頰張る筈だった。

違った。顎に熱いものがぶつかり、頭がくらっとした。

どうしたんだ？　舌で探ろうとして、舌も顎もないのに気づいた。

己の舌と下顎が血の塊《かたまり》となって落ちている。

少女の手に山刀が握られていた。

（こんな小娘に……）

消えようとする意識を奮い立たせていると、配下の山犬が耳を平らに倒しながら、忍び寄って来、舌と下顎を銜えて立ち去った。

（手前《てめえ》！　それを食う気か）

叫ぼうとしたが、無駄だった。少女の姿が遠《とお》退《の》いた。己が引き摺られているのだと気づくのに、時間はかからなかった。

蓮は走った。山犬どもが共食いをしている間に、距離を稼ぐしか逃げる術《すべ》はない。餌にありつけなかった一群が、背後に迫っていた。

視界が開けた。

何だろう？　考えている暇はなかった。尚も走った。山刀を握っている手に痛みが奔った。山犬が咬みついている。振り解《ほど》こうとした。反対の手も、咬みつかれた。転がった。山犬が離れた。山刀を振り回しながら、駆け出した。その足に山犬の牙が刺さった。

激痛が奔った。山犬の首に山刀を叩きつけた。

山犬の首と胴が離れた。足を振った。首が飛んだ。軽くなった足で駆けた。崖に出た。眼下に谷川が流れていた。

振り向こうとした瞬間、山犬が飛びかかって来た。蓮は翻筋斗《もんどり》打って崖から落ち、谷川に吞まれた。

「よう生きておったものよ。強い娘《こ》だ」

と、双兵衛が言った。

§

双兵衛が、怖くないかと、顔の傷について尋ねた。

傷が何を意味するのか、蓮は組頭であった父から聞いて知っていた。

「私を助けてくれたのだから、悪い人ではあるまい。掟を破るだけの事情があったのであろう」

「そうか」

「だから、怖がってなどおらぬ」

「ならば、傷が治るまでゆっくり休んでけ」

「済まぬ」

しかし、蓮は夜の闇を怖がった。穴の中で血の滴る音を聞いていた時の記憶が、夜を拒ませたのだ。日が落ちると草庵を出、膝を抱えて夜の明けるのを待った。

篝火《かがりび》を映しているのか、川下の夜空が赤く燃えていた。それに気づいたのは、二日前になる。

「寝つかれぬ」

起き出して来た双兵衛に、赤い夜空を指さした。

「蓮の親御らを殺した奴らが、金を探して山狩りをしているのかも知れぬの。見つかったら面倒なことになるな」

「…………」

「直ぐに発とう」

「でも……」

「ひとり渡りは一年以上同じところにおると殺される。儂は、既にここに二年いる。

いささか遅きに失したが、去り時なのだ」

「では、発とう。私も、今ここでは死ねぬ」

自分の命は私ひとりのものではなく、私を生かしてくれた者らの命でもあるのだと、蓮は強く思った。

荷物と呼べるようなものは、殆どなかった。鍋を背負えば、後は細かなものだった。

「手伝おう」

味噌を入れた小さな樽《たる》などを、蓮が持った。月明かりの中を、ふたりは南に向かった。

「当ては、あるのか」

「まかせておけ」

五

山で育った蓮だったが、夜の山行は僅かに一度しか経験がなかった。それも、松明《たいまつ》の明かりに照らされた山道を黒川山山頂の神社目指して登っただけだった。今回が二度目である。二度目は、月光と己の夜目だけが頼りだった。

夜の森は湖底に似ていた。枝葉を擦り抜けた月光が縞を作り、地上に射している。石を抱き、湖底に潜ったことがあった。傍らには父がおり、岸辺には乳飲み子だった弟と病没した母がいた。ひとり蓮を遺し、皆いなくなった。

双兵衛と蓮は、ふたつの影となって進んだ。双兵衛は、決して振り向こうとしなかった。蓮の息遣いと足音を聞き、歩く速度を変えた。

頭上に張り出していた枝が疎《まば》らになり、熊笹の原に出た。風が鳴っている。笹がうねるように揺れた。

双兵衛の背が、不意に止まった。

「休もう」

「大丈夫じゃ」

気持ちがよかった。休まずとも、いつまでもどこまでも歩き続けられそうな気がした。

「無理するな。尾根に出れば、暫くは休めぬ」

「分かった」

しかし、蓮が考えていた休むのと、休み方が違った。額に浮いた汗を拭《ふ》き、水を口にすると、直ぐに出立となった。

笹の原を横切り、少し下り、這松の群生する林を抜けると、ゆるやかな上りになった。

「蓮」

と双兵衛が、足を踏み出しながら言った。口調に張り詰めた凜《りん》としたものがあった。

「はい」

蓮は思わず背筋を伸ばした。

「白銀渡《しろがねわた》りという言葉がある」

「しろがね……？」

「そうだ。夜、月の光に照らされて、尾根を歩いて渡ることを、そう言うのだ」

蓮は、尾根道を歩く己の姿を思い描いた。

「儂が子供の頃は、渡りと言えば夏に行う白銀渡りだった。昼の暑さを避けたのだ。避けても夏にこだわったのは、落ち着いた先で秋の実りを迎えたかったからだ。今は、昼行が主で、夜行はひとり渡りか急ぎの渡りだけになってしもうた……」

双兵衛は何を思い出したのか鼻水を啜《すす》ると、前方の岩を顎で指した。

「あの岩を越えれば、尾根だ」

双兵衛の手と足が岩を摑み、身体を垂直に押し上げた。蓮も双兵衛に倣《なら》って手と足を使って、岩の上に立った。

息を呑んだ。

蓮は言葉を失い、ただ目に映る光景を端から端まで見渡した。

眼下に山があった。墨色の森があった。振り仰いだ先には、深く蒼い空が果てしなく広がり、星がきらめき、月が輝いていた。

そして目の前には、月光に照らし出された一筋の尾根道が真っ直ぐに続いている。天と地の間で、生きている者は、双兵衛と己のふたりだけのように思えた。

双兵衛を見た。

月光がくっきりと輪郭を映し出し、陰影を濃くしている。双兵衛の腕が動いた。谷を示している。白いものが湧き上がっていた。

「雲海だ。よい時に来合わせたな」

雲海は見る間に山肌を這い上がると、尾根道に達した。溢れた雲が、尾根を越えて流れている。尾根道が雲に呑まれて消えた。

双兵衛が、どうだ？　と目で尋ねて来た。

蓮は、震え出そうとする身体を、両の腕で抱き締めながら頷いた。

見たこともない光景だった。音もなく湧き上がった雲が、尾根を越え、谷へ落ちて行く。静けさだけが、山を支配していた。

（恐い……）

蓮は、怯えに似たものに捕らわれた。

雲が切れて来たのだろうか、薄れ、尾根が覗いた。双兵衛が尾根へと降り始めた。

蓮は、目の前に開けた道を見た。踏み外せば、奈落に落ちる。だが、行くしかなかった。蓮が続いた。

その男どもに気づいたのは、蓮の方が先だった。蓮は、双兵衛の名を呼び、尾根の尽きる辺りの岩棚に立ち、こちらを見ていることを教えた。

「渡りだ……」

双兵衛は前後を見回し、道幅に余裕のあるところまで下がると、地に片膝を突いた。

「何か訊かれたら、正直に答えるのだぞ。よいな？」

「訊かれるのか」

「儂はひとり渡りだ。山の者を連れては渡れぬ」

「逃げてもよいぞ」

「とても逃げられぬわ。それに、蓮は山の者ではない」

男どもが、尾根に降りて来た。十三人いた。岩棚の方にも、まだ何人かいる。先頭の男が、双兵衛の顔を覗き込み、立ち止まった。

「お前さん、ひとり渡りですかい？」

「左様で」

双兵衛が答えた。

「人数からして手前どもが道を譲るところを、どうも変だと思ったら……」

男が振り返って言った。

「ひとり渡りが連れを従えておりやすが、いかがいたしやしょう？」

訊かれた男が、徐《おもむろ》に口を開いた。六十は超えているだろうか。穏やかな風貌である。

「娘さんは、山の者かな？」

「違う」

「どこのお人かな」

「ムカデじゃ」

「ムカデ……？」

男は暫《しば》し眉間《みけん》に皺《しわ》を寄せていたが、金山衆に思いが至ったのだろう。蓮に訊いた。

「そのムカデが、何ゆえ山の者と？」

蓮は助けられたことと、ひとり渡りゆえ一ヵ所に長くは留まれず、余儀なく草庵を移ることを話した。

「そうでしたか。いらぬ詮索お許し下さい。直ぐに渡りますので、申し訳ないが少し待っていて下さい」

双兵衛が深く頭を下げてから尋ねた。

「もし、お差し支えなければ、棟梁のお名前を聞かせてはいただけませんでしょうか」

「巣雲《すくも》の弥蔵《やぞう》と申します」

「巣雲の……」

山の者を取り仕切る長の中でも、巣雲衆二百余名を率いる弥蔵は、五本の指に入ると言われている棟梁だった。

「申し遅れました。ひとり渡りの双兵衛と申します」

弥蔵は双兵衛の目を見詰めると、

「何か困っていることはありませんか」と言った。「分けて上げられるものもあるかと思いますが」

「お気持ちだけいただいておきます」

「遠慮は無用になさって下さいよ」

「本当に」

「分かりました。では、気をつけて」

「棟梁も」

弥蔵が黙って微笑《ほほえ》んだ。双兵衛は深々と頭を下げた。蓮も張り詰めていたものを解いて、慌《あわ》てて双兵衛に倣った。男たちは、足並みを乱すことなく尾根を渡っていった。

「覚えておけ」

双兵衛が、男たちの後ろ姿を目で追いながら言った。

「山に逃げ込み、もし山の者と出会うたら、巣雲の弥蔵の名を出すとよい」

「助けてもらえるのか」

「それは分からぬが、直ぐに殺されることはないだろうよ」

「覚えておく」

第三章

《猿《さる》》

一

山肌にまだらに残った雪は、いつしか消えていた。真田《さなだ》氏の居城である松尾《まつお》城が、北方の山腹にぼんやりと霞《かす》んで見えた。

真田源次郎《げんじろう》は、麓にある居館の櫓《やぐら》に登り、真田郷の中央を走る街道に目を遣っていた。

上田《うえだ》から真田郷に入る。館を過ぎ、松尾城の麓を通り、鳥居《とりい》峠を越え、岩櫃《いわびつ》、吾妻《あがつま》、沼田《ぬまた》へと続く上田街道は、別名真田道と言われていた。

真田源次郎、十六歳。後の幸村《ゆきむら》である。

「源次郎様は、高いところがお好きでございますな」

守役《もりやく》の別所軍兵衛《べっしょぐんべえ》が櫓に登って来た。

「一尺でも高く。そう思うて生きておる」

「お小さい時から、そのように仰せでございました」

「その度に軍兵衛が褒《ほ》めてくれた。百万石の御大将になれまするぞ、とな」

「今でも、そのように思うております」

「そうか」

源次郎が、白い歯を覗かせた。

「して、何か用か」

「道軒《どうけん》殿がお着きになったことをお伝えに参りました」

鏑木《かぶらぎ》道軒――。

真田に仕える忍び《猿《さる》》の棟梁である。

「いつだ？　いつ着いた？」

「たった今にございます」

源次郎は櫓から大手門を見下ろした。

「ここにおったが、道軒の姿など見なかったぞ」

「若の目を掠《かす》めて、まんまと御門を通ったと言うておられました」

「彼奴《あやつ》め」

源次郎は笑い声を上げると、尋ねた。

「親父殿は？」

真田家の当主昌幸《まさゆき》は、信濃先方衆として信玄の信頼が厚かっただけでなく、武田方にあって主家を裏切らずに生き残っている唯一の武将だった。

「熱い湯を所望しておられました」

「これか」

源次郎が、右指で器に見立てた左掌の中のものを捏《こ》ねる真似をした。蕎麦粉《そばこ》を熱湯で捏ね、醤《ひしお》で食べる。蕎麦掻《が》きは、昌幸の好物であるとともに、考え事をする時に欠かせぬものであった。

「では、捏ねに参るか。知恵を絞り出さねば、いつかはこの地も見納めとなるからな」

「真田は大丈夫でございます」

「何ゆえじゃ？」

「御兄上様と源次郎様の御ふたりがおられます」

ひとつ違いの兄信幸《のぶゆき》は、十七歳で岩櫃城を預かっている。

源次郎は櫓を降り、奥の座敷に向かった。

§

「源次郎にございます」

「入れ」

道軒が椀を板床に置き低頭した。

昌幸は、箸を前歯でしごくようにして蕎麦掻きを食べている。

「親父殿、ちと情けないお姿でござりまするぞ。もそっと威厳をお保《も》ち下さりませ」

「何を申すか。箸に粘りついたところが美味なのじゃ。威厳など構っておれぬわ、のう道軒？」

「実《まこと》に」

昌幸は、再び捏ねると口に運び、そなたも食するか、と訊いた。

「頂戴いたします」

昌幸が手を叩き、椀と箸を命じた。直ぐに椀と箸が来た。源次郎は、蕎麦粉に少量の熱湯を注ぐと勢いよく捏ね始めた。

「道軒」昌幸が切り出した。「そなたを呼んだのは他でもない。隠し金の在り処を突き止めて貰いたいのだ」

「隠し金？」

源次郎は道軒を見た。初めて聞く話だった。

「誰ので、ございますか」

源次郎が訊いた。

「甲斐だ。武田だ。信玄公、勝頼公と代を継いで遺された武田の御遺金《ごいきん》だ」

「そのようなものが」源次郎には、俄《にわか》には信じられなかった。「あるのですか」

「ある」

昌幸が前歯で蕎麦掻きをしごき取った。

「新府城の普請奉行《ふしんぶぎよう》が言うておるのだから間違いない」

その普請奉行のひとりが、真田昌幸本人だった。

「儂はこの目で、躑躅ヶ崎《つつじがさき》館の石室に隠されていた信玄公の御遺金を見ておる。金は樽に詰められ、堆《うずたか》く積み上げられていた。新府城築城ごときで使い果たす量ではなかった」

「運び出したという話は、聞いておりませぬ」

「だが、館にはない。滅亡前に、御屋形様がどこぞに隠されたと考えるのが順当であろう？」

「それでは、間違いなくあるのですね？」

「勿論《もちろん》だ」

怒ったように、昌幸が言い捨てた。

「金が手に入れば、真田は生き残れるのですか」

「戦うには金が要るし、手土産に金を貰うて嫌な顔をする者はおらぬからの」

「それは、そうですが」

「この乱世を生き抜くには、知恵と金が要る。知恵と金があれば、戦えるからの。儂には、知恵は人並み以上にあるが、金は人並みにも満たぬ。どうしても、隠し金を手に入れなければならぬのだ」

昌幸は、蕎麦掻きを食べ尽くした椀の中に熱湯を注ぎ入れ、ずずっと啜った。

「見つかるのでしょうか」

「そなたなら、どこに隠す？」

源次郎は山また山の甲斐を思い描いた。茫漠としていて、絞り込むのは難しかった。

「それでは、隠すとしたら誰を使う？」

誰と言って思い当たる者はいなかった。しかし、掘るならば、技に長《た》けた者が必要だった。

（掘り師か……）

甲斐には優れた技能の金山衆がいた。

「ムカデですか」

「その辺りから調べるのが、近道でございましょう」

疾《と》うにムカデに行き着いていたのか、道軒が事も無げに言った。

「親父殿、私も道軒とともに探してみたいのですが」

「儂が留守の間、この館を守るのは誰だ?」

昌幸は館を後にして、真田の出城を回らなければならなかった。

「源次郎様、目星をつけたらお迎えにまいりましょう」

「きっとだぞ」

「よろしゅうございましょうか」

道軒が昌幸に訊いた。昌幸が頷いた。

「さすれば」

道軒は《猿》に招集をかけますゆえ、と昌幸の居室を辞した。

道軒の気配が消えるまで二口程箸を進めていた源次郎が、小声で訊いた。

「親父殿」

「何だ?」

「お尋ねしてもよろしいでしょうか」

「何か知らぬが、何でも訊くがよいぞ。儂は武田の親子と違い、息子に隠し立てはいたさぬからな」

源次郎は、自ら言い出したのにも拘《かか》わらず、この期《ご》に及んで言い渋ってしまったが、意を決して訊いてみた。

「御屋形様を、どうなさるおつもりだったのですか」

新府城での軍議の席で、昌幸は御屋形様、すなわち勝頼らを岩櫃城に招くことを提案し、了承された。この岩櫃行は、土壇場で小山田信茂の岩殿城に変更となり、ために勝頼は田野で生涯を閉じることになったのだが、

「親父殿には、御屋形様をお招きする気持ちが実《まこと》にあったのですか」

源次郎が尋ねたのは、昌幸が勝頼らを岩櫃城に招くことを提案した時には、武田滅亡は免《まぬか》れぬから、と既に織田と北条に臣従を打診していた事実があったからである。

「儂にも分からぬのだ」

昌幸は、貧相な髷《まげ》を指先で撫でた。

「あの時、もし御屋形様が岩櫃城に来られたら、はてさて、どうなったか……」

しかし、来られなかった、としか言いようがないの。昌幸はにんまりと笑うと、

「儂ら小国の者はな、あちこちに種を蒔《ま》いておかねばならぬのだ。あちらに芽が出たら、こちらの芽を抜き、こちらに芽が出たら、あちらの芽を抜くという具合にしながらの。抜くにも、芽が出てなければ抜けぬ。選ぶ道は、より多くあった方がよいのだ。そなたに答えられるのは、それだけだ」

「親父殿」

源次郎が、にやにやと笑って見せた。

「何だ、気持ち悪い奴だの？」

「何を言うても怒らぬ、と約束して下され」

「約束しよう」

昌幸が、頷いた。

「親父殿は、御屋形様よりも、御屋形様の金が目当てだったのではございませぬか」

昌幸は瞬間、源次郎を睨んでから、

「面と向こうて、よう言うた」と言った。「褒美《ほうび》として正直に応えてくれるが、私《わたくし》しようなどとは思うておらなんだぞ。御屋形様が生きている間は、な」

二

荒涼としていた。

ついこの間までは、黒川千軒と呼ばれ、賑《にぎ》わいを見せていた集落を風が吹き抜けていた。

鏑木道軒の目に、殺戮の跡が歴然と映った。黒い血溜まりには、蠅《はえ》の死骸が山をなし、蠅を食べに集まった鳥の糞《ふん》がそこら中に散らばっていた。見渡したところ、野晒《のざら》しは一体もなかった。

殺戮の張本を調べ出すのは訳も無いことだった。

黒川山に至る道筋で、殺戮者の姿は村人に目撃されていた。川尻秀隆。新たに甲斐の領主になった男だった。

この織田方の新領主は、何の目的で黒川千軒を襲ったのか。

(金か)

金以外に、目的があるとは思えなかった。代官屋敷や小屋のどこかに金を隠している、とでも疑いをかけたのか。

「あちらが赤脚組の小屋でございます」

ムカデに詳しい下忍に案内され、《御屋敷》を中心にした黒川千軒から、奥へと移った。

「ムカデの中で火薬類を扱う者どもが居住いたしておりました」

更に奥へと続く道に、点々と小山が出来ていた。手前のひとつは頂《いただき》近くに穴が開いていた。

「何だ?」

問われた下忍が調べに走り、鼻を押さえた。

「どうした?」

「生き埋めにされております」

小頭のシキミが駆け寄り、懐から取り出した手拭《てぬぐい》で鼻を覆《おお》い、穴を覗き込んでいる。

「逃げ出した者が開けた穴でございましょう」

道軒が穴の中に、燐《りん》を染み込ませた綿片を落とした。それは空中をゆったりと舞い降りながら発火した。

道軒の目に、腐乱した死骸が映った。死骸は輪になっていた。輪になった理由を推測するのは、難しい問題ではなかった。

「穴を塞ぐ前に、焼いてやれ」

殺戮者が燃やし残した小屋が薪になった。穴の口を広げ、薪を落とし、火を放った。煙が立ちのぼった。

「ちと目立ちまするな」

シキミが濃い煙を見上げた。

「だから燃やしたのだ」と道軒が言った。「近くに生き残った者が潜んでおれば、必ず見に来る」

§

翌早朝、黒脚組一の組の若い男衆が《猿》の見張りに捕らえられた。

男衆の口から、黒脚組と赤脚組の殺戮の模様が語られた。

この男は、恋仲となった赤脚組の女子と密かに逢瀬《おうせ》を楽しんでいる間に集落を襲われた。ために、一部始終を盗み見ることが出来たのだった。

内通者がいたことが判明した。蔵前衆の大蔵十兵衛であった。川尻秀隆と十兵衛が求めていたものは、

「金でございました」

隠し金の在り処を知らぬかと、執拗に尋ねていたらしい。

蔵前衆ですら知らぬ隠し金の在り処を、ムカデならば知っている。少なくとも蔵前衆の大蔵十兵衛は、そう考えたのだ。

ムカデとは、それ程の者どもなのか。

道軒は生き埋めにされた穴を思い出していた。あれは、誰かを助けるために、幾人《いくたり》かの者が犠牲になった跡であった。

（流石《さすが》、地の底で結ばれた奴どもよ……）

道軒は下忍に鋭い一瞥をくれると、

「生き残りの」と言った。「ムカデを直ちに探し出せ」

「しかし、どこをさがせば……」

シキミが辺りを見回した。

道軒が、黒脚組の男衆を目で指した。下忍から握り飯を貰い、熱い汁を啜りながら食べている。

「彼奴がよい例だ」

この地から離れられぬのだ、と道軒が言った。

「黒川山の見える範囲《あたり》に何人かはいる。まずは、其奴どもを締め上げてくれようぞ」

「されど、彼奴に飯などやらずとも。もう用済みでございますゆえ、始末させては」

「我らの様子を、気配の届かぬ遠くから見ている者がいたら、どうする？　逃げてしまうではないか」

「左様でした」

「殺すのはいつでも殺せる。飯を食わせるのも、奴らを油断させるためだ。分かったら行け」

「承知」

シキミが配下の下忍を率いて走りだした。見送った者らの中に、もうひとりの小頭サカキの姿があった。

「行かなくてよいのか、シキミに手柄を取られてしまうぞ」

「人探しは、シキミの方が得手《えて》ゆえ任せましょう」

サカキは詰まらなそうに呟くと、目を虚空に遣った。

「気になるものでもおったか？」

道軒が聞いた。鳥影もなく、何かが見えるという訳でも無さそうだった。サカキは視線を下ろそうともせずに答えた。

「何もおらぬのが気になるのです」

三

鉈で地面を掘り、土を掻き出す。

少し深くなったところで、野盗の衣類をもっこ代わりにし、土を入れ、掘った穴から放り出す。鍬があれば苦もなく掘れる穴に余分な時を費やしたが、千歳との別れを惜しんでいた新之助と若千代には丁度よかったのだろう。

千歳を穴の底に横たえる頃には、ふたりとも落ち着きを取り戻していた。

墓穴《はかあな》は、樅《もみ》の木の根方に掘った。

「樅の木は古来臣下の木、臣木と書き、おみのきと読ませていたそうにございますので、千歳様に相応《ふさわ》しいかと思います」

「左様か……」

新之助が改めて驚いたように顔を上げた。

「山の者とは、まこと物知りじゃの」

「滅相もございません。耳学問でございます」

多十は、懐から小刀を取り出し、差し出した。

「木肌に銘を刻んで下さい」

「分かった」

新之助が文字を刻んでいる。チトセノハカ。彫り跡が白く浮き立った。

「山では、彫り跡が目立つと、鬼が亡骸《なきがら》を奪いに来ると申して嫌います。彫り跡に土を塗り込めても、よろしいでしょうか」

「任せる」

多十は一握りの土を摑むと、彫り跡をなぞった。

新之助の嗚咽が聞こえて来た。

「栗原様」

若千代君が見ておられます、と言おうとして多十は、若千代の様子が妙なのに気づいた。顔色が赤く、ぼんやりしている。

若千代の額に手を当てた。焼けるように熱い。

「栗原様」

新之助が、涙に濡れた瞳を上げた。

「若様の御様子が……」

腕の中でぐったりとしている若千代を見せた。

「どうしたらよいのだ？」

若千代は、まだ幼く体力がない。動かすことは危険だった。

「道は三つございます」

急ぎ草庵を作り、お休みいただくか、昨日の木賃宿にもどるか、寺を探し、泊めて貰うかの三つです、と多十は言った。

「草庵を作るには手間がかかります。時が惜しゅうございます。また昨日の宿は、追っ手の数を集められる恐れがございますので、危のうございます」

「では、寺か」

「それが一番かと」

歩いて二日から三日のところに、以前草庵を編んだことのある場所があった。水場も近く、暮らし易いところだったが、若千代の熱が下がり回復するまでは、無理はさせられなかった。

「寺は近くにあるのか」

「確か北に一里程行ったところにあったかと」

「よし、そこに三人で泊めて貰おう」

「いいえ」と多十が言った。「おふたりでお泊まり下さい」

§

境内にある小屋でもお借り出来れば、と住職に言ったのだが、新之助と若千代は庫《く》裡《り》と渡り廊下で繋がった離れに通された。

若千代は夜具に寝かされ、水の張った桶《おけ》に手拭、煎じ薬までもが、若い僧によって運ばれて来た。

「かたじけのうござる」

新之助は、背筋を伸ばし、ゆったりと身構えて応じた。僧が低頭して離れを後にした。足音が廊下を遠退いて行く。

新之助は、ほっと息を吐き出してから、手拭を絞り、若千代の額に当てた。

(多十の言うた通りだの……)

――同じ落武者でも、重臣と見れば粗略には扱わないでしょう。鷹揚《おうよう》に、なるべく身分が高そうに振る舞って下さい。それが寺に確実に泊まる方法でございます。

――仏に仕える身なれば、身分の違いで扱いを変えることはあるまいと思うが……。

――山の者から薬草などを買い入れる一番の大口は寺でございます。昨今の僧は、世故《せこ》に長けておりまする。

――そなたの申す通りにしよう。

――それがよろしゅうございます。

多十は、新之助と若千代を竹籠の底に仕舞っておいた着物に着替えさせると、百姓の野良着を代わりに収めた。

――して、そなたはどこに？

――木陰か床下に潜み、僧がどこかに走らぬか見張っております。

――済まぬな。

――何を仰《おっ》しゃいます。変わった動きがございましたら、直ぐにもお知らせいたします。

――皆が寝静まったら、様子を見に参るがよいぞ。

――動きがあるなら、その頃ゆえ……。

――そうか……。

――明朝伺いましょう。

――待っておるぞ。

山門を潜る時振り向いたが、多十の姿は消えていた。

(拙者に愛想を尽かし、逃げたのかも知れぬ)

そう考えてしまう己が情けなかった。心を奮い立たせ、足を踏み出した。新之助に気づいた僧が歩み寄って来た。

――済まぬが、と言って背筋を伸ばした。息《そく》が熱を発しておる。休ませてはくれぬか。

§

多十は喬木《きょうぼく》の梢にいた。

好きな場所だった。木の実を口に含み、時間をかけて嚙む。そうやって随分の時を過ごしたものだった。

ひとり渡りになってからは、心静かに梢に座ったことはなかった。追うでなく、追われるでもない、ただ過ぎて行く時に身を晒していることは、行動から感情を奪った。奪われまいと何かに心を動かそうとしたこともあったが、長くは続かなかった。ともに喜び、泣く者のいない暮らしに、飾りは不要だった。

幼い若千代と頼りない新之助との旅は、新たな心の張りになり始めていた。役に立っている。それを嬉しく感じているのかと、己の心を解く。

(身勝手なものよ)

何とか若千代一行から離れようとしたのが、遠い昔のことのように思えた。

(……！)

山門の方から気配が近づいて来た。拙《つたな》い歩みだった。野盗ではない。野盗ならば、もう少し闇に馴れた足の運びをする。

目を凝らした。厚い雲が月を隠し、境内は闇に沈んでいる。夜目は利いた。利くように、集落にいた頃は、夜は火を焚かぬ暮らしをしていた。

(三人か)

三つの影は、庫裡を避け、本堂の周囲をぐるりと回ると、また山門から出て行った。山門のところに数人の者が待っていた。多十の目は、それぞれの腰に鎌が差してあるのを見逃さなかった。

（百姓どもが、血迷いおったか）

度重なる戦で、百姓も血潮に馴れ切っている。足軽に出るより、落武者狩りに走る方が、稼ぎになるのだ。今もまた、武田の遺臣らしき者が寺にいるとの報を得て、金になるか値踏みに来たのだろう。そうすると、重臣であるかのように振る舞わせたのは、裏目に出たことになる。

百姓衆は、野盗と違い、寺を襲うことはない。恐らくは寺を出たところを襲うに相違なかった。

（《御道《みち》》を作っておくか）

逃げ道である。

多十は梢から下りると、藪に隠していた竹籠を取り出し、野盗から剝いでおいた着物の袖を細く裂いた。

野盗が跋扈《ばっこ》している土地柄である。何が起こるか分からないからと、念のためにおおよその道筋は、明るいうちに見ておいた。多十は、本堂の裏手に回り、壊れた土塀を越え、裏山に続く林に踏み込んだ。

§

不覚にも眠ってしまっていた。

新之助は両の掌で顔を擦り、眠気を覚ました。不意に、新之助の動作が止まった。多十が、若千代の枕許に座っていたのだ。

「いつ、ここに？」

「たった今にございます」

「熱は随分と下がられた」

「そのようでございますね」

多十が手拭を絞り、額に当てた。若千代は小さな口を開けて眠っている。

「外の様子は」と新之助が訊いた。「どうだ？」

「新手《あらて》が現れました」

多十は百姓の動きを話した。

「腕が立つとは思えませんが、数で来るような気がいたします」

「しかし、今は動かせぬぞ」

「分かっております。寺にいる限りは安心ですので、もう暫くここにおりましょう」

「治った時は、戦うのか」

「いいえ、此度《こたび》は逃げようかと」

「逃げるのか」

「腕に覚えがある者はどこまでも追いかけて参るものですが、数を頼んだ者は諦めも早うございります。さすれば、意味なく殺すこともなかろうかと存じます」

「百姓にも家族はおろう。逃げるとするか」

新之助が、首肯して見せた。

「栗原様」

「何だ？」

「今更このようなことを申し上げても遅いのですが、奥津では少し意地になっておりました。ために千歳様を……」

「申すな。そなたが正しかったのだ」

「千歳様と約束いたしました。若千代君が無事落ち延びるまで、二度と離れぬと」

「そうか」

「存分に使ってやって下さい」

「頼りにしておるからな」

「はい」

四日後に、若千代の熱が完全に引いた。更に一日養生をし、新之助は若千代を伴い、寺を辞した。

百姓衆が、どこで襲って来るかが問題だった。寺から離れたところで襲おうとしているのであれば、待ちぼうけを食わせることが出来る。

裏山に続く林には、《御道》を作ってある。百姓衆が足軽働きをして得た知識では、《御道》を通って追うのは難しいだろう。

山門を出たところで、竹籠を背負った多十が加わった。土塀に沿って歩いた。塀の上に庫裡が見え、本堂の屋根が見えた。

「早う林に入ろう」

若千代の手を引き、小走りになった新之助の行く手に、百姓衆が立ち塞がった。百姓衆は、手に手に鎌や鍬を持ち、林から飛び出して来た。

その林の奥に《御道》はあった。

「お前様《めえ》は、武田の者じゃろう？」

頭目株の男が、一歩前に出た。

右隣の男が叫んだ。

「刀を捨てろ。儂らは本気じゃ」赤黒い鼻の頭を数回掻くと、続けた。「金と、あと、女子《おなご》はおらぬのか、その子供の母親かなんぞは？」

「おらの」と、後ろから声が飛んだ。「嚊《かか》にしてくれるわ」

「何を言う。儂のだ」

「お前こそ、何を言うか」

「黙れ黙れ、ごちゃごちゃ言うな」頭目株の男が、周りを静めてから言った。「さあ、どうする?」

「相談させてくれ」

多十が大声を発した。

頭目株の男は左右を見てから頷いた。

「あの頭目は」

と多十が、小声で新之助に言った。

「儂が倒します。新之助様は、奴らが怯んだ隙に、若千代君を抱えて林に飛び込み、真っ直ぐ走って下さい。進む道は後ろからお教えいたします」

「分かった。とにかく必死で走ればよいのだな?」

「左様です」

「いつまで」と頭目株の男が、鎌で多十らを指した。「くっちゃべってるんだ」

「待たせたな」

多十は身体を捩《ねじ》るようにして振り向くと同時に、腰から下げた鉈を抜き、頭目に投げつけた。

鉈は弧を描いて飛び、頭目の鎌を持った手指に嚙みついた。血煙が上がり、切り落とされた指が散った。

柄に括《くく》りつけられた紐が引かれ、鉈が多十の掌に戻った。

「あっ」

と、百姓衆が声を上げた。多十が再び鉈を投げる真似をした。百姓衆がふたつに割れ、林への道が開けた。

「今だ」

若千代を抱いた新之助が駆け抜けた。多十が続いた。罵声と怒声が背後から追って来た。

「真っ直ぐ」

多十が声をかけた。新之助の走る速度が増した。

「僅かに右へ」

走る角度が変わった。しかし、曲がりが浅い。

「もちっと右へ」

「これ位か」

「それ位です。次は、楠《くすのき》の古木を左に」

「曲がったぞ」

前方に繁みがあった。

「布が結《ゆ》わえてあります。結び目からの余りを見て下さい。長さが左右同じなら、突っ込む。長短ある場合は、短い方に曲がる。布は？」

「あったぞ」

「余りは？」

「同じだ」

「どうします？」

「突っ込む」

「そうです」

繁みの中の枝は、人ひとりが走り抜けられる分だけ刈り取ってある。新之助と若千代の姿が繁みに呑まれて消えた。布を引き千切った多十が続いた。

「次の布は？」

「左が短いから、左だ」

新之助と若千代が曲がり、多十も曲がり終えると、竹槍を仕掛けた。仕掛けだけが残った。もし追っ手がこの道を辿れば、仕掛けが外れ、飛び出した竹槍の餌食《えじき》になる。

「どこまで走ればよいのだ？」

新之助の呼気が乱れている。答えようと多十が背後の気配を窺《うかが》った時、

「ぎゃっ」

竹槍が刺さったのだろう。百姓の悲鳴が聞こえて来た。

「まだまだ。追っ手は諦めてはおりませぬ」

「走ればよいのだな？」

「はい」

「布があったぞ。右だな」

「左様で」

四半刻《しはんとき》（約三十分）が過ぎた。林を抜け、裏山の麓をぐるりと回り込むと、小さな泉に出た。

「休みましょうか」

「ありがたい。助かる」

新之助が大の字になって寝転んだ。若千代が真似をした。

多十は泉に入り、湧き出し口から水を汲《く》み、飲んだ。冷たい水が身体の中心を縦に駆け降りた。

「美味《うま》い水ですぞ」

若千代が飲み、新之助が続き、竹筒は空になった。再び汲みに行こうとした多十を止め、

「のう多十」と新之助が言った。「拙者にはあのような知恵はない。真似をしたくと

も出来ぬ。そなたはつくづく凄い男よの」

「また、そのような」

「これからは、そなたから学ばせて貰う。頼むぞ」

「たのむぞ」

若千代が、真似た。

四

危ないところだった。

風魔小太郎は、安堵の胸を撫で下ろしながら藪に潜んだ。

もし相手に気づくのが一瞬遅れたら、多勢《たぜい》に無勢《ぶぜい》である。追われ、取り囲まれ、恐らくは野に屍《しかばね》を晒すことになっていたであろう。

配下の下忍・三雲《みくも》とふたりだけの探索行だった。他の者どもも、ふたりか三人が一組になって、その地に若千代が足を踏み入れていたかどうか調べて歩いている。

小太郎は、葉陰から約三十間（約五十四メートル）先を見詰めた。忍びの一群が男を取り囲んでいる。

忍びの棟梁に見覚えがあった。真田の忍び《猿》を束ねる鏑木道軒だった。真田の忍びが、問い詰めているとすれば、ムカデか。

声は聞こえない。唇を読むしかなかった。

近づくことは出来なかった。これ以上近づけば、道軒に察知されてしまう。出来れば戦いたくない相手だった。

道軒の右手が横に動いた。男を取り囲んでいた忍びの動きが止まり、四囲を探っている。

小太郎は呼気を止め、気配を絶った。数瞬が過ぎ、道軒が再び足許の男に目を移した。

(恐ろしい男よ……)

三雲を見た。三雲は石のように身を固めていた。

道軒が動いているとの知らせを受けたのは八日程前、ところは久野の幻庵屋敷であった。知らせに戻ったのは、小頭の速水《はやみ》だった。

──道軒、即ち真田か。

薬研《やげん》を使う手を止め、幻庵が呟いた。幻庵の薬草に関する知識は、並の薬師《くすし》を超えていた。今も傷薬を調合しているところだった。

——彼奴《きやつ》が、何のために？

——どうやら、と小太郎が言った。隠し金を探しておるそうでございます。

——真田も動いておるとなると、本当にあるのかも知れぬの。

——道軒どもは、生き残りのムカデをこれまでに五人程探し出し、在《あ》り処《か》を訊き出そうとしたそうでございます。

——蔵前衆の、何とか申したの……。

——大蔵十兵衛でございます。

——其奴も織田の川尻秀隆と結託して探しておったという話であったな？

——まさに。

——やはり御遺金はあるのかの？

§

「知らぬ、と申すのだな？」

男が懸命に首を縦に振った。

「其の方は黒脚組三の組の組頭だ。知らぬ筈はあるまい？」

男は地べたに額を押しつけ、嘘偽りのないことを叫んだ。

「最後に訊く。他の組頭の居所を申せ」

黒川山から脱出してからは、誰とも会っていなかった。どこに潜んでいるかは、まったく分からなかった。

「そうか、どうしても痛い目に遭いたいか……」

男は涙で腫《は》らした顔を左右に振ると尻で後退り、這って逃げようとした。

逃げられぬことは男も知っていた。ぐるりを取り囲まれている。手に触れた足に縋《すが》った。懸命に縋った。腕を払われ、男は蹴飛ばされた。

取り囲んでいた者が、男の腕を摑《つか》み、引いた。

腕が伸びた。別の者が、腰の刀を抜き、何も言わずに振り下ろした。腕が付け根から断ち斬られた。

夥《おびただ》しい血が噴き出している。

「早う血止めをせねば、死ぬぞ。居所を申すのだ」

本当に何も知らなかった。首を振った。刃が、目の前できらりと光った。それが男の見た最後の光景だった。

「此奴は何も知りませぬな」

責めていた男が言った。小頭のシキミだった。

「棟梁」とシキミが、道軒に訊いた。「いかがいたしましょうや?」

「…………」

道軒は暫し考えに耽《ふけ》った。金を掘り出す現場に関わる者どもを問い質《ただ》して来た。だが、誰も知らなかった。

武田の御遺金の隠し場所を、必ず知っておかねばならぬのは誰か。武田の血を継ぎ、あわよくば再び武田を興《おこ》さんとする者。その者にこそ必要な金ではないか。思いがそこに至った時、道軒は、はた、と手を打ち合わせた。

「田野だ」

武田滅亡の地、田野から落ちた者がおるのかも知れぬ。勝頼公は死んだ。信勝公も死んだ。信勝公の下にまだ幼い弟君がおわした筈だが、やはり死んだのだろうか。あの地獄から、誰ぞ生き延びた者がおるのか。それとも誰か血縁の者に、何か託されているのか。

(まずは田野だ)

道軒は《猿》を集めると、田野近辺と田野で勝頼一行を襲った国人の許に走るよう命じた。

「追っ手から逃れた者がおる筈だ。其奴を突き止めい」

責め殺した男の死骸を残し、《猿》が散った。首を伸ばして見送った三雲が腰を浮かせようとした。

「動くな」

 小太郎が小声で諫めた。

 虫が鳴き、鳥が死骸に舞い降りた。四半刻が過ぎた。

死骸の脇の土が盛り上がり、男が地中から現れた。男は辺りを見回すと、走り去って行った。三雲が啞然として、小太郎を見上げた。

「あれが、真田の《猿》だ。念には念を入れ、瑣末《さまつ》なことを疎《おろそ》かにせぬ」

「………………」

「昏は読めたか」

「田野と……」

「よう読めたな。確かにそう言うた」

「あの者どもと戦うのですか」

三雲が心細そうに言った。

「《猿》の出方次第だが、そうなるかも知れぬな」

五

シキミ配下の三《み》ツ石《いし》が、繁みから現れた。

「分かったか」

シキミが訊いた。

「真北に五町（約五百四十五メートル）程の窪地で、五人の山の者と夕餉の支度をいたしております」

「岩松に相違ないのだな？」

岩松は、笹子峠まで勝頼らと行をともにした案内の山の者だった。小山田信茂の裏切りと同時に行方を晦《くら》ましていた。

シキミが、岩松の存在を知ったのは偶然だった。

密かに一行から離脱した者がいないか、田野から新府城へと溯ろうとしていたところ、鶴瀬宿で岩松の名を知ったのだった。

同じ頃道軒に、勝頼を襲った国人の周囲を調べていたサカキから朗報が伝えられた。

——勝頼公の御三男・若千代君が田野から落ちております。落としたのが山の者であるらしいことまでは摑めたが、問題はそれが何者であるかであった。もしやすると、岩松が見かけてはいないか。ふたりの小頭と道軒の思いは一致した。

岩松の足取りを調べて七日が経ち、里に下りては小金を使っている山の者が見つかった。案内賃で懐具合のよい岩松だった。

「相違ございませぬ」

「誰ぞ見張りを残して来たであろうな?」

「赤水《あかみず》を」

「それでよい。でかしたぞ」

シキミが振り向いて道軒を見た。

「岩松以外の者に用はない。殺せ」

道軒が言った。

「出立だ」

道軒が立ち上がったのを合図に、《猿》が樹間に消えた。

§

焼いた石に、竹筒の水をかける。水が弾け、埃《ほこり》を払った。味噌で土手を作り、中に川魚を並べる。味噌が焦げ、泡立ち、香ばしい匂いが漂って来た。

「熱っ」

摘んだものを舌の上で転がしながら、若い衆が飛び跳ねた。年嵩《としかさ》の者が笑った。岩松は、その中にいた。

「まだまだ、味噌のしみ方が足りんな」

年嵩のひとりが若い衆の肩を叩いた。途端に、若い衆が崩れるように倒れた。

「何をふざけていやがる」

若い衆を引き起こそうとして、胸に棒手裏剣が深々と刺さっているのに気づいた。鮮血が迸《ほとばし》り出ている。叫び声を発した男の口を、棒手裏剣が貫いた。

「誰だ!?」

残った四人が輪を作り、身構えた。そのぐるりを十一名の《猿》が取り囲んだ。腕が違った。数が違った。どう足掻《あが》いても、岩松らに勝ち目はなかった。

「人違いだ。よく見ろ」

と岩松が言った。

「儂らは、通りすがりの山の者だ」

「其の方が岩松か」

痩《や》せた青白い顔の男が訊いた。シキミだった。

（……人違い、じゃねえ）

それも、狙いは儂じゃねえか。岩松に震えが奔った。

「訊きたいことがある。正直に答えれば、無駄な殺生はせぬ」

「何でも答えるから、殺さないでくれ」

「よい心がけだ。前に出ろ」

岩松が、震える足で一歩、二歩と前に出た。

「若千代君の居所を申せ」

「若千代って言われても、誰だか分からねえ」

岩松が脅《おび》えた目をして、《猿》を見回した。

「知らぬ筈はなかろう。武田の若君様だ」

「若君様って、あの……」

岩松の顔に瞬間赤みが射した。シキミが、そうだ、と答えた。

「知らねえ。儂は、駒飼宿で逃げ出したので、後のことは何も見てねえ」

「跡を尾《つ》けたであろう」

「尾けてねえ。本当だ」

「嘘を吐《つ》け」

「嘘じゃねえ。尾けようとしたら織田の兵が来たので、逃げただ」

いかがいたしましょうや、とシキミが道軒を見た。

「儂が訊いてみよう」

もうひとりの小頭・サカキが言った。

シキミは不快げに眉を寄せたが、サカキは無視して進み出た。

「岩松」

「へっ」

「儂は、其の方の申したこと、信ずる」

「ありがとうごぜえやす」

岩松が、慌てて頭を下げた。

「しかしな、ちと考えてみろ。前からは国人、後ろからは織田の兵に攻められ、まんまと逃げ果《おお》す。あの一行の中に、それ程の才覚のある者がいたと思うか」

岩松は暫し考えてから、首を横に振った。

「おりやせんでした」

「であろう。ならば、どうやって逃れたかだが、何が考えられる？」

「手助けした者がおったとか……」

「そこだ、岩松」

サカキは、田野から木立深く分け入ったところで、若千代らと織田の兵が争った形跡があったと教えた。

「足の踏み跡からして、七、八名の者を倒す腕の持ち主であり、竹槍や鉈を器用に遣う。そのような者に心当たりはないか」

「とすると、山の者が……」

勝頼主従の案内に雇われてから見かけた山の者は、後にも先にもただひとりしかいなかった。その者は、ひとり渡りで塩を求めて百姓家の庭にいた。

「それが誰だか分からぬか」

「少々お待ちを」

岩松が、生き残っている三人に聞いた。

「ひとり渡り。年は三十ばかり。聞いた通り腕は立つ。野郎、名は何ってった？」

ふたりの男が見詰め合い、頷いた。

「多十だ」

「それ程の腕前の奴は、蛇塚の多十以外に考えられねえ」

「そうか、蛇塚か……」

ふたりの男が、もう一度大きく頷いた。

「その多十と申す者ならば、どこに隠れておるか分かるか」

「ひとり渡りですので、どことは言えぬのですが、安倍川《あべかわ》の手前、久能山《くのうざん》下の駿河《するが》湾に面した土地に蛇塚と呼ばれる集落があると聞いておりやす。もしかすると、そこと関わりがあるのでは……」

口から先の出任せだったが、蛇塚という土地は確かにあった。

「それだけ分かれば十分だ。よう正直に申したな」

「へへっ」

岩松ら四人が肩をすぼめ、頭を下げた。

「今ここで話したことは、誰にも申すなよ」

シキミだった。

「話せば、命はない」

このようにな。シキミの太刀が閃《ひらめ》き、岩松の脇に控えていた男の頭蓋《ずがい》が割れた。

反射的に逃げ出したふたりの山の者が、串刺しになって果てた。尻餅をつき、呆然と仲間の死を見ていた岩松の前にシキミが立ち塞がった。

「其の方は斬らぬ」

「ありがとうごぜえやす」

「小粒金をくれてやるから、立ち去れ」

シキミが懐から革袋を取り出した。

「ほれっ」

ひょい、とシキミが革袋を岩松に放った。岩松が受け取ろうと右手を伸ばした。その手首から先を、シキミの抜き放った一刀が掠め取った。手首が飛んだ。

「縛ってやれ」

配下の者が、腕の付け根を縛り、傷口に火薬を振りかけた。

「よしっ」

もうひとりの配下の者が、火種を火薬につけた。発火し、傷口を塞いだ。

「約束を守り、長生きせぃよ」

地に膝を突いた岩松を残し、一行は林の中に消えた。

岩松は死骸から晒しを巻き取り、傷口を覆った。更に仲間の懐中に手を入れ、金目のものをすべて抜き取ったところで、痛みで気を失った。

目を覚ました時には夜になっていた。額には濡れ手拭がのせられている。

(誰が……?)

飛び起きた。七人の男が焚き火を囲んでいた。

「気がついたか」

ひとりの男が立ち上がり、近づいて来た。

「傷口から見て、仲間割れではなさそうだが、何があった？」

男は手拭を拾い上げると、絞り直し、岩松に差し出した。

「怪しい者ではない。薬師・大蔵十兵衛様と供の者だ」

§

岩松は、礼を言って手拭を受け取りながら、素早く一行の顔触れに鋭い視線を投げた。

——こいつら、薬師と言うておるが……。

切り落とされた己の手首の傷を見た。特に手当を施した様子もない。

——怪しい。落武者というのでもなさそうだが、どのみち素性を隠している輩《やから》だ。山賊の類《たぐい》がふと慈悲心でも起こしたのかも知れぬ。だとしても……、えい、ままよ、これだけの人数がいれば。

岩松は、

「儲け話があるのだが」

と持ちかけた。

十兵衛らは、甲斐に点在する金山を調べた後、武田滅亡の直前に病を理由に蔵前衆の職を辞した者を訪ねた帰りだった。何か訊き出せることがあるかと微《かす》かな期待を抱いていたのだが、当人は没し、年老いた妻女が遺されていただけだった。意気の揚がらぬ一行の気を引き立てようとしてか、

「何ゆえ我らを誘う？　他にも人はおろうに」

一番身形《みなり》のいい男がからかい気味に言った。十兵衛である。

「儂の手首を斬った奴どもの鼻を明かしてやりてえのよ。お前様方には助けられた恩があるゆえ、誘うたまでのこと」

「斬ったのは、何者なのだ？」

どこの誰であるかまでは分からなかったが、身のこなしから見て忍びと思われた。

「儂からある御方の行方を訊き出そうとしたのだ」

「教えたのか」

「知らぬのだから教えようがないわ。なまじ知っておったら、殺されたかも知れぬしの」

男が笑って見せた。修羅場をくぐり抜けて来た顔をしている。男が言った。

「詳しく話してはくれぬか」

「聞いたら、手伝うて貰う。それでいいだか」

「本当の話ならな」

岩松は勿体《もったい》をつけ、僅かの間《ま》を開けて切り出した。

「武田の忘れ形見が生きている、と言ったら……」

十兵衛の顔色が変わった。手応えを感じた岩松が続けた。

「若千代君だ。どこに隠れているかは分からねえが、ついているのは儂と同じ、山の者。およその見当はつくというものだ。取っ捕まえて織田に差し出せば、金になること間違いない。どうだ、手伝わんか」

「嘘だと思ってるな」

十兵衛が大声で笑い始めた。

「そうではない。人は助けるものだ、とつくづく思うたのだ。運が舞い込んで来おったわ」

「運だと？」

「そうだ。まさか生き残りがいようとは、思いもしなかった。ぬかったわ」

「……どういうことだ？」

「もっと金になる話をしよう」

岩松の目に、光が宿った。

「武田の御遺金探しだ。どうだ、手伝うか」

岩松が何度も頷きながら身を乗り出した。

六

多十は、若千代と栗原新之助とともに大菩薩嶺の西斜面にいた。

枝を強固に組んで作った草庵は、馴れてしまえば寝心地の悪いものではなかった。壁面は草を編み、天井は柿渋を塗った紙の上に干した草を被せて雨漏りを防ぎ、寝所の部分には土を盛り、寝藁を敷いた。煮炊きは、中央に切った囲炉裏で行っていた。

千歳の死は、それぞれの心にぽっかりと穴を空けていた。新之助は己が力の至らなさに打ちのめされ、多十は目の前にいながらむざむざと死なせたことに、悔やみ切れないものを負い、若千代は、生母に次いで千歳と、縋るべき母性を失《な》くしていた。

武装した百姓衆から逃れ、新たに始めた三人の旅は、ぎこちないものだった。それを救ってくれたのは、皮肉なことに織田の落武者狩りであった。緊張を強いられたことが、心の空洞を忘れさせてくれたのだった。

山に分け入っては、多十が道を拓《ひら》き、若千代を背負った新之助が黙々と続いた。時に若千代も新之助に倣い、道を歩いた。若千代から、少しずつ幼さが抜け落ちていった。

だが、どこにいても落武者狩りの目は厳しく、ならば、と振り出しの地の近くに戻った。西に落ちることは諦めざるを得なかった。

若千代には、奥津以来、彼《か》の地で見せたような激しい引きつけを起こす兆候は見受けられなかった。

(あれは、何だったのか)

と思うこともあったが、考えて分かることでもなさそうに思え、多十は記憶の隅に置くに止《とど》めた。

§

太い竹筒で水を汲み、栓をして、草庵に運ぶ。

水場近くは山菜摘みの里人の目があり危ないからと、遠く離れたところに草庵を設けたために、三日に一度は竹筒の束を背負って水場に降りなければならなかった。

米や塩、味噌などは、新之助が集落に立ち寄って買い求め、緑のものは山菜を摘んだ。肉は、主に兎を食べた。鳥は宿場に持ち込むと金に成り易く重宝なのだが、鳥を射落とすと若千代が泣くので捕れないでいる。

密かに鳥を射たこともあったが、どういう訳か教えなくとも若千代には分かってしまうのだった。

若千代に他人《ひと》と違う感覚があると気づいたのは、雀と遊んでいる光景を見た時だった。若千代は、頭や肩に雀を留まらせ、土いじりをしていた。人に馴れぬ野の鳥が、若千代だけにはためらうことなく、近づいて来るのである。

多十の姿を認め、若千代と新之助が駆け寄って来た。若千代も新之助も月代《さかやき》を伸ばし、髪を後ろで束ね、すっかり山の者らしくなっている。

「手伝うぞ」

新之助が籠の底に手を当てた。

「ありがとう存じます」

「何の」

「何が入っておるのだ？」

若千代が籠の中を覗き込んだ。

水菜が入っているだけだった。

多十が腰を回した。兎がぶら下がっていた。

「おっ」

と若千代が声を上げた。

「つぶすのか」

「若と栗原様と多十が生きるためには、食べなければなりません」

「分かっておる」

枝から紐を垂らし、兎の後ろ脚を縛って吊り下げ、小刀を使い、脚から皮を剝いだ。若千代が小さな口を開け、身動きせずに見ている。

「鳥は、だめだぞ」

若千代が突然、目にうっすらと涙を溜めて言った。

「分かっております。ですから、泣かないで下さい」

「泣いてなどおらぬ」

「泣いたら食べさせませんよ」

「だから、泣いておらぬ」

「それでこそ若様です」

「約束だぞ」

「鳥は駄目。約束は守ります」

皮を剝かれた兎が、赤い肉の塊となった。

若千代は二、三歩後退ってから、枯れ枝を集めている新之助の方へと走り去った。

§

若千代が、草庵の前の岩に腰かけ、木っ端を短刀で刻んで遊んでいる。ままごとの類だろうか。短刀の刀身は、三日月の形をしていた。

「面白い短刀ですね」

多十は短刀を手に取って眺めた。元は飾り刀だったのだろう、およそ実戦には適さぬ形をしていたが、切れ味は鋭かった。

田野での信勝の言葉が脳裏に甦《よみがえ》った。

――大事にせいよ。これが、武田嫡流の印だからの……。

多十は三日月刀を返すと、

「若様」

「…………」

若千代が、眩しげな顔をして多十を見上げた。

「木を削るのに、その短刀を使うてはなりませぬ。儂の小刀をお使いなされ」

多十が、懐から竹細工や肉を捌《さば》く時に使う小刀を差し出した。

若千代がにっこり笑って、手を出した。

「その刀を鞘《さや》に納めたら、貸してあげましょう」

若千代が、慌てて鞘を拾った。ふたりの遣り取《やと》りを聞いていた新之助が、割り込んで来た。

「のう多十、若君はそこらの童《わらわ》とは違うのだ。そのように指図がましくせんでも」

「いつまでも奉《たてまつ》っていては若様のためになりません。里に下りたら、すぐさま武家、それも高禄の者と知られてしまいますが、それでよいのですか」

「それは……」

「儂らはその場で取り繕い、誤魔化せるかも知れませんが、若様には無理です。そろそろ馴れさせてはいかがでしょうか」

「…………」

「生き延びるための第一歩だとは思われませんか」

唇を噛み、何か言い返そうとして堪えている新之助に、そうだ、と多十が言った。

「名を変えましょう」

「名を、か」

「栗原新之助、若千代。山の者の名ではございません」

「では、何と？」

「……例えば、新助はどうでしょうか」

「しんすけ、か」

「ご不満ですか」

「もう少し、何とかならぬのか」

「例えば？」

「新《しん》……五《ご》とか」

「新五？」

「多十の半分だな」

「よろしいのですか」

「うむ」

「若千代君はどうします？」

「勝頼様の御三男におわすれば、勝三《かつぞう》君では……？」

「勝三に新五に多十。よいかも知れませぬ」

「では、そうするか」

「その前に、栗原様にお願いがございます」

「何だ、改まって」

「若様を勝三と呼び捨てにすることになりますが、よろしいでしょうか」

新之助は瞬時ためらったが、得心してみせた。

「いたし方、あるまい」

「そこで、栗原様ですが、若様を呼び捨てにするのですから、新五様とお呼びする訳には参りません」

「新五でよいぞ」

「ですが、儂のような者が突然呼び捨てにしては、お気を悪くなされませんか」

「拙者は腹の小さな男だ。不快な時もあるやも知れぬが、生き抜くためだ。馴れてみせよう」

新之助は新たな名前を数度口にすると、よい名だ、と言った。

「きっと馴染《なじ》むであろう」

「だと、よろしいのですが」

「決まった。これで我らは、本日より山の者だな」

「少し遅かったですが、そういうことになりましょうか」

「若」

と新五が、木っ端で遊んでいる勝三の前に膝を突いた。

「若は本日より勝三君にあらせられまするぞ」

（そうではないだろうが……）

多十は頭を掻《か》きながら新五に声をかけた。

§

勝三は新五から貰った飯粒を小鳥に与え、遊んでいる。新五は、食べ物を探しに山に分け入って一刻近くになる。暇だった。

高く青い空を見上げた。

大国甲斐が滅び、その嫡流の子とふたりきりでいることが、嘘のように思えた。

（これから、どうなるのか）

思っても仕方のないことだった。

（なるようになる）

思いを閉ざし、石を引き寄せた。山刀を研《と》ぐために運んで来た石だった。

枝を払い、蔓《つる》を切り、獣を切り裂く。その度に山刀を磨《みが》いて来たのだが、灰汁《あく》や血糊がこびりつき、茶褐色に汚れていた。

石に水をかけ、山刀を研ぎ始めた。汗を流し、一心に研ぎ続けた。鋼《はがね》の内側に潜んでいた澄み切った刃が剝き出しになる。気持ちがよかった。身体のあちこちに溜まっていた澱《おり》が流れ落ちていくような気がした。

（……！）

小さな影が刃の上を行き過ぎた。

（鳥か）

勝三を見た。鳥に囲まれていた。

（おいっ）と多十は、口の中で呟いた。（お前さんは、どうなっているのだ？）

様々な山鳥が、地をついばみ、咽喉を鳴らし、うろついている。

（もし、鳥を思いのままに操ることが出来れば……）

それだけで、この乱世を生きていける。

多十は、何かの足しに、と切り出しておいた竹を引き寄せ、先を断ち切った。

「何をしているのじゃ？」

目敏《めざと》く勝三が気づいた。

「笛を作っている」

「何の笛だ？」

「鳥寄せの笛だ」

「とりよせ？」

吹くと、鳥が集まる笛だ、と多十が言った。

「もうこれ以上集まらぬ方が、よいかな？」

勝三が懸命に首を振った。

「もっと、もっと」

「集めるのか」

「そうじゃ」

「勝三は欲張りか」

勝三が、うーんと首を捻った。

「勝三は、儂が怖くないのか」

前から訊こうと思っていたことだった。

「怖くない」

人見知りが激しいと聞いていた上に、こちらには顔に傷があった。本当か。多十が尋ねた。

「本当じゃ」

「どうしてだ？」

「多十は鳥だからだ」

「儂が、この鳥？」

多十は、足許にまで降りて来ている鳥を指さした。勝三が白い歯を覗かせた。

「強い鳥だ」

「そうか」

勝三が頷いた。

「出来たぞ」

多十は二、三度試しに吹いてみた。澄んだ音色だった。笛を手渡した。勝三の掌に収まる程の、小さな笛だった。

「吹き口に唇をあて、強く吹くのだ」

「これでよいのだな？」

吹き口に唇をあてた。

「そうだ」

勝三が頬を膨らませ、息を吹き込んだ。息がそのまま筒の中を素通りした。

「あれっ……」

勝三が照れ臭そうに笑った。

「直ぐには吹けなくとも、稽古《けいこ》をしていれば吹けるようになる。もう一度」

やはり笛は鳴らなかったが、息の素通りする音に鳥が反応した。首を伸ばすものもいれば、勝三を凝っと見ているものもいる。

三回目、四回目、五回目と続けて失敗した六回目。か細い音が笛の先から零《こぼ》れた。

その途端、多くの鳥どもが羽ばたきをした。多十を囲む空気も、草庵を包む空気も震えた。

（もし笛が鳴ったら、どうなるのか）

多十の吹いた音では何の反応も示さなかった鳥どもに、明らかに変化が起きていた。

「もう一度」

勝三が大きく息を吸い込んだ。

七

山が唸り、どよめいた。

「山津波だ」

金山衆黒脚組二の組組頭・八鍬が、高台を目指して木立の中に走り込んだ。数名のムカデが続いた。

「戻れ。山津波ではない」

大蔵十兵衛が叫んだ。足裏を突き上げてくるような、大地が咆哮《ほうこう》するような、あの山津波とはまったく違う何かだった。

(何だったのだ?)

十兵衛は、四囲に目を遣《や》り、空を見上げた。夥《おびただ》しい鳥の群れが、南の空へ向かって飛び立っていた。

十兵衛は懸命に記憶を呼び覚ました。つい先程までは、鳥など空にいなかった。とすると——。

この辺りにいた鳥どもが一斉に飛び立った、とでも言うのだろうか。

(どうしてだ?)

「続け」

十兵衛は、黒川千軒と呼ばれる金山衆の小屋を目の隅に打ち捨て、黒川山の頂へと駆け登った。八鍬らが後に続いた。繁みを抜け、木立の間を通り、展望の利く開けた場所に出た。

「あそこだ」

山の者の脚力を見せつけ、先に立って登っていた岩松が、大菩薩嶺の上空を指さした。山頂を黒く覆い隠すように、鳥の群れが舞っていた。

「何だ?」と十兵衛が言った。「何があったのだ?」

八鍬は、組頭になって十年になる。その間、戦場《いくさば》に駆り出された時以外は、常に山の中にいた。その八鍬でさえ、初めて見る光景だった。

十兵衛が岩松に訊いた。岩松も見たことがなかった。

「調べさせましょう」

八鍬は配下の者を呼び寄せた。

§

その少し前、勝三が鳥寄せの笛を吹こうとしていた頃、青梅街道を上於曾《かみおぞ》方向から柳沢峠に向けて足を急がせている一団があった。

「確かにこちらに向かった筈。何事も見落とすでないぞ」

道軒が檄《げき》を飛ばした。

道軒は《猿》を従え、岩松から訊き出した久能山下の蛇塚を訪ねたのだが、無駄足だった。多十とはまったく関係のない土地だった。

――騙《だま》されたか。

甲斐に戻ろうとして、奥津で若千代らしい一行の話を小耳に挟んだ。

――あの子は、武家でも相当な地位の御方だぜ。

――すごいのがついていて、野盗が束になっても敵《かな》わなかったってぇ話だ。

人数に顔触れ、間違いなく若千代らと思えた。

シキミとサカキの二組に分かれ、足跡を探りながら身延道を溯り、古府中を過ぎ、更に北上した。道軒はシキミの組に加わっていた。

「棟梁」と、シキミが道軒に言った。「幼子《おさなご》がいるのです。ここまで来るでしょうか」

「山の者がついておるのだ。来ておってもおかしくはあるまい」

「それにしても……」

「渡りに入ると、歩けぬ者は抱くか背負い、歩ける者は幼子であろうと、日に何里も歩くのが山の者だと聞いている。儂の勘を信じろ」

「はっ」

一行が再び歩き始めようとした時、シキミ配下の犬目《いぬめ》が、虚空を見据えて立ち止まった。犬目は、甲州街道を古府中から八王子方向に進み、勝沼、大月と過ぎた先にある犬目宿の出身で、聴覚と嗅覚に優れていた。

「どうした?」

「何か、向こうの山が揺れました」

「山が、揺れた?」

シキミが道軒を見た。

「詳しく申せ」

「何やら気配がした後、山が揺れたのでございます」

「棟梁！」

数名の《猿》が、東方の山並みを指さしている。一際秀でた山塊の上に黒い点が見えた。

「何だ？」

「鳥でございます」

「鳥が、あんなに大きく見えるか」

「夥しい数の鳥が集まっておるのでございます」

大菩薩嶺の上空だった。鳥は渦を巻くように旋回を始めている。

「よし」と道軒が、鳥から目を移さずに言った。「大菩薩に行くぞ」

シキミと配下の《猿》が顔を見合わせた。

「若君を案内しておるのは、山の者だ。山に異変があれば、確かめずばなるまい。サカキにも、そのように伝えい」

《猿》が、地を蹴った。

「あれは、何だったのでございましょうか」

八鍬が、大菩薩嶺を覆わんばかりに集まった鳥について十兵衛に訊いた。

「分からぬことを推量している暇はない。儂らは、目的のものを見つけることに専念すればよいのだ」

§

黒脚組の小屋も《御屋敷》も、調べは済んでいた。赤脚組の組屋敷と小屋にしても、川尻秀隆とともに襲った時に調べてはいた。しかし、十二分と言える調べではなかった。

十兵衛は、八鍬ら己の配下になると誓詞を交わしたムカデを三つの組に分け、岩松を案内役に据え、二組に若千代の足取りを探らせているうちに、一組を率いてもう一度調べに来たのだった。

果たして隠し小屋、あるいは地下に隠し座敷はあるのか。

隠し小屋も座敷もなく、どこに埋めたと記した文書もない時は、幼い若千代だけが頼りとなる。年端《としは》も行かぬ幼子に何かを覚えさせることは出来ぬ。ならば、何かを持たせた筈だ。

（それが何か、だが……）

十兵衛は、途方に暮れそうになる心を奮い立たせ、赤脚組の小屋へと急いだ。先頭を行く三人が、足を止めた。

「どうした？」

十兵衛の問いに、ひとりが地面を指した。

土饅頭《どまんじゆう》の頂に穴が開き、腐臭が漂い出ていた。《猿》が焼き、塞いだ穴が、雨で陥没していたのである。

「《籠》でございますな……」

八鍬が、穴の向こうにある、十を越える土饅頭を見遣った。穴の穿《うが》たれた饅頭は、他にはなかった。

「逃げた者がおるのですな」

「大した奴だの」

十兵衛は穴を埋めるように言うと、燃え残っている赤脚組の小屋を片っ端から調べるように命じた。先走った雑兵が火を放ったがために、幾つかの小屋が燃えてしまっていた。

「燃え落ちた小屋は、床下を調べい」

自身は八鍬ら数名をつれて、組屋敷へと足を踏み入れた。

八

瞬間、耳を覆う羽音に、新五は立ち尽くした。

葉叢《はむら》の陰や木立の中に潜んでいた鳥が、一斉に中天へと飛び立ったのだ。

(織田の兵か)

兵の出現に、鳥が驚いたのかと思った。新五は地に伏せ、気配を探った。

元の静かな森に戻っている。人の気配はまったくなかった。

(さすれば……)

気がかりなのは、勝三だった。

(御身に、何か……)

繁みを突き抜け、草庵へと走った。太い根につまずき、転がるようにして草庵の前に出た。

山刀を手に、空を見上げている多十の足許で、勝三が黒い塊を抱いて、ぽかんと口を開けていた。勝三が抱いていたのは鴉《からす》だった。

「何があった？」

新五が多十に訊いた。多十が笛を見せ、経緯《いきさつ》を話した。

「その鴉は？」

「片脚なのです。捕られわれ、縛られていたのを、逃げて来たらしい」

「何ゆえ、若、いや勝三……が抱いているのだ？」

「お飼いになりたいのでしょう」

「鴉を、か」

新五は勝三を見た。鴉を庇うように腕で覆い、唇を固く引き結んでいる。

「賢い鳥ですぞ」

「死肉を食らう鳥ではないか……」

「縁起が悪いですか」

「そうに決まっておる」

「国破れて、落ちる。縁起も糞もないと思いますが」

「それはそうだが、とにかく気持ちのよい鳥ではない」

新五は更に言い募った。

「第一、人を馬鹿にしたように鳴くのが許せぬ」

「その他には？」

「色が黒い」

「まだありますか」

「鴉が夜鳴くと、人死《ひとじに》が出るとも言うぞ……」

そこまで言って、新五は笑い出してしまった。

「負けた。最早否やは申さぬ。お飼いになるがよろしかろう」

新五が多十と勝三を交互に見た。

「仲間が増えたところで、移りましょう」

多十が言った。

「あれだけの騒ぎです。誰か調べに来るかも知れません」

「また移るのか」新五が眉根を寄せた。「今度はどこだ？」

多十が答えた。新五が、驚きの声を上げ、尋ねた。

「何ゆえ、戻るのだ？」

「生き延びるためです」

§

小伏の双兵衛は、厚く敷いた草に臥《ふ》せっていた。

十五年に及ぶ草庵暮らしが、知らず知らずのうちに身体を傷めていたのだ。

蓮を連れて白銀渡りをした時は、思いの外、己の気力が充ちることに意を強くしたが、その後がいけなかった。

身延道に入り、この十五年のうち、延べ八年近くを過ごした七面山《しちめんざん》の麓に辿り着いた時には、もう身体が言うことを聞かなくなっていた。壊さずにおいた草庵に入り、以来蓮の世話になり続けている。

「すまねえな」

「遠慮いたすな。命の恩人じゃ」

しかし、蓮に縋る暮らしは悪いものではなかった。双兵衛にとって、蓮は十五年振りに得た家族であった。

「何か美味《おい》しいものを見つけて来る」

蓮がいつものように草庵を飛び出して行った。双兵衛は、蓮の足の運びを耳で追った。若い足音だった。六歩で岩に飛び移り、一歩二歩三歩で岩から飛び降り、草を踏み分ける。

「………」

岩の上で蓮の足音が止まった。

（どうした？）

突然、幼子の泣き声が起こった。懸命にあやす男の声が聞こえて来た。

足音が岩から戻り、再び止まった。双兵衛は山刀に手を伸ばし、這うようにして草庵を出た。

蓮の肩越しに男の姿が見えた。他は泣いている幼児とあやしている男である。

起き上がろうとした双兵衛に、男が駆け寄った。男を見た。顔に横一文字の傷があった。

「蛇塚の」

「お久し振りでございます」

多十が双兵衛を抱くようにして起こした。

「蛇塚……？」蓮が訊いた。

この男、多十の二つ名だ、と双兵衛が言った。竹を上手く扱うので、そう呼ばれている。

「竹の飛ぶ様は蛇に似ているだろう？　だから、だ」

蓮が多十を見て、頷いた。

「面目ねえ」双兵衛が改めて多十に言った。「すっかり弱っちまった」

「弱音は似合っておりません」

「そうか」

双兵衛は笑みを見せると、新五と勝三に目を遣った。勝三が、また泣き声を上げた。

「武家のようだな？」

「分かりますか」

「山の者とは、動きが違う。背筋も伸びているしな」

勝三を離れた場所に導きながら、新五があやし続けている。その背筋は所作に反して真っ直ぐに伸びていた。

「武田の落武者でして、物好きにも面倒を見ております」

「そうだったのかい」

「こちらは？」

多十が蓮を見た。

「ムカデの生き残りよ」

蓮を助けてからのことを話した。

「女子の身で、よう生き抜いたな」

「大したことではない」

蓮は、泣き腫らした目を擦っている勝三をちらと見てから、食べ物を探して来ると言い置いて草庵を離れようとした。

「食べ物ならある。儂らのを食え」

「世話にはならぬ」

一目散に駆け出してしまった。勝三の肩に留まっていた鴉が、蓮の後を追った。

多十は双兵衛の草庵の隣に新たに草庵を編み、双兵衛を移し、葉の枯れ果てた草庵を潰した。多十も、この地を気に入っていた。湧き水が近くにあり、竹樋で水を引くことも出来た。三年前に一度、ひとり渡り同士として、草庵を並べたことがあった。掟破りだった。見つかれば殺される。それでもいいという意識が互いにあった。しかし、多十も双兵衛もひとりに馴れ過ぎていた。互いを疎ましく思う前に、若い多十が地を譲り、去った。

双兵衛は鼻を蠢かし、草のにおいに満ちた草庵で眠りに就いた。

「あの娘、どこまで行ったのだ？　我らのを食べればよいのにの」

新五が呟くように言った。

「あそこにおる」

勝三が、空を指した。鴉が同じところをゆっくりと回っていた。

§

「儂は長くはない」

と、双兵衛が蓮に言った。

「どうだ、多十とともに行かぬか」

双兵衛が蓮に言った。蓮は多十らを見ると、即座に首を横に振った。

「駄目じゃ。敵討《かたきう》ちの邪魔になるだけだ」

「敵とは、山を襲うた者どもか」

多十が訊いた。

「川尻秀隆と大蔵十兵衛じゃ。その者どもの首を取るために生き延びたのだ」

「無理だな」新五が、打ち消した。「女子ひとりで何が出来る」

「死ぬのは怖くない。命は疾《と》うに捨ててある」

「分かった。好きにするがよいわ」

だが、と多十は言い足した。

「今暫くは焦《あせ》らず、儂らか小伏のか、いずれかとともにおれ」

蓮が双兵衛の方に腰をずらした。

夕日が七面山の稜線を掠めて落ちた。夜になった。蓮は、目を見開き、草庵の天井を見詰めていた。

――儂らの咽喉を斬り裂いて下され。

古老の甚蔵の声が闇の中から甦って来た。涙が耳に落ちた。込み上げるものを堪《こら》え、寝返りを打とうとして、視線を感じた。

勝三だった。新五を挟んで向こう側に寝ていた勝三が、半身を起こし、蓮を見ていた。

（どうした？）

蓮が目で訊いた。勝三が蓮の目を指した。

（泣いてなどおらぬ）

蓮は首を小さく振り、

（泣いていたのは、お前の方だ）

大声を上げて泣く真似をした。勝三の唇がへの字に曲がりそうになった。

（泣くな。弱い男は嫌いじゃ）

蓮は寝返りを打って、勝三に背を向けた。

§

翌日蓮が起き出した時には、勝三は草庵の前で遊んでいた。頭と肩に雀をのせ、何やら楽しげに地面に絵を描いている。

鳥の絵だった。脚が一本しかない。

蓮は辺りを見回した。一本脚の鴉が、勝三を見守るかのように、草庵の脇にある楠の小枝に留まっていた。

(あの鴉か)

蓮は小石を拾うと、草叢に投げつけた。葉が揺れ、音が立ち、雀が飛び去った。鴉は太い首を左右に振り、辺りを見ている。

勝三は振り向いて小石を投げたのが誰だか確認すると、懐から小さな竹笛を取り出して、そっと吹いた。高い澄んだ音色だった。

蓮の視界に影がよぎった。ふと空を見上げ、また勝三に目を遣った時には、どこにいたのか、雀や山鳥が、集まって来ていた。

「勝が呼び集めたのか」

勝三が得意そうに鼻を空に向けた。

「変わった奴だな」

蓮は勝三から竹笛を借りると、吹いてみた。鳥は所在なげに首を振って歩き回っている。蓮は竹笛を返し、改めて勝三に言った。

「私は泣き虫は嫌いだ。だから、泣くな」

「泣いてた」

勝三が蓮を指さした。

「私も泣かぬ。二度と泣かぬ」

その夜も蓮は、床の中で目を凝らしていた。赤脚組の小屋が瞼《まぶた》に浮かんだ。父がおり先に亡くなった母がおり、弟の勇作がいた。

涙が頬を濡らした。

いつの間に新五の身体を乗り越えて来たのか、勝三が隣にいた。

蓮の頬を指先で拭うと、もぞもぞと身を寄せて来た。勝三の髪から汗がにおった。

勇作と同じにおいだった。蓮は勝三のするに任せた。

勝三が蓮の胸に顔を埋めた。自然と蓮の腕が伸びた。蓮の腕を枕にすると、勝三は小さく笑い、寝息を立て始めた。

蓮の目に涙が溢れた。涙はぽろぽろと小石のように落ちた。

九

「蔓で籠を編めるか」

多十が、蓮に訊いた。勝三が蓮の顔を見上げた。

「こう見えてもムカデだ。一応のことは出来る」

「それは心強いな」

多十が、大きさを告げた。

「三つか四つ、作ってくれないか」

「分かった」蓮は答えると、勝三に言った。「勝も手伝え」

「うむ」

鴉を腕に抱いたまま勝三が答えた。

蓮は多十に渡された鉈を手に、勝三を連れて繁みに入って行った。

「鴉に名はつけぬのか」

「名か」

「勝が飼っているのだろ？」

「そうじゃ」

「なら、勝がつけてやらねば可哀相だ」

「何とつけたらよいか、分からぬ」

「ないのか？　これまでに名づけたことが」

「ない。皆、名前があった」

「勝は、生まれがよいのだ」

「よいのかな」

「そうだ。そうに決まっておるわ」

蓮は手頃な太さの蔓を見つけると、鉈を叩きつけた。

§

切った蔓を引き摺りながら、蓮が言った。

「勝は、雲の上を歩いたこと、あるか」

勝三が驚いたように空を振り仰いだ。

「雲って、あの雲か」

「決まっておろうが」

「あんな高いところ、歩けるのか」

「私は、歩いたぞ」

「うそだ」

「本当だ」

「いつ？」

「双兵衛と山を歩いていた時のことだ。足の下を雲が流れておった」

「本当か」

「本当じゃ」

「山も森も谷も、みな足の下にあった」

「勝も行く。連れて行け。今直ぐだ」

「今は無理だ」

「どうしてだ？」

「雲よりずっと低いところに、おろうが」

「そうか……」

「今度どこかに移る時は、頼んでやるから待っておれ」

「きっとだぞ」

「分かった」

「必ずだぞ」

「分かった」

勝三が、空を見上げながら歩いている。

「足許に気をつけるのだぞ」

「分かっておる」

答えた途端、木の根につまずいて、勝三が転んだ。

§

「では、煙を出さぬようにして火を熾して下され」

新五が尋ねた。多十は、傾斜を利用して浅い穴を掘っている。

「拙者も、何か手伝うか」

「心得た」

掘った窪地に渋紙を広げ、水源から竹樋で引いた水を入れる。

石を焼き、蔓で編んだ籠に入れ、水に落とす。焼けた石を四つ入れた頃には水はぬるま湯になり、更にひとつふたつと加えているうちに、温かな湯になった。

「湯浴《ゆあ》みが出来るぞ」

蓮と勝三が歓声を上げて湯に入った。

ふたりの声を背で聞きながら、多十はこれからのことどもを考えていた。勝三をこのまま引き回しているだけでよいのか。頼れる武将に預けなければ、武田の嫡流としての将来はなくなるのではないか。それとも、山の者として育ててもいいのか。思いあぐねていた多十の名を蓮が呼んだ。

「湯が減った」

「そうか」

多十は湯船から外しておいた竹樋を戻し、水を足すと、十分に焼けた石を蔓の籠に入れた。

「少し下がれ」

ふたりを湯船の一方に集め、石を湯船に降ろした。水が弾け、激しく泡が立った。

勝三と蓮が立ち上がり、はしゃいだ。

「明日は」

と多十が、ふたりに言った。

「里に降り、米と味噌を買う。何かほしいものがないか、考えておけ」

勝三と蓮が顔を見合わせ、湯を叩いた。

蓮の作る夕餉の支度が調《ととの》うまでに、多十は竹林から親指程の太さの竹を八本切り出して来た。根元を斜めに切り、小石を詰め、土を押し込み、小枝を払う。更に竹肌を刳《く》り貫《ぬ》き、火縄と火薬を詰めたのが一本、それには笛も刻みつけてある。その他、笛だけ刻んだものなど、八本の竹槍を拵えた。

万一のための備えだった。

§

鏑木道軒率いる真田の忍びは、南へと走っていた。

大菩薩嶺で草庵跡を見つけたのは、三日前になる。草庵の大きさ、足の踏み跡などを結びつけると、男ふたりに子供がひとりであると推量された。

「若千代君のご一行と思われまする」

サカキとシキミが口を揃えた。

「鳥の騒ぎと一行に関わりがあるか否かは分からぬが、あの騒ぎでここを捨てたのであろう。用心深い奴どもよ」

とは言え、人が動けば跡は残る。いずこに向こうたか、草の根分けても痕跡を探し出せ。道軒は、草庵の跡に踏み入ると、しゃがみ込み、指で干し草を分けた。干し草の下は細い枝が敷き詰められており、土は均されていた。

「この遣り方は学ぶべきかも知れぬな」

ひとり浮かぬ顔をしているサカキに言った。

「棟梁、どうしても分からぬことがございます」

「儂にも分からぬ」と、道軒が応えた。「彼奴どもは奥津まで行き、何ゆえ戻って来たのか、であろう？」

「まさに」

「儂もそれが引っかかっておったのだ」

サカキが頷いた。

「どうしてそのまま東海道を西上しなかったのでしょう？」

「それが出来なかったのであろうな」

「何ゆえに？」

「若千代君がひどく泣いていたそうだが、泣いたくらいで戻って来る奴はおらぬしの。なぜであろうの……」

道軒の指が微かに動いている。サカキの目には、何か絵図をなぞっているように見えた。読み取ろうと、首を前に突き出した時、シキミ配下の三ツ石と赤水の声が遠くから届いた。シキミを呼んでいる。

「手がかりが見つかったようだな」

「恐らく」

「儂なら南に下る。多十とやらはどうしたかな」

「しかし、南から逃げて来たのですぞ」

「だからだ。誰も考えぬであろう」

「確かに」

「それにの、山の者と逃げ回っておるのなら、新たなところへ行くが、連れは山を知らぬ者と子供だ。見知らぬ土地は避けるものだ」

シキミが駆け戻って来るや、分かりました、と言った。

「南に向かった様子にございます」

十

百姓家の裏手から男がひとり忍び出て来た。土手を這い上がると、街道を北へと走った。

北へ十二町（約一・三キロメートル）のところにある寺に、二日前から川尻秀隆配下の武田の落武者狩りの兵が駐《とど》まっていた。

新五と勝三には里人の前では決して話さぬように言っておいたのだが、蓮に応え、勝三が口を利いてしまった。武家の出であることは直ぐに露見した。

「戻るぞ」

米と味噌を籠に詰め、百姓家を出た時には、落武者狩りの兵が駆けつけて来ていた。

「走れ」

勝三を新五に抱かせ、街道を駆けた。

「案ずるな。後ろには儂がいる」

多十は皆の背に声をかけると、握り締めていた竹槍の束から一本引き抜き、狙いを定めて追っ手の先頭目がけて投げた。

竹槍はするすると宙を走った。あたかも蛇が水の上を走るように尾を左右に振り、標的目指して真っ直ぐに飛んだ。

先頭の兵は倒れて避けたが、ふたり目の兵の胸に竹槍が刺さった。兵の足が僅かに怯んだ。

「今だ。駆けろ」

多十は追っ手との距離を稼ごうと、立ち止まり、竹槍をもう一本投げつけた。

追っ手の足が一瞬止まった。

(よし)

自らに声をかけ、新五らの後を追った多十の目に、追っ手に取り囲まれている新五らの姿が映った。追っ手は二手に分かれ、一方が先回りしていたのだ。

「しまった」

油断であった。追っ手の能力《ちから》を侮《あなど》っていたのだ。

竹槍を投げようとしたが、敵と入り乱れており、投げられない。駆けた。蓮を庇って立ち回った新五の右腕から、赤い紐が飛んだ。血潮だった。

山刀を抜き、乱闘のただ中に飛び込んだ。ふたりを斬り倒したところで、新五を助け起こした。

「蓮、血止めをせい」

蓮が片袖を切り裂き、傷口と腕の付け根を縛った。

「拙者のことより、若君を」

「若君って、勝のことか」

「早う」

「あんたら、何者だ」

蓮が叫びながら、石を拾っては、兵に投げている。敵兵のひとりを斬り伏せた新五が、勝三を庇いながら多十と蓮に加わった。

「草庵に戻る。一本道だ。蓮は勝三を背負い、新五は、それに続け。追っ手は儂が引き受ける」

多十は竹槍を空高く放り上げた。垂直に竹槍が飛んだ。

（何だ）

空を仰いだ者に多十が斬りかかった。袈裟《けさ》に斬り、返す刀で右隣の兵の顔面を割った。

包囲が崩れた。多十の山刀が血潮を噴いた。鉈が飛んだ。兵の頭が砕け、目が飛び出している。脅えた兵のひとりが逃げた。ふたり目が、その後を追った。その背に竹槍を見舞った。

新手の兵の姿が見えた。逃げ出した兵が、また戻って来ようとしている。振り返った。蓮に続いて新五がよろけながらも懸命に駆けている。

火縄に火を付け、笛と火薬を仕込んだ竹槍を投げた。竹槍は鋭い笛の音を立てながら空中を泳ぐようにして飛び、追っ手の目前に落ち、爆発した。

追っ手の数名がひっくり返り、腰を抜かした。

次いで二本目と三本目を投げた。笛の切り込みは入れてあるが、火薬は尽きており仕掛けていない。しかし、それで十分だった。笛の音に脅えて、兵らが後退っていた。

多十は鉈を拾い上げると、山刀を木製の箱鞘に納め、草庵へと走った。山で鍛えた足である。尋常の速さではない。瞬《またた》く間に去って行く多十を、追っ手の兵は呆然と見送った。

（よし、逃げ切れるぞ）

空を見た。草庵のある辺りに鴉が舞っていた。その僅か一刻後に、道軒が《猿》を率いて街道に姿を現した。百姓家で、ことの経緯を訊き出した道軒が、山を見回しながら言った。

「追いついたようだな」

第四章　忍び屋敷

一

真田源次郎は、館の櫓に上り、蓬餅《よもぎもち》を食べながら真田道を眺めていた。

行儀が悪いことは、百も承知していた。守役からは何度も小言を言われていたが、父・昌幸は何も言わなかった。だからという訳ではないが、直すつもりはなかった。

蓬を茹《ゆ》で、細かく刻み、擂《す》る。搗《つ》きかけの餅に加え、更に搗くと、鮮やかな緑の蓬餅になる。醤《ひしお》をつけても美味《うま》いが、何もつけなくても十分美味かった。好物だった。

源次郎は、蓬餅を噛みながら南西の空に目を遣った。

霞んで見えないが、真田郷の彼方に戸石城《といしじょう》があった。東太郎山《ひがしたろうやま》から伸びている尾根の先に築かれた山城である。昌幸が、今日にも戸石城から戻って来る手筈になっていた。

真田が織田方に帰属して一月《ひとつき》近くになる。その間、信濃衆らを関東管領《かんとうかんれい》となった滝川一益に引き合わせるなど、多忙を極めた一月だった。

昌幸は、夕刻に僅かな手勢に守られて館に戻って来た。

型通りの挨拶を済ませ、重臣らと上野や甲斐の様子を話し合った後、奥の座敷で久し振りに父子で向かい合った。

「うずうずしておったのであろう?」

鏑木道軒らと山野を駆けることの好きな源次郎であった。

「名代《みょうだい》は肩が凝るばかりで面白くないからの」

「これ以上長くなると、ちと退屈ですが、一月は戦話《いくさばなし》を聞くのに丁度よい日数でございました」

「そうか」

昌幸は、戦話の好きな源次郎に真田の血を嗅ぎ取っていた。源次郎は同じ者に日を違《たが》えて同じ戦話をするよう求め、話の食い違いを見出し、更に別人に同じ戦の話をさせ、自らの頭の中で戦を再構築した。

(もう三十年乱世が続けば、間違いなく真田の家は大きくなるであろう)

そのためには、邪魔な者がいた。織田信長である。信長により天下が統一されてしまえば、武田の生き残りとしての真田一族で終わるしかなかった。

しかし、相手が信長であったゆえ、命が繋がったのだとも言えた。真田ら信濃衆は関東経営の先兵として使えたからである。

「馬を贈った甲斐があり、ようございました」

昌幸が大切にしていた馬だった。滝川一益の勧めで、信長に献上したのである。

「惜しかったがな」

「これで真田は、暫しは安泰という訳ですね」

「どうかな。あの信長という男、何を言い出すか見当がつかぬからの。信玄公の方が扱い易かった。信長は怖いわ」

「親父殿らしくもございませぬぞ」

「世の中どう転ぶか分からぬからな。北条と上杉《うえすぎ》にも真田の力を見せつけておかねばの」

「楽しんでおられますな」

「よう覚えておけ。何がどうなろうと、あらゆる状況を楽しむのだ。悲観はするな。さすれば、知恵が浮かんで来るものだ」

「心に留め置きます」

「うむ。そなたには楽しむ才があるゆえ、心配はしておらぬが、苦言を申さば、楽しみ過ぎるきらいがある。その点は気をつけるのだぞ」

「はっ」

源次郎は、確《しか》と受け止めた旨をまなじりに込めて昌幸を見た後、

「親父殿」と改めて尋ねた。「滝川一益とはどのような人物でございました?」

「儂に嫌みを言いおった。しぶとく生き残ったゆえ、武藤喜兵衛《むとうきへえ》ではなく鉄兵衛《かなべえ》だ、とな」

真田家の三男に生まれた昌幸は、信玄から武藤の名跡を継ぐように言われ、武藤喜兵衛を名乗っていたことがあった。真田を継いだ長兄が長篠の合戦で没したために返上し、再び真田姓に戻ったのだが、武藤という名は武田のみならず諸国に鳴り響いていた。

「肚《はら》の小さな男のようでございますな」

「まずは、あれまでであろう」

昌幸は鼻の先で、ふっと笑うと、どうだ、と言った。

「若千代君の行方は、何ぞ摑めたか」

「それが一向に知らせが参りませぬ」

「道軒ともあろう者が、遅いの」

「最早甲斐や信濃にはおらぬのでは？」

「焦るな。生きておれば、直《じき》に知れる。それだけのことだ」

二

新五の熱は夜になってから上がった。額に玉の汗を浮かべ、苦しげな息を吐いている。

「明朝には山狩りが始まるとみて、今夜一晩で熱を下げねばならぬ」

傷口は流水で洗い、縛り、蓬の絞り汁をたっぷりと含ませた晒しで巻いた。熱を下げるためには、干しておいたヤブカンゾウの蕾《つぼみ》とシシウドの根を煎じたものを飲ませた。

多十に出来ることはすべてやった。後は新五の体力であった。

「新五、新五」

勝三が譫言《うわごと》のように呟き、新五の枕元に座っている。

「蓮、頼むぞ。外にいるからな」

蓮が向きを変え、両手を突いた。勝三が武田家嫡流の若様だと知って以来、身分が違うからと、ひたすら寡黙に振る舞っていた。

「硬くなるな。蓮らしくないぞ」

多十は草庵を出た。双兵衛が、杖に縋るようにして、夜空を見上げていた。多十の姿を認めると、どうだ、と訊いた。

「助かるのか」

水音が立った。蓮が手拭を替えているのだろう。

「流石はムカデの子。見事な血止めでした。熱が下がれば治るでしょう」

「実か」

「はい」

「よかったの」

「それよりも小伏の、起きていて大丈夫なのですか。横にならねば身体に障りますぞ」

「昨夜から身体がばかに軽くてな。痛みのようなものもないのだ」

「それはなによりです」

「逃げなくてよいのか」

「そのことですが」

山狩りが始まれば、と多十は言った。遅かれ早かれ、この草庵は見つかるでしょう。

「《御道《みち》》を作っておきましたので、いざという時は、そこから逃げましょう」

「儂は行かぬぞ。足手まといにはなりとうないわ」

「小伏のひとりを残しては行けません」

「嬉しいことを言うてくれるな。心が揺らぐではないか」

「一緒に逃げぬのなら、私も残る」

草庵から出ながら蓮が言った。

「熱は随分と下がった。今はよう眠っておいでじゃ」

「そうか」

「ここに残れば、敵討ちは出来ぬぞ。それでよいのか」

双兵衛が訊いた。多十が頷いた。

「困る。逃げるのじゃ。一緒に逃げよう」

双兵衛と多十が思わず笑い声を上げた。

「はっきりしていて、よいわ」双兵衛が言った。「仕方ないの。一先ず行をともにするか。何でもするぞ。言ってくれ」

「それには及びません。ひとりで出来ますゆえ、いざという時まで休んでいて下さい」

「済まぬな」

「里で悶着を起こしたのは、我ら。こちらこそ、騒がせて済みません」

双兵衛と蓮が、草庵に戻った。

多十は切り出しておいた太い竹を、上下に節を残して切り離した。三つは水筒にし、水を入れ、残りの三つは片方の節を刳り貫き、米と水を入れ、焚き火の上に斜めに寝かせた。

煙を立ち上らせぬため、小枝を一本ずつ焚きつけ、熾火を作り始めた。もう少し熾が出来れば、竹筒ごと埋めて蒸し焼きにすればよかった。

§

風の中に、微かに、焚き火と思われる焦げたようなにおいが混じっていた。

犬目は、背伸びをし、鼻を高く擡《もた》げた。

大気には海のような流れがある。においは、その流れに乗って漂って来る。それを先に捕まえた者が生き残り、後れを取った者が死ぬ。

犬目は、においの濃度を探った。半里か一里か。一里にしては、濃い。やはり、半里か。

犬目が踵《かかと》を降ろすのを待って、シキミが尋ねた。

「どうだ？」

「風上約半里で、誰かが焚き火をいたしております」

「今時分山におるのだ。若千代君の主従であろう。でかしたぞ」

シキミが、鳥に似せた指笛を吹いた。道軒が、サカキが集まって来た。シキミは、犬目の鼻が獲物の居場所を突き止めたと言い、風上を見た。

「約半里だそうでございます」

「罠《わな》ではないか」とサカキが言った。「夜更けに何ゆえ焚き火をするのだ？」

「彼奴どもは、儂らがここにおることを、いや追われていることすら知らぬのだ。無益な詮索であろう」

道軒は、夜の闇に沈んでいる木立を見詰め、シキミとサカキに方向を指し示した。

「よいな。若千代君は、生きたまま捕らえるのだぞ」

犬目を先に立たせ、道軒が続いた。ふたりの左右を、シキミとサカキが配下の者どもを従えて走った。一町程進んだところで、犬目がふいに足を止めた。

「どうした？」

犬目が、満面に笑みを浮かべて、シキミを振り返った。

「《御道》を見つけました」

§

笹を丸めて蓋《ふた》をした竹筒の先から、煮立った米の汁が噴き出している。米の炊けるよいにおいが立ち込めた。

(もう後僅かだ)

米さえ炊ければ、草庵を畳み、出立出来る。東の空を見た。まだ夜明けには間があった。

蓮の囁《ささや》き声が聞こえて来た。新五が応えている。

「水を」

「口を湿らすだけじゃぞ」

「うまい」

「そうじゃ、この世で一番うまいものは水なのじゃ」

「蓮は、その年で何でもよう知っておるな。凄《すご》いものだ」

「ムカデなら当たり前のことじゃ」

「そうか。ムカデは凄いな」

「分かれば、それでよい」

笑ったのだろう。草庵が柔らかく揺らいだ。

風下の闇の底が、微かに動いた。多十の背に冷たいものが奔った。

(山犬……か)

四肢に体重を分散させ、音も立てずに獲物に近づき、襲う。

(違う……)

殺気が、獣とは違った。粘るような、貼りつくような殺気は、獣のものではなかった。

では、何だ?

このような殺気を発する者は、村から駆り出された兵のものでも、武家のものでもない、闇を生きる忍びしか考えられなかった。

(しかし……)

何ゆえ忍びに狙われるのか。若千代か。武田の忘れ形見と察してのことか。

多十は小石を拾い、草庵に投げた。青草の壁に当たり、含んだような音を立てた。

新五と蓮の声が止んだ。凍りつくような数瞬が過ぎた。木立の下草が膨れ、黒い影が飛び出して来た。

「追っ手だ」

多十は叫んで、炊きかけの竹筒を影に投げつけた。影が刀で竹筒を払った。竹筒がふたつに割れ、煮え立った飯粒が宙に舞った。

「あちっ」

顔を背けた影に、使い残しの竹槍を投げた。深々と胸に埋まった。

草庵の屋根と壁が飛び、新五が飛び出した。左手で刀を構えた新五の背に隠れるようにして、蓮が勝三の手を握っている。

「蓮、勝を抱えて離すなよ」

「はい」

「新五は、小伏のを頼んだぞ」

「心得た」

「何の、まだまだ助けなどいらぬわ」

双兵衛が山刀を手にして草庵から現れた。

「身体が動くようになったは、このためか。山の神も粋《いき》なことをするものよ」

「無駄だ。儂らに敵うと思うてか」

見る間に草庵の周囲が忍びの者どもで満ちた。十数人はいるだろう。中央から進み出て来た男が言った。

「儂の名は鏑木道軒。この者どもを率いておる」

「何ゆえ儂らを襲う？」多十が身構えながら言った。

「造作もないわ。夜の夜中に火を使うからだ。それに《御道》まで作っておいてくれたのではな」

「よう、ここが分かったな」

「若千代君を頂戴に参った」

「雇い主は誰だ？」

「聞くだけ無駄だ」

「答えれば、命だけは助けてやろうぞ」

道軒に倣い、左右の忍びが声を立てずに笑った。

「己の状況が見えておらぬようだな？」道軒が言った。「蛇塚の多十、そなたに勝ち目はないわ」

（どうして儂の名まで……）

道軒と名乗った男が、いずれの忍びなのかは分からなかったが、相手がこちらのことを調べ上げているのは分かった。

（勝ち目はない……か。《御道》など作らねばよかったのか）

《御道》と呟いて、道軒どもの足許に目がいった。地面を見た。夜明け前の暗がりに覆い尽くされている。

「罠にかかったな」多十が、笑みを浮かべた。

「何？」道軒が応えた。

「このようなこともあろうかと、辺り一面に火薬を撒《ま》いておいた。それ以上近づくと、爆発させるぞ」

「信じられぬな」

シキミが地表を見回した。暗い。土と火薬を見分けることは出来ない。犬目を見た。臭いで判断がつかないのか、首をかしげている。シキミが言い放った。

「撒いた形跡《あと》が、どこにある？」

「里での騒動は知ってるだろう。火薬を用いたかどうか思い出すがいい」

竹槍に火薬を詰めて飛ばしたと、百姓家で聞いた覚えがあった。シキミが、道軒を見た。多十が懐から布袋を取り出し、熾火の上に放った。煙が立った。

「逃げろ。爆発するぞ」

多十は蓮の襟首を摑むと風上の繁みに走り込んだ。新五と双兵衛が続いた。

§

布袋から煙が立ち上った。道軒らは、大きく飛び退き、樹上に跳ねた。

「これは」と犬目が叫んだ。「アオダモの樹皮のにおいです」

「アオダモ？」

「下痢に効き……」

シキミが、犬目を殴りつけた。枝の上である。犬目が真っ逆さまに落下した。

「追え」道軒が叫んだ。

影は一斉に飛び降りると、多十らが走り込んだ繁みに入った。

張り出した枝が天を覆い隠している。昼なお暗い繁みの中で、しかも夜明け前だ。

多十と蓮と双兵衛は夜目が利いたが、新五と勝三にとっては真の闇であった。枝にぶつかり、根に足を取られている。

「蓮」多十が走りながら言った。

「はい」足を止めずに蓮が応えた。

「このまま東に一里下ると妙応寺《みょうおうじ》という寺がある。勝三を連れ、新五とそこで待て。儂は少しでもここで食い止める」

「儂も手伝うぞ」双兵衛が息を切らしながら言った。

「拙者もだ」新五が太刀を振るった。

「蓮ひとりでは逃げられぬ。新五も行け」

「しかし……」言いかけた新五の腕に棒手裏剣が刺さった。

闇を切り裂いて棒手裏剣が襲いかかって来たのだ。

た。

「木の陰に隠れろ」

棒手裏剣の攻撃は、木の幹に四本、五本と刺さって収まった。

「待っておるぞ」蓮が多十と双兵衛に言った。「さっ、若様、参ろう」

勝三を抱えた蓮が地を這うように走り、その後を新五が闇を透かし見ながら駆けた。

微かに木立が騒いだ。

「上だ」

多十が叫びながら、横に跳んだ。足に紐を結わえつけた忍びが、振り子のように地表すれすれを滑空しながら斬りかかって来た。

それが《猿飛《さるとび》》という技であると、かつて聞いたことがあった。

（真田の《猿》か）

多十は、木の幹を蹴って空中に飛び上がると、紐を切った。《猿》のひとりが地に叩きつけられた。地面に這っていた双兵衛が、すかさず駆け寄り《猿》の腹を斬り裂いた。

しかし、倒したのはまだひとりに過ぎない。滑空して来る《猿》の数が増えた。多十と双兵衛は這い、転がり、刃を躱《かわ》した。

勝三の悲鳴が聞こえた。樹上から飛び降りて来た《猿》が、蓮の頭を蹴り飛ばしたのだ。蓮と勝三が離れ離れになって転がった。《猿》は勝三を抱き上げると、蓮の背に忍び刀を突き立てようとした。

勝三が《猿》の耳許で激しい泣き声を上げ、暴れた。勝三の小さな指が《猿》の右目を突いた。《猿》の手から勝三が滑り落ちた。気を失ったのか、勝三の泣き声が止んだ。

新五が昏倒した。《猿》と斬り結んでいるところを背後から襲われたのだ。

ちっと舌打ちをして、双兵衛が駆け出した。膝に来ている。走る度に、がくがくと身体が揺れ、今にも地に沈み込もうとしている。それでも走ろうとする双兵衛の背に、棒手裏剣が飛んだ。二本が刺さり、一本が外れた。

「待てっ」

勝三の胸倉を摑み上げている《猿》の背に、双兵衛の山刀が振り下ろされた。息が上がり、太刀筋の乱れた山刀は、空を斬り、流れた。《猿》が、振り向き様《ざま》に刀を横に払った。双兵衛は腹を裂かれ、膝から地に落ちた。

「蓮……」

双兵衛は傷口から食《は》み出そうとする腸《はらわた》を着衣で押し込みながら、足を踏み出した。

《猿》の刀が二度三度と閃いた。痛みは感じなかった。斬られたという感覚もなかった。更にもう一歩足を踏み出そうとして、全身から力が抜けた。腕は両方ともなくなっていた。

誰かが肩を揺すった。朧《おぼろ》に霞んだ目に、多十の顔が映った。

「……駄目だ。身体が、動かぬ」

言い置いたところで、意識が途絶えた。

片手で勝三を抱え、もう片方の手で右目を押さえた《猿》が後退った。多十が斬りかかろうとした。

「三ツ石、ここは儂に任せ、行け」

別の《猿》が多十の前に立ちはだかった。

「シキミと申す。お相手いたそう」

言い終えるや、肩から突進して来た。正眼から山刀を振り下ろした。シキミの刀が多十の山刀を下からすくい上げた。大きく弾かれ、多十がよろけたところを、シキミの太刀が執拗に襲った。斬り下ろしたシキミの太刀が土にめり込んだ。多十は振り翳《かざ》した山刀をシキミに叩きつけた。その瞬間、シキミの太刀が地から炸裂し、多十の山刀を弾き飛ばした。

「貰《も》ろうた」

シキミが大きく踏み込んだ。それよりも速く、多十の鉈がシキミの咽喉を打ち砕いた。両の掌に血の塊を吐き出してから、シキミが倒れた。

「蓮」

叫んだ多十の頭上から、棒手裏剣が雨のように降った。跳び、転がり、木立の根方に逃れた。

躱せても、攻める術がなかった。武器は鉈があるだけだった。

「出て来い」

闇の中から道軒の声がした。

「出て来なければ、そこの女子の命はないぞ」

棒手裏剣が蓮の右腕間近の木に刺さった。

「私はよい。逃げて」

棒手裏剣が蓮の左の首筋を掠めた。思わず蓮が首を竦《すく》めている。

「止めろ」多十が闇に叫んだ。「出て行く」

多十は鉈を放り捨てると、木立の陰から出た。

「座れ」

多十は腰を降ろした。

「シキミを倒すとは、よい腕だ」だが、と言いながら道軒が姿を現した。「そこまでだ」

己が技量を知れ。道軒が掌を開いた。

何か小さな白いものが、ふわりと道軒の掌から離れた。それはあるかなしかの風に乗り、ゆるりと舞うと発火し、多十の膝許で消えた。

突然、背後で気配がした。

振り向いた。両腕をなくした双兵衛がいた。

「まさか、生きて……」

双兵衛の身体から力が抜け、倒れかかって来た。支えた。血潮が濃厚におった。

「しっかり……」

双兵衛の腹が覗いた。刀で斬られた傷が、ぱっくりと口を開け、裂けた衣の間からは腸が食み出している。

「小伏の」

多十は腸を双兵衛の腹の中に押し戻そうとして、我に返った。

蓮の悲鳴が耳朶《じだ》を打った。どこで、どうしたのか、双兵衛の亡骸にまたがり、腹に手を入れ腸を摑んでいた。慌てて多十は、双兵衛から離れた。

「よう分かったであろう。儂らには勝てぬことが」

道軒が、左手を小さく振った。気を失った勝三と新五が、《猿》に抱えられ、連れ去られた。

「今日まで逃げた褒美に、命は助けてやるゆえ、去れ」

「ほざくな。必ず、助け出す」

「出来るものならやってみるがよい。しかし、その時は命はないぞ」

「覚悟の上だ」

「その前に、儂らの跡を追えたら、の話だがな」

道軒は笑いながら、背から繁みの中に消えた。

多十は血に染まった両の掌を宙に漂わせたまま、繁みを見詰めていた。

「多十……」

蓮が多十の刺子の袖を引いた。

「蓮、儂は何をしていた？」

蓮が首を横に振った。

「見た通りのことを言ってくれ。小さな火が飛んで来て、消えた。それから先は夢でも見ていたようなのだ」

「立ち上がり、双兵衛のところに行き……」

「腹に手を入れたのか」

蓮が頷いた。多十は拳《こぶし》で膝を数度殴りつけた。

「人を傀儡《くぐつ》のように動かす術があると聞いたことがある。道軒が使うたは、その術に相違ない」

「どうしたら勝てるか、分かるか」

「見当もつかぬ」

「言われた通りじゃ。あの者らには勝てぬ」

「では、引き下がれとでも言うのか。亡骸を葬ったら、追うぞ」

「そうは言うても」蓮が、繁みを指した。「分からぬではないか。どこに連れて行かれたか」

「彼奴らは真田の忍びだ。行く先は、恐らく信濃の真田郷だ」

「気づかれれば、殺されるのだぞ」

「勝三の父御と母御に頼まれたのだ。今更逃げ出せるか」

多十が怒ったように言った。

「私には敵討ちがある。行かぬぞ」

「好きにしろ」

多十が鉈を地面に打ちつけた。土がめくれた。血で濡れた掌が滑り、鉈が飛んだ。

多十は袖で掌を拭うと、《猿》が落としていった紐を拾い上げ、鉈の柄に巻き、また穴を掘り始めた。多十の顔から、汗と涙が滴《したた》り落ちた。

「勝三様は、泣いておられようか」

蓮が、咽喉の奥から言葉を押し出した。

「………………」

「勇作と同じにおいがした……」

「誰だ？　その勇作というのは」

「弟じゃ」

「殺された弟御か」

「そうじゃ」

「幾つだった？」

「五つじゃ」

「勝三と同じか」

「同じじゃ……」

蓮の腕に勝三の丸い小さな頭の感触が甦って来た。口をへの字にして泣き声を上げかけている勝三の顔が思い返された。

――蓮。

勝三の声が耳朶に届いたような気がした。

「駄目じゃ」

行けぬ、私は行けぬ。蓮は眉根を寄せ、譫言のように繰り返した。

勝三の顔が浮かんだ。泣いていた。

多十は何も言わず双兵衛の墓穴を掘っている。

——雲って、あの雲か。

勝三の声が、再び聞こえて来た。

——あんな高いところ、歩けるのか。

——勝も行く。連れて行け。

（駄目じゃ、見捨てることなど出来ぬ）

「私も、行く」と蓮が、言った。「勝三様と約束したのじゃ。白銀渡りに連れて行く、と」

三

鏑木道軒率いる真田の忍び《猿》は、甲府から韮崎に抜け、そこから佐久《さく》甲州道へと入った。

佐久甲州道——。

甲州街道の韮崎と中山道《なかせんどう》の岩村田《いわむらだ》宿を結ぶ脇往還である。

多十と蓮が、道軒らの位置を摑んだのは、平沢《ひらさわ》宿を過ぎた辺りだった。前方板橋《いたばし》の上空に鴉の姿を認めたのだ。

多十は目を凝らした。片脚ならば、まさしく勝三になついていた鴉に相違ないのだが、確証を持てないでいた。

「あれは、黒助《くろすけ》じゃ」

蓮が、声を張り上げた。勝三が名づけた鴉の名だった。

「見間違いではないだろうな？」

「間違いない」

「脚が、見えたか」

「見えなんだが、あれは黒助の飛び方じゃ」

「儂にはよう分からんが、本当に間違いないのだな」

「くどいぞ。多十は年じゃ」

「何を言うか」

鴉の真下に勝三らはいる。近づき確かめたかったが、しくじれば跡を尾けていることを勘づかれてしまう。

方向からして道軒らが向かっているのは真田郷と思われた。館に入られれば、勝三らを取り戻すことが難しくなるのは分かり切っていたが、道軒がいる以上、途中で襲うのは死にに行くのと同じだった。とにかく着けば、《猿》は分散するだろう、と多十は思った。道軒だとて、勝三らから離れるかも知れない。

（そこに賭けるしかない……）

しかし、手練《てだれ》は道軒ひとりではなさそうだった。他の《猿》にどう対処するか。蓮には刃を手にした戦いの能力《ちから》はなく、ひとりで戦える人数には限りがあった。

（何か方法がある筈だ）

思い当たらぬまま、黒助を見上げての道中となった。

§

黒助の動きが止まった。野沢《のざわ》宿を過ぎ、岩村田宿に差しかかった時だった。宙を旋回しては、木立の先端に留まり、また飛び立ち旋回しては、木立に戻っている。

「着いたのであろうか」

黒助に近づくにつれ、幼子の泣き声がはっきりと聞こえて来た。蓮が多十を見た。多十が目で応えた。

揉《も》めていた。新五が声高に叫び、前に出ようとするのを、二人の《猿》が止めている。

「うるさい。黙れ」

耳を塞いでいた犬目が、新五の鳩尾《みぞおち》に拳を叩き込んだ。新五が胃液を吐いて倒れた。

勝三の泣き声が突然止んだ。

「ほら見ろ。泣き止まれたではないか」

犬目の頬から笑みが消えた。サカキの腕の中で、勝三が白目を剝いて引きつけていた。

「どういたしました？」

「分からぬのだ。直ぐに彼奴をここへ」

甚六《じんろく》と乙丸《おとまる》に両腕を支えられ、新五が引き摺《ず》り出された。

「何ぞ病《やまい》にでも罹《かか》っておられるのか」

その症状には、覚えがあった。身延道を下り、奥津に出た時に同様のことが起こった。引きつけ、息をすることさえ苦しげになる。この日の引きつけも激しくひどいものだった。

勝三の口を覗いた。舌が丸まり、気道を塞いでいる。勝三の顔色が蒼白になり始めた。血の気が引いているのだ。

（どうしたらよいのだ？）

分からないまま、新五はサカキの腕から勝三を抱き取った。サカキが慌てて取り戻そうとするのを、道軒が止めた。

新五の額から汗が落ちた。汗は勝三の頬に落ち、ぷるぷると震えた後、流れて消えた。

（舌だ、咽喉を塞いでいる舌を取り除けばよいのだ）

新五は勝三の口に指を入れると舌を摑み、咽喉から引き剝がした。勝三の咽喉に空気が流れ込み、笛のような音を立てた。

「助かった」

だが、新五が額の汗を拭う間もなく、また勝三の顔が歪《ゆが》んだ。引きつけるような泣き声が始まろうとしている。

「逃げるのではない。少し戻るからついて参れ」

新五が、勝三を抱えたまま走り出した。《猿》が取り巻きながら続いた。

「どこまで行くのだ？」

サカキが尋ねた。程なくして、新五の足が止まった。

「ここらで大丈夫であろう」

勝三の顔色が元に戻っていた。

「どういうことなのだ？」道軒が新五に訊いた。

「ようは分からぬのだが」と言って新五は、奥津での一件を話した。「このように泣かれるのは、その時以来になる」

「それで、そなたらは戻って来たのか」

道軒は、新五から勝三を取り上げるとサカキに渡した。

勝三は瞬間首を横に振ろうとしたが、泣かずに堪え、サカキを見詰めた。道軒らから、安堵の溜め息が漏れた。

サカキを除き、誰にもなつかなかった経緯があったのである。

連れ出され、気がついた時から、サカキの手に抱かれるまでは、泣き続けだった。《猿》の全員が試され、最後に残ったサカキで、ようやく泣き止み、その頃には全員が疲れ果てていた。

その勝三が、サカキの腕の中で、再び火が点いたように泣き出したのである。新五が割り込もうとして犬目に当て身を食らったのは、苛立ちが頂点に差しかかっていた時だった。

「泣く子には勝てぬわ」

道軒は吐き捨てるように言うと、出立を命じ、佐久盆地を西に走り始めた。

甚六ひとりがその場に残された。甚六は、一行を見送り、暫く留まっていたが、やがて北西に向かった。真田郷への報告を言いつかっていたのである。

「勝三が泣いてくれたお陰で、真田郷には行かぬらしいな」多十が、蓮に言った。

「これで助け出せるかも知れぬぞ」

蓮の瞳が輝いた。多十と蓮は、甚六の姿が見えなくなるのを待ち、道軒らの跡を追った。

サカキの腕の中から勝三が木立を見上げた。鴉の黒助は、喬木の頂《いただき》で羽繕《はづくろ》いをしながら、勝三を見下ろしていた。

四

千曲川《ちくまがわ》に注ぎ込む支流弓川《ゆがわ》のほとりに、真田の忍び屋敷があった。忍び屋敷は、甲斐信濃に十三あり、佐久に近いここは、五番屋敷と呼ばれていた。

五番屋敷の外観は、百姓家としか見えないものだったが、土塁と浅いながらも堀に囲まれているところが違うと言えば違った。それとても、庄屋ともなれば同様の外観を備えている屋敷はあり、とりわけ目を引くというものではなかった。

五番屋敷に連れ込まれた勝三と新五は、奥座敷と地下の穴蔵に分けられた。

道軒は勝三の身包《みぐる》みを剝いで調べたが、隠し金の在り処を示すような品は何も持っていなかった。ただ三日月形の不思議な短刀と竹笛を持っていることが気になり、取り上げ、地下へと降りた。

地下では新五の《縛り問い》の支度が出来上がっていた。

《猿》が使う紐は、他の忍びのものとはまったく異なっていた。樹皮を鞣《なめ》したものと女の髪と反故《ほご》紙を縒《よ》ったものを編んだ紐で、強く柔軟性があった。

新五は両手首と両足首を縛られ、天地左右に引かれ、宙に浮いていた。

「若様はあのように幼いのだ。そなたが知らぬ筈はあるまい」

腕の刀傷と棒手裏剣の傷口から、血が滲《にじ》み出した。道軒は無造作に棒手裏剣の傷口に指を差し込んだ。

新五が食い縛った歯の隙間から唸り声を発した。唇が、頰が、手足が震え、紐が鳴った。道軒の指が更にぐいと深く傷口に埋まった。新五が悶絶した。

「やれ」

道軒が下忍に命じた。

§

若千代が躑躅ヶ崎館の池のほとりにしゃがみ込み、鯉を掴もうと手を伸ばしている。

躑躅ヶ崎館——。

甲斐武田家の居館である。

信玄公がいる。勝頼公がいる。信勝公がいる。皆が笑顔でくつろいでいる。

鯉が跳ねた。不吉な、血の塊のような鯉だった。大きな口を開け、若千代君の細い指を狙っている。

——千歳、何をいたしておる？　若君が。

千歳が若千代に駆け寄り手を差し伸べた。届かない。千歳の手首から先がなかった。

そこで新五は夢から覚めた。辺りを見回した。己の衣類がすべて剝ぎ取られていることに気づいた。

髷が調べられたらしい。束ねた髪が解《ほど》けていた。尻が疼《うず》いた。肛門にも指を入れられていた。

階上に足音が響いた。誰かが屋敷に着いたのだろう。出迎えのざわめきが伝わって来た。

ざわめきが止むと、勝三の泣き声が聞こえた。暫く泣き続けていたが、見知らぬ顔が座敷から消えたのか、泣き声が聞こえなくなった。

引き戸が開けられ、数名の者が地下への階段を降りて来た。

道軒が先頭に立ち、侍が後に続いていた。若い。元服を過ぎて間もない、と新五は読んだ。

若侍が、四本の紐で宙に浮いている新五を見詰めた。眼光は鋭く、酷薄そうな血の気のない唇をしている。

「すべて調べましたが、身には何もつけておりませぬ」

道軒が自ら案内に立っているところから、若侍が身分のある者だと知れた。

(何者なのだ?)

新五が若侍の顔を正面から見ようと、身体を捩った。

「覚書《おぼえがき》を裂いて縒り、織ったかも知れぬぞ。身に着けていたものは?」

若侍は、若いに似合わず、細工に精通していた。真田にはふたりの息子がおり、嫡男は一国の将となる器を示し、次男は小賢しさと外連《けれん》で大物食いの素質を忍ばせている、と聞いたことがあった。

勝三が泣かなければ、どこまで行ったのか。街道の先は、上田であり真田だった。

(源次郎か)

そう思って見ると、目鼻に父・昌幸の面影があった。

「調べましてございます。着衣のみならず、落ち延びた時に着ていたと目される着物が庵にありましたので、それも持ち帰りましてございます」

「無かったのか」

「御意」

「いたし方ない。此奴の身体に訊いてみるか」

若侍が、忍びに《胡蝶《こちょう》》と言った。

首に二重に紐が回され、吊り下げられた。足指の先がようやく着くことで気道を保てたが、長くは耐えられそうになかった。足指が震えた。膝頭も震え出そうとしている。震えが徐々に這い上がって来た。首の紐が咽喉を締めつけた。

「何が訊きたい？　拙者には見当がつかぬ」

「白々しいことを」

「本当だ。本当に分からぬ」新五は懸命に訴えた。

「新府城を築いた金は、どこから出た？」

「御金蔵からであろう」

「すなわち、信玄公の御遺金だな?」

「そうだとも言える」

「樽に入っていたらしいが、見たことは?」

「ない」

「樽の置き場所は知っておろう?」

「御金蔵ではないのか」

「石室だ。調べはついておる」

「ならば、訊く必要はなかろう」

源次郎は鼻先で笑うと続けた。

「石室に蓄えられていた御遺金だが、新府城を築いても、まだまだ残りがあったやに聞いておるが、どうだ?」

躑躅ヶ崎館に遺されていた金は、すべて遣い果たした、と新五は聞いていた。

「答えて貰おう。残りの御遺金は、どこにある?」

「知らぬ。拙者は若千代様付きゆえ、何も知らぬ」

「知らぬで済むか。そなたひとりしか生き残りはおらぬのだ」

首の紐が、ぐいと引き上げられた。咽喉が締めつけられ、呼吸が出来なくなった。

足掻けば足掻く程、紐が咽喉に食い込んだ。瞼が厚く膨らんだ。目の奥に痛みが奔った。

　不意に首を締めていた紐が緩められた。と同時に、両足を縛っていた紐が引き上げられた。新五は、天地を逆さにして吊り下げられた。噴き出した鼻血が、顔に流れ、咽喉に絡んだ。噎《む》せた。

「勝頼公とともに、嫡男の信勝様も亡くなられた。武田の嫡流は若千代君しかおられぬ。あの甲斐信濃の覇者である武田に御遺金がないとは、到底思えぬ。あるならば、若千代君の供たるそなたが何かを知っている筈。どうだ、間違《まちご》うておるか」

「万一御遺金があったとしても、拙者は何も聞かされておらぬのだ。嘘偽りは言わぬ」

「信じられるか」

「御金蔵の金が尽きたゆえ、御親類衆に無理な助力を頼み、ために寝返られたのだと漏れ聞いている。そこからも、御遺金などないと分かるであろうが」

　若侍は顎《あご》に掌をあて思案していたが、立ち止まると、あの、と言った。

「三日月刀は、何だ？」

「みか……？」

「三日月の形をした短刀だ」

「あれは、……若お気に入りの短刀でござる」

「武田家の宝器ではなかろうな？」

「まさか」

息苦しさの中で笑って見せたが、信勝様が若千代君に短刀を御手渡しされた時、武田嫡流の印だと仰せになられたことを思い出した。嫡流の印でも何でもない、ただ形が変わっている短刀に過ぎないものを、妙なことを仰せになられると、その時は思ったのだが、それからの混乱で忘れていた。

「新羅《しんら》三郎義光《さぶろうよしみつ》から伝わったという『日の丸の御旗《みはた》』と『楯無鎧《たてなしのよろい》』については聞き及んだことがあるが、三日月形の刀は聞いたことがない。貰うてもよいか」

「玩具に等しいものゆえ、どうか若に持たせておいて下され」

「分かった」

若侍は天井を見上げると、三日月刀だ、と言った。

「あの短刀に何か秘密が隠されておる。そうであろう？」

「流石、真田源次郎様と申し上げたいところでござるが、お知恵が空回りいたしておりますな」

「何⁉」源次郎の形相が一変した。

道軒らが一歩源次郎から離れた。

源次郎は割り竹を革で包み、紐をきつく巻き固めた鞭《むち》を手にすると、手当たり次第に新五を打ち据えた。皮膚が破れ、血が飛び散った。苦痛に歪んでいた新五の顔から表情が消え、されるがままに左右に揺れた。

「源次郎様、お止めくだされい。死にまするぞ」道軒が、源次郎の腕を押さえた。

源次郎は鞭を投げ捨てると、此奴に用はない、と言い、肩で大きく息を吐いた。

「何も知らぬ」

源次郎と道軒は地下に設けられた隣室に移り、三日月刀の鞘を払った。

目釘《めくぎ》を抜き、柄《つか》を外し、中心《なかご》を、鍔《つば》を、鎺《はばき》を丹念に調べた。

何も怪しいところはなかった。ただ刀身の形が変わっているだけだった。

次いで竹笛をふたつに割った。何の変哲もない、竹で作った笛に過ぎなかった。

道軒はばらばらにした三日月刀を寄せ集めると、目釘を打ち、鞘に納め、サカキに渡した。

「若千代君に返してやれ」

「よろしいので」

「その代わり、よう見張っておれよ。短刀に、儂らでは気づかぬ細工が施されておるとも限らぬでな」

「心得ました」

サカキから三日月刀を受け取った勝三が、新五は、と尋ねた。

「まだ大切なお話があるゆえ、直ぐには戻れぬ。若は寝ていなさい」

勝三はサカキの目を凝っと覗いてから、寝る、と答えた。

その半刻後、真田昌幸からの使いが来、源次郎は鏑木道軒を従えて真田館に戻った。

五

「あそこにおる」

蓮が、五番屋敷の藁屋根を示した。鴉の黒助が留まっていた。黒助は時折首を左右に振っては、思い出したように羽繕いをしている。

(この屋敷の中に、勝三と新五がいる……)

多十は、警備が手薄そうな箇所を探した。どこと言って忍び込めそうなところはなかったが、どこかを選ぶとすれば庭に面した土塁を越えるのが、一番堅い策のように思えた。

「行くか」蓮が訊いた。

「このまま忍び込んでも助け出せぬ。支度が要る」

「支度？」

「そうだ。少しばかり街道を戻るぞ」

腰を上げようとして、彼方の藪陰に忍んでいる者どもがいるのに、多十は気づいた。

位置からして、屋敷を守る真田の《猿》でないことは分かった。

（いずれの者であろう）

蓮に忍びが隠れていることを伝え、藪陰の動きを探った。

（そのうちに動き出す。待ってみよう）

§

「いかがいたしますか」

「ちと待て」

小頭の速水は、配下の者どもの顔触れを見た。

五人いた。弥彦《やひこ》、奇堂《きどう》、雨守《あまもり》、三雲、蛭間《ひるま》。いずれも、腕に覚えのある者どもだった。

（勝てる）

相手は取るに足らぬ小国・真田の《猿》である。相州《そうしゅう》にあり、天下に名を轟かせている風魔とでは格が違う。

（若様を、お助けしたい）

その気持ちがずっと疼いていたのだが、小太郎から止められていた。

——決して手出しいたすな。見張っておればよい。戦う時は、その旨命ずるゆえ、待っておれ。

小太郎に、きつく言われていた。しかし、目の前の屋敷には若千代がいた。

若千代の母は、先代・北条氏政の御妹君であり、甲斐に嫁ぐ前のまだ幼き日、警護の役で側《そば》についたことがあった。可愛らしい、何の苦労もなく生涯を過ごされるよう、思わず祈りたくなるような姫であった。その御方は僅か十九で自ら咽喉を突いて果て、忘れ形見が目の前の屋敷にいるのである。姫のためにも、何としてもお助けしたかった。

（風魔と悟られずに襲えばよい……）

速水は決意を固めた。

「お叱りは、儂が受ける。お助けいたすぞ」

即座に応じた下忍の中で、ひとり三雲が浮かぬ顔をしている。

「どうした、いやか」

速水が訊いた。

「小頭、《猿》は思うた以上に手強《てごわ》いですぞ」

三雲は、小太郎との探索行で見た始終を語った。

「今は、その道軒がおらぬのだ。好機とは思わぬか」

「確かに」

「我らは風魔ぞ。何を恐れることがある」

「申し訳ございませんでした」

「分かればよい。何も言うな」

「はっ」三雲が低頭して引き下がった。

速水らは、藪の中で身動きもせずに夜が深まるのを待った。

蓮に膝を揺すられたのは、一刻半の後のことだった。

「動き出した」

藪には、忍び屋敷の明かりは届かない。月も雲に隠れている。夜目が利くことは知っていたが、闇にも強いとは。多十にとっては驚きだった。

「当たり前のことじゃ」と、蓮が威張って見せた。「ムカデは穴掘り。壁や天井が崩れれば、明かりのないところにおらねばならぬ」

「そうであったな」

六つの影が藪から飛び出し、堀を飛び越えた。

「多十こそ、よう見えるものじゃ」

「鍛えたからな」

五年前、まだ集落にいた頃は、煮炊きの火を焚くのは昼間だけで、夕刻から翌朝までは明かりのない暮らしをしていた。夜目を鍛えるためと、外敵から集落を守るためだった。

「どこの忍びであろう？」

蓮は瞬きもせずに見入っている。

影の動きに無駄はなかった。頭目らしい影の指図に従い、乱れも迷いも感じさせなかった。

「勝三が目当てだとするならば、武田の乱波《らっぱ》の生き残りか、北条の風魔のいずれかだな」

「何ゆえ風魔なのじゃ？」

「勝三の母君は、北条の出なのだそうだ」

「北条から武田か……」

「人質だな」

蓮の眉が曇った。

「助け出せるであろうか」

「駒が足りぬな」

「ならば、どうじゃ、加勢いたさぬか」

「それでも足りぬ」

「では、みすみすあの者どもが殺されるのを見ておれと言うのか」

「何か策があるのか否か、儂らには分からぬしの。策あってのことならば、加勢に出れば邪魔になろう。また、単に相手を侮ってのことならば、己を過信したのが悪い」

空の高いところで、風が生まれたらしい。月にかかっていた雲が流れ始めた。

「運にも見放されおった。今更飛び出しても遅いわ」

§

六つの影が、庭の西隅にある納屋の陰にいた。

速水は唇を嚙み、夜空を見上げた。雲が切れている。母屋までは五間（約九メートル）あった。月の隠れる気配はない。

（走れるか）

迷っている余裕はなかった。走るしかなかった。速水の指が動いた。母屋の陰を指している。弥彦が、爪先立って庭を横切ろうとした。

その瞬間、弥彦が、弥彦の身体に夥しい数の何かが刺さった。棒手裏剣だった。弥彦は、針鼠《ねずみ》のようになった身体を地に打ちつけると、そのまま果てた。

ヒュッと短い笛が鳴った。納屋の陰に、弥彦への量を遥かに超える棒手裏剣が打ち込まれた。

五つの影が散り散りになった。ひとつの影に三つ四つの影が絡みついた。

刃が打ち合わされ、火花が散った。奇堂が斬られ、雨守が突かれ、残るは速水と三雲と蛭間の三人になった。

「退《ひ》け」

速水が叫んだ。叫んだ分だけ、防備が疎かになった。

影の肩で跳ね、天空に飛び上がった別の影が、速水目がけて太刀を打ち下ろした。油断だった。速水の額がふたつに割れた。

三雲と蛭間に無数の紐が飛んだ。紐は生き物のようにするすると伸び、ふたりの手に、足に絡みついた。

ふたりに近づいたサカキが、三雲と蛭間の顳顬《こめかみ》を忍び刀の柄頭《つかがしら》で殴りつけ、顎を外した。

「きつく縛り、庭木に吊るしておけ」

配下の《猿》に命ずると、三雲と蛭間に囁きかけた。

「命は取らぬ。仲間を誘う、大切な生き餌《えい》だからな」

§

蓮が焦《じ》れたように聞いた。

「どうであった？」

音と気配を殺して喬木から降りて来た多十が首を横に振った。

「駄目だ。殺《や》られた」

「皆か」

「ふたりは生け捕られた」

「どうする？」

「勝三と新五は助ける」

「人数が足りぬのであろう？」

「支度を整えれば、儂と蓮で十人分の働きは出来よう」

「支度とは、何をすればよいのだ？」

「言うより見るが早い。ついて来い」

木立を抜け、街道に出ると、半里程駆け戻り、多十は竹林に入った。

「簡単に言うと、これで槍を作り、忍び屋敷に投げ込むのだ」

勝三らとともに里に下り、敵兵に追われた時、多十が竹槍を投げた。あれか、と蓮は合点した。

「火薬は仕込むのか」

「使い果たしてしもうた。もう残っておらん」

「それで十人分になろうか」

「ならぬでも、他に手立てはない」

多十は竹林に分け入り、手頃な太さの竹を探した。

「火薬なら、作れるが……」

塩硝が七、硫黄《いおう》がひとつ半、木炭がひとつ半の割合で混ぜれば黒色火薬は作れたが、それらをどうやって手に入れたらよいのか。

仮に、硫黄と炭があったとしても、塩硝を作るのには時間がかかった。

雨のかからぬ日陰に穴を掘り、葉、土、葉、土と何層にも敷き詰め、尿をかけて腐らせ、塩硝土を作る。その土を水で溶かし煮詰め、塩硝を作るのだが、短くても半年程の時間は必要だった。

「塩硝は、おいそれとは手に入らぬであろう」

「盗むのじゃ」蓮が、事も無げに言った。

「どこから？」

「小諸《こもろ》城なら近いし、塩硝蔵もよう知っておる」

忍び屋敷から僅か二里（約七・八キロ）余りのところにあった。

「本当か」

「赤脚組組頭の娘だぞ、私は。火薬だって、多十よりも上手に扱えるわ」

「やるか」

「上手くゆけば、十人分、いや、二十人分にはなるぞ」

急いで竹を切り出し、忍び屋敷に通じる木立に隠し、多十と蓮は千曲川沿いに小諸へと走った。

「鶏を一羽、手に入れてくれぬか」

「何にするのだ？」

「油断させるためじゃ。多分役に立つと思う」

「よう分からぬが、手に入れて来よう」

「血を使うゆえ、斬らずにな」

「分かった」

命じられて動く。ひとり渡りになって初めてのことだった。それが、どこか居心地のよさを感じさせた。

§

小諸城は城主の依田信蕃《よだのぶしげ》が佐久に脱しており、滝川一益の預かり状態になっていた。今は滝川配下の将が、小諸一帯を統治するために城に入っていた。

武田の落武者狩りはほぼ済み、逆らう者もなく、統治とは名ばかりで、安逸をむさぼり始めていた時だった。土塁を越え、城内に忍び込むのは造作もなかった。

「こっちじゃ」

三年前に父について小諸城を訪れた時の記憶は鮮明だった。蓮は迷わずに、多十を導いた。

塩硝蔵の前には、篝火が焚かれ、三人の見張りの兵が立っていた。

蓮は素早く物陰に入ると、多十に鶏の首を斬り、頭から血を浴びせるように言い、着衣を脱いだ。

白い裸身に血が映えた。

「儂でさえ腰を抜かすぞ」

蓮は刹那《せつな》、白い歯を覗《のぞ》かせると、見張りの前にふらふらと歩み出て行った。驚き、慌てて駆け寄った兵を、多十が山刀の峰で殴り倒した。

蔵の天井近くにある明かり取りに飛びつき、鉈で壊し、中に飛び降りた。蔵の戸を開け、火薬と火縄、それに塩硝と硫黄と木炭を背にして脱するまでにさほどの時間はかからなかった。

「大成功じゃ」

「あんな芝居、よう思いついたな」

「聞いたことがあったのじゃ。何年も前になるが、城に入り込む法を、父から教えて貰ろうておる時にな」

「覚えがよいのだな、蓮は」

「一度見たこと聞いたことは、決して忘れるな。それが生き残る法だとも教えられた」

「儂も覚えておこう」

「それがよい」

蓮が千曲川で頭から浴びた血を洗い流している間に、近くにあった竹林から太めの竹を切り出した。思った以上に塩硝などが手に入ったので、逃げ道も確保しようと思い立ったのだ。忍び屋敷近くの木立へと急いだ。

作業が始まった。

多十が竹を程よい長さに切り、枝を払い、槍の穂先に当たる部分に小石を詰め、粘土で固めているうちに、蓮も渋紙の上で火薬の調合を始めた。爆発力よりも音の大きいもの、爆発力の優れたもの、混ぜ具合を嘗めて調べてみては、

「よし」

と呟きながら、多十が切った竹の節に詰め、火縄を差し込んだ。

「蓮、これにも火薬を詰めてくれ」

勝三の二の腕程の太さの竹が約二十本、一節毎《ごと》に切られていた。

「投げるのか」

「埋めるのだ」

多十はどう使うか話してから、竹槍を忍び屋敷に撃ち込む大弓を作り始めた。竹を割り裂き、二枚重ねたものを細蔓で巻く。それを、二本並んだ若木に水平に固定する。弦を張り、矢となる竹槍を安定させて射るための杭《くい》を立てれば、完成となる。

「よいな」

と多十が、蓮に使い方を教えながら言った。

「竹槍を乗せる。火縄に火を点ける。弦を引く。火縄の燃え具合を見て、放つ。その

手順だぞ」

「分かっておる」

「笛のついているのを適当に入れるのだぞ」

「そのようにする」

「儂が忍び込む。恐らく、直ぐに露見しよう。その時、笛を吹く。それが一発目を撃ち込む合図だからな。よう気配を探っておるのだぞ」

「本当《ほん》に多十はくどい」蓮の小鼻が膨らんだ。

「儂が命、そなたに預けたからな」

「うむ。預かった」蓮の頬が解け、笑みがよぎった。

多十が蓮の頬を撫でた。滑らかで水気と弾力に満ちていた。

「武骨な手だの」蓮が怒ったような口調で言った。

§

堀を飛び越え、土塁を登り、多十の姿が見えなくなった。

蓮は全身を耳にして、気配を探った。火種を入れた竹筒を持つ手が汗ばんできた。

掌の汗を、袖で何度も拭った。

蓮を真上から見下ろす二つの影があった。速水らに遅れて到着した風魔の小太郎と小頭の黒石《くろいし》だった。小太郎の指と唇が微かに動き、黒石に話し掛けた。

（山の者でさえ、あれだけの備えをしてから襲うのに、速水奴《め》、何を焦りおったのだ）

速水配下の者の知らせを受けてやって来た時には、既に速水らは屋敷に忍び込んでいた。小太郎が着到すれば、襲撃は止められる。小太郎が来る前に結果を出そうとしたのだろう。

（いかがいたします？）

三雲と蛭間のことだった。

（見捨てる。命《めい》に背《そむ》いた罰だ）

（しかし、何ゆえ命に背いたか、釈明の機を与えてやっても遅くは……）

（遅いのだ。風魔として表立って動いてはならぬとの幻庵様の厳命なのだからな）

（承知いたしました）

（とにかく、今はあの山の者の動きを見ていよう。事態が変われば、三雲らへの対応も変えねばならぬしな）

（多十とか呼ばれておりましたが、山の者の腕で《猿》に太刀打ち出来ましょうや）

（分からぬ。が、儂らとは違う遣り方で攻めるとなれば、どうなるか）

その頃、屋敷に忍び込んだ多十は、ぐるりを囲む濃密な気配に、身動きが取れなくなっていた。

「ひとりで参るとは、よい度胸と褒めるべきなのか、それとも」

サカキの手から棒手裏剣が飛んだ。

多十は回転しながら躱すと、笛を銜《くわ》え、強く吹いた。

《猿》が棒手裏剣の雨を降らせた。多十は転がり、跳び、納屋の壁に貼りついた。

紐が飛んだ。一本が多十の足に絡んだ。続いて数本の紐が生き物のように宙を舞った。

「蓮！」

叫ぶより早く、竹槍が庭に落ち、爆音を響かせた。二本目のは笛が仕込んである竹槍だった。笛の音に《猿》が気を奪われた。

その瞬間を狙って、多十の手から鉈が飛んだ。鉈は、捕らえられていたふたりの忍びを吊るしている紐を断ち切った。

爆発が起こり、土埃が舞い上がった。紐から脱したふたりは互いの顎を嵌《は》め合うと、ひとりが鉈を引き抜き、手に取った。

「殺せ」

《猿》が、陰から飛び出した。ひとりの忍びが、多十が斬り倒した《猿》の手から太刀を奪った。

竹槍が続けざまに飛んで来た。藁屋根に大穴が開き、雨戸が吹き飛ばされた。板床で跳ね、廊下を滑り抜けた竹槍が屋内のどこかで爆発した。

「ここは頼む」

多十が、助けた忍びに言った。忍びが多十に鉈を返し、三雲だと名乗った。多十も素早く名乗り、母屋の奥へと走った。

屋内には月の光も届かない。真の闇であった。

(見えぬ)

竹槍の爆発音が起こった。土埃が落ちて来た。土埃が不意に濃くにおった。においの中心を斬り裂いた。手応えがあった。その場に伏せ、手探りで突き進んだ。

「勝三!」

引き戸を蹴倒すと、薄明かりの中にふたりの《猿》がおり、足許に勝三が転がされていた。散々《さんざん》泣き叫んだのだろう、目隠しをされ、猿轡《さるぐつわ》をかませられている。

《猿》が刀を抜いた。抜き身がふたつ、鈍い光沢を見せている。

多十の手から鉈が放たれた。鉈は薄明かりの中を真っ直ぐに飛び、一方の刀を捕らえた。火花が散った。鉈を受けた《猿》が怯んだ。その隙に、多十は板床を蹴り、前方に回転し、もうひとりの《猿》の腹を裂き、返す刀で他方の首筋を斬った。

「勝、大丈夫か」

抱き寄せざまに、目隠しと猿轡を引き剝がした。勝三が小さく頷いた。

「声に出せ」

「大事ない」

「よし、分かった」

板襖を蹴飛ばした。闇の空間に出た。勝三を小脇に抱え、山刀で探った。

§

「あそこだ」

土塁を越えた《猿》が、木立の裾にいた蓮を見つけた。二本並んだ若木に弓を固定し、その間から竹槍を射っている。

「おのれ」

棒手裏剣を投げた。届かない。

「走れ」

ふたりの《猿》が駆け出した。

蓮は弓を強引に捩ると、竹槍の照準を《猿》に合わせた。火縄に火を点け、弦を引いた。《猿》が駆けて来る。

(早う燃えろ!)

火縄がチクチクと燃えている。火の進みが遅い。《猿》の姿が大きくなった。

ふたつ呼吸をした。息を吸う咽喉が震えた。火縄が燃え尽きようとしている。

(今だ!)

竹槍を放った。草を薙《な》ぎ、飛び出した竹槍が《猿》の腹を抉り、炸裂した。横にいた《猿》も、煽《あお》りを食らって転倒した。

(やった!)

喜んだのも束《つか》の間、仲間の腸を浴びた《猿》が頭を振って立ち上がり、憤怒の形相で蓮に襲いかかって来た。

(もう間に合わぬ)

蓮は思わず目を閉じた。

重いものが倒れる音がした。

首を竦《すく》め、瞼を開けた蓮の目に、男の後ろ姿が映った。

大きい。多十よりも、首ひとつ背が高そうに見えた。

(どこから来たのか)

辺りを見回した蓮の目の前に、もうひとつの黒い塊が降り立った。

「上におったのか」

「そうだ」

「気づかなんだ」

「隠れていたからな」

「どうして助けてくれたのじゃ」

「そなたの仲間が、我らの配下の者を助けてくれたゆえ、そのお返しだ」

「多十は、まだ戦っておるのか」

「そうだ」

「勝三を、幼子を助けたか」

「それは分からぬ」

「分からぬのなら、なぜ加勢に行かぬ？」

「これは、そなたらの戦いだからだ」

「………」

　頼まぬ。蓮は吐き捨てるように言うと、竹槍を発した。竹槍は弧を描いて飛び、土塁の向こうで、火柱を上げた。

§

「多十殿」三雲だった。

三雲は素早く勝三の無事を確認すると、

「逃げましょう」

外廊下の方に歩き出そうとした。

「儂らは行けぬ。気にせずに、逃げてくれ」と言ってから、多十が思い出したように聞いた。

「そなたの相棒は？」

「蛭間のことであろうか」

「名は知らぬが、一緒に捕まっておったであろう」

戦っていた。太刀と太刀との戦いならば、易々と後れを取る男ではなかった。

「そうか。儂らには、もうひとり捕らわれている者がおるのだ」

「最早、生きてはおりますまい」

「確かめずに去ることは出来ぬ」

「若君様は？」

「連れて行く。仲間だからな」

「仲間？」

三雲は耳を疑った。甲斐武田氏の嫡流と供侍と山の者が仲間……。在り得ぬことだった。

「仲間を見捨てては、儂らは生きられない」

多十は山刀で探りを入れながら、奥へと進み始めてしまった。

「面白い奴よ」

三雲は口に出して呟くと、ふたりを追い、手伝おう、と言った。

「この屋敷には地下があるらしい。恐らくそこだ」

捕らわれていた時に、《猿》同士の会話から得た知識だった。

しかし、奥への廊下は暗かった。不意を衝《つ》かれても、身ひとつならばどうとでも対処出来るのだが、勝三がいた。勝三を庇う余裕はなかった。

「任せて下され。幸い、懐は探られなんだ。ずいぶんと侮られたものではありますが」

三雲は懐から、手裏剣の入った革袋を取り出した。手裏剣の先には、油の染みた綿がきつく巻かれていた。火種に寄せて火を点けると、柱に突き刺した。光が射し、隅々まで目が届くようになった。

奥へと進んだ。広い板廊下の隅に、地下への階段があった。暗い口を開けている。

「打ち込んでくれ」

三雲が火の点いた手裏剣を地下に投げた。

板壁に刺さったが、光は壁と床を照らすに留まっている。階段はくの字に曲がって、地下に通じていたのだ。

「勝三を頼む」

「多十殿、この人数では無茶でござる。必ず罠が張られておりましょう」

「儂に加勢は来ない」

命に背いた三雲も同じだったが、それは此度に限ったことだった。ところが、目の前にいるこの男は、常に加勢のないところで戦って来ているのだ。敵わぬ、と思った。胸を衝かれた。

勝三の両腋に手を入れ、多十がぐいと持ち上げた。勝三は正面にいる三雲を見た。目が合った。見る間に唇がへの字になった。うっ、と声を漏らした。多十が持つ手を揺すり、「泣くな」と言った。

「皆、そなたのために戦《たたこ》うておるのだ。皆のためにも、泣くな」

勝三は唇をへの字に曲げたまま頷くと、瞳から雨粒のような涙をぽたぽたと落とした。

「直ぐに戻るゆえ、このおじいちゃんと、ここで待っておれ」

「おっ、おじい……」

三雲が、低いが頓狂な声を上げた。勝三の唇が開き、笑顔になった。

「手裏剣を二本ばかり、火の点いた奴を頼む」

「承知」

多十は鉈の柄に紐を括りつけ、箱鞘に納めた。投げた鉈を素早く取り戻すためである。

「二本でよいのか」

「十分だ」

多十は、山刀を左手に、手裏剣を右手指に挟むと、ゆっくりと地下への階段を降りた。

§

闇の奥から血がにおった。

多十は階段の中程《ほど》まで降りると、闇に向けて火の点いた手裏剣を投げつけた。板床に刺さり、四囲が仄かに明るんだ。

がらんとした広がりに、赤いものが浮いていた。人だった。裸に剝かれた新五が、血達磨にされ、紐で吊り下げられていた。

辺りを見回した。闇が取り囲んでいる。誰かが潜んでいるような気配は感じられなかった。

「新五」

踏み出した多十の胸許を掠めるようにして、黒い紐が飛んで来た。紐の先に刃《は》がついているのだろう、板壁を嚙み、紐が張られた。

「儂は蜘蛛《くも》の乙丸」

闇の奥から声がした。

「その者を助けたければ、儂を倒してみせい」

声に向かい、残る一本の手裏剣を投げつけた。炎を引いた手裏剣が板壁に刺さった。

「無駄なことよ」

紐の飛ぶ音がし、板壁と板床に刺さっていた手裏剣を打ち据《す》えた。炎が消え、闇に戻った。

「参る」

濃厚な殺気が襲いかかって来た。横に飛んだ。紐は飛んだところに投げつけられた。肌を斬り、肉を抉り、床に刺さった。激痛が奔り、血が滴《したた》り落ちた。

「そなたの竹槍、《蛇走り》とか言うそうだな」

「…………」

「大層な名をつけたものよ。本物の《蛇走り》を食らわせてやるわ」

板床に紐の束が落ちた。紐を揺すっているのだろう、床を擦る音がする。音のする方に鉈を投げた。板床に刺さった。柄に縛りつけた紐を引いた。鉈の紐に寄り添うようにして、乙丸の紐が延びて来た。指の付け根が裂けた。

「噂程にもないの、山の者」

紐が乱れ飛んで来た。

板床を転がり、跳ねて紐を躱したが、既に刃傷は全身に受けていた。己が零した血が、己の足を取った。

息を吐く間もなく、刃が襲って来た。紐につけられた刃ではなく、刀の刃だった。音もなく近づいては、刃風が唸った。

掌を床に突き、身体を支えた。床に伝わり来るものは何もなかった。

（奴は紐の上にいる……）

それを親紐とするならば、細い毛筋程の子紐が縦横に張られているのだろう。その紐にぶつかりながら、逃げ回っていた……。

（そういうことか）

多十は腰から下げていた竹筒の底を、山刀で斜めに切り落とした。黒い粉がさらさらと床に落ちた。

刃風が襲って来た。躱した。躱した方へと、また刃風が襲って来た。

飛び、跳ね、躱し、手傷を受け、板壁に背を打ちつけた。

「よう逃げたが、そこまでだ。止《とど》めを刺してくれるわ」

「それは汝《うぬ》が方よ」

立ち上がった多十が、山刀と鉈を思い切り打ち合わせた。火花が散り、黒い粉の上に降り注いだ。炎が立った。

炎は床を嘗めるように広がり、一面を埋めた。片隅の紐の上に乙丸がいた。小柄な体軀を紐に乗せ、大きく目を見開き、多十の動きを見詰めていた。

多十の手から鉈が飛んだ。鉈はくるくると回転しながら飛び、乙丸の額を割った。

手首を捻るようにして、多十が鉈に結びつけている紐を引いた。鉈が宙を駆け、掌に戻った。

（使えるな）

多十は鉈を箱鞘に納めながら新五に言った。

「迎えに来た」

§

藁屋根に火が回り、炎が逆巻いた。

炎を背に、子供を抱いた男が土塁を駆け降りて来た。半裸の男が忍びに肩車され、続いて堀に達している。

「多十だ。勝三も、新五もおる」

蓮が、竹槍の最後の一本を放った。

「誰か知らぬ者がおるが、誰じゃ？」

「儂が配下の者だ」

「あれは、三雲でございますな」

「助けてくれたのか」

「そうらしいな」

「済まぬの」

黒石が小太郎を見上げて苦笑した。

多十が身体のあちこちから血を滴らせて、辿り着いた。

新五が、その場にくずおれた。途端に裾が捲《めく》れ、下腹部が露《あらわ》になった。

「ああっ」と蓮が、両の手で顔を隠した。

「蓮、誰だ？」多十が身構えて、小太郎らを見た。

「敵ではない」と小太郎が応えた。

「この人の仲間じゃ」蓮が、三雲を指さした。「詳しいことは知らぬが、危ういところを助けて貰《もろ》うた」

「かたじけない」

「山の者と聞いておるが、武家言葉を遣うようだな」

「小さな時からお武家相手に暮らしていたので、身についてしもうたのです」

「それゆえか」と、小太郎が言った。「よう攻め方を知っておる」

「敵ではないと言われたが、信じてよいのですかな？」多十が鋭い目を向けた。

「そのつもりだが」

「ならば、教えておきましょう」

「…………」

「儂らは木立の中を逃げるが、仕掛けを張り巡らせてあるゆえ、中には入らぬように」

「分かった」

「では」

多十は勝三を蓮に渡すと、新五を肩に担いで、木立の奥へと消えた。

「蛭間は、どうした？」

多十らを見送りながら、小太郎が三雲に聞いた。

「残念ながら」

「そうか。話は後で聞く。参るぞ」

小太郎が、黒石と三雲に言った。

§

《猿》が、屋敷から飛び出して来た。迷わずに木立の中へと走り込んでいる。

「仕掛けと申したが、どのような仕掛けか楽しみだな」

「まさに」

一町（約百九メートル）離れた木立の上に小太郎と黒石はいた。三雲は木の下におり、見張りに立っている。

木立の奥で爆発音が起こった。火柱が噴き上がり、森の奥が明らんだ。

「竹か」

「恐らく、竹に火薬を詰めたものを埋め、走りながら火縄に火を点けたのでございましょう」

木が倒れた。梢の先が揺れ、傾《かし》ぎ、視界から消えた。

「すごい威力だな」

「配合が違うのか、何か混ぜものをしているのかは、分かりませぬ」

「侮れぬ者どもよの」

火柱は尚も噴き上がっている。

（……んっ？）

火柱の中を鴉が一羽飛んでいるのを、小太郎は見逃さなかった。鴉は喬木に留まろうと、脚を伸ばしていた。

その鴉を見ていた者がもうひとりいた。真田館から戻って来た道軒だった。

「何だ？　何が起こったのだ？」

蓮は、勝三を抱いたまま跳び撥ねながら駆けている。

「強い。本当に強い。多十には感じ入ったぞ」

「感じ入らんでもよいわ」

「遠慮するな。強いから強い、と言うておるだけじゃ。多十も喜べ」

「勝った勝ったと叫べばよいのか」

「そうじゃ」

やって見せよ、と蓮が責付《せっつ》いた。

「勝った、勝ったぞ」叫んでみた。

「余り似合わぬの」

蓮が首を捻った。多十の肩に担がれながら、新五が忍び笑いを洩らした。勝三も笑いながら首を捻っている。

「勝ったと言うても、道軒とか言う親玉はおらんかった。まだ、真田に勝った訳ではない」

多十が、最後の竹筒の火縄に火を点け、叫んだ。

「煙に乗じて逃げるぞ」

竹筒が火を噴いて、飛んだ。それは木の幹に当たり、砕けると、白煙を噴き上げた。

第五章　死闘

一

北条幻庵は雨を見ていた。

若い頃は雨が降ると、馬を責めたものだった。雨粒が顔に当たる。それでも目を開け、見詰めていると、雨粒が見えた。そこに日が射しでもすると、雨粒がきらきらと光る。

あの頃は己に老いが来ようとは、思ってもいなかった。いつまでも若く、俊敏であると思い込んでいた。幻庵は、目の前に掌を広げてみた。節榑《ふしくれ》立ち、染みの浮いた手は、老人のものだった。

(長く生き過ぎたのかも知れぬ)

余りに多くの者の死を見て来たような気がした。雨の勢いが増した。回り縁に雨が降りかかっている。障子を閉め、息を潜めた。

半刻が経った。知らぬ間に眠っていたらしい。幻庵は伸びをして立ち上がり、障子を開けた。雨が上がり、小鳥が鳴き始めていた。

（楽しげじゃの）

小鳥の姿を探そうと、庭の木々を見渡した時、

「幻庵様」

襖越しに声がした。

「風魔小太郎にござりまする」

「戻ったか。入れ」

幻庵は腰を降ろすと、早く話すよう小太郎を促した。

§

「そうか、速水は死んだか」

幻庵が訊いた。

「他の者らは？」

小太郎は弥彦らの死を語り、三雲と蛭間のふたりが多十に一旦は助けられたことを話した。

「若千代君をお助けいたした折に蛭間も《猿》に倒され、無事であったのは三雲ひとりでございます」

「鏑木道軒、流石《さすが》によう鍛えているのだな」

「申し訳ござりませぬ」小太郎が畳に額《ひたい》を押しつけた。

「ご命令を徹底出来なんだは、この小太郎の落度。伏してお詫び申し上げます」

「そのことだが、若千代君の縁者としては、速水の心、胸に染みる程嬉しいのだ。此度のこと、不問に付す訳には参らぬが、どうであろう、遺髪の埋葬だけでも許してはやれぬか。棟梁としては、納得し難いであろうが……」

屍《しかばね》を野に晒すのが、忍びの宿命である。風魔では、一人前の忍びとして忍び働きに出る前に、己の死を見据《みす》え、すべての者が髪を遺していた。

「では、速水らを？」

「里に葬ってやろう」

「幻庵様が、それでよろしいのなら」

「済まぬな」

「はっ」小太郎は低頭して見せた。

言い付けに背いて戦い、死んだ者は、遺髪といえど風魔の里に埋葬するを許さず。それが長年守られて来た掟だった。今、その掟が破られようとしている。

（風魔は曲がり角に来ているのか……）と小太郎は思った。（風魔を抱える北条の御家も同様なのであろうか）

掟で一族を縛り続けて来た風魔の来し方を、小太郎は思い返した。次期棟梁と目されていた者でさえ、掟を破れば追放か死を宣告されたものだった。掟が厳しければよいというものではないが、やはり厳しい掟は必要なのではないかと小太郎は思った。

しかし、と呟いた幻庵の声で小太郎は我に返った。

「山の者ども、やりおるな」

「ところが、ひとりなのでございます。手伝うたのは、まだ十四、五の女子がひとり」

「ふたりで真田の忍び屋敷を襲うたと申すのか」

幻庵が小気味よさそうに笑った。

「竹を使うた武器、火薬の扱い。山の者にしておくには、勿体ない男でございます」

小太郎は、竹槍に火薬を仕込んだことを、逃げ道を炎で包み、追っ手を拒んだことを、詳しく話した。

「また随分と火薬を持っておったの」

「襲う前に、小諸城の塩硝蔵から盗み出しましてございます」

幻庵が膝を叩いて笑った。

「そのような真似、風魔でもやらぬの」

「かつての風魔ならいざ知らず、今の風魔では一対一で戦《たたこ》うた時、果たして何名の者が彼奴に勝てるか。空恐ろしくなりました」

「儂は若い頃に山の者と暮らしたことがある」

幻庵が、遠くを見るような目をして続けた。

「四十年近い昔のことだ。その時聞いた話だが、山の者の中から、時としてとてつもなく知力と技《わざ》に長《た》けた者が出ることがあるのだそうだ。その心根はあくまでも清く、出会うた者は皆、その心に打たれるという。彼《か》の者どもは《嶽神《がくじん》》と呼んでおった。多十とか申す者、もしかするとそれかも知れぬの」

「《嶽神》、でございますか」

小太郎は、多十の身のこなしを思い返した。

「山に暮らして、はっきりと分かった。忍びは里の生き物で、彼の者どもは森と山の生き物だ、とな。我らも草木に詳しいが、彼の者どもはその上であったわ」

幻庵が思い出したように、若千代のことを尋ねた。

「お元気にしておられたか」

「はい。勝三という新たな名をもらい、怪我ひとつなく、お健やかにしておられるご様子でございました」

「それは重畳《ちようじよう》だの」

「若をお連れしたかったのですが、仰せの通り手出しは控えておりました」

「それでよい」

幻庵はもう一度、それでよい、と呟くと、

「真田は織田につきおった」と言った。「その織田は武田を壊滅させることしか考えておらぬ。我らが当代様はと言えば、若千代君に武田家を再興させようなどとは夢にも思うておられぬ。若千代君をお助けいたしたとしても、国人どもを統《す》べる道具として一時《いつとき》便利に使うだけだ。死ぬ気で守ってくれる者がおるのだから、その者らと一緒にいるのが一番の幸せであろう」

「あの山の者と娘に育てられると、風魔にも勝《まさ》る出色《しゆっしょく》の若者になるかと思われます」

幻庵の目が輝き、

「武田の嫡流だ」と言った。「そうなって当然ではあるがな」

§

「山の者は群れるものと聞き及んでおりますが」小太郎が尋ねた。

「そうだ。集落を作り、鳥や獣を狩り、薬草を摘み、醬《ひしお》や味噌や塩と交換したり、箕《み》を編むなどして暮らしを立てておる。儂が暮らした集落もそうであった」

「あの多十という山の者には、仲間がおらぬ風でございましたが、そのようなことはあるのでしょうか」小太郎が首を傾げた。

「その男の顔に傷はなかったか」

「ようご存じで」

耳から耳に達する斬り傷が走っていた、と小太郎は己の顔を指でなぞった。

「その者は、ひとり渡りだ」掟を破り、集落から追放された者だと幻庵は言った。

「どの集落にも受け入れられぬよう、山の定めの傷をつけられ、放たれたのだ」

我ら里者《さともの》の世は、織田だ、上杉だ、北条だと分かれているが、山の者は太古《いにしえ》より無益な争いは避け、《山の掟》で繋がっておるのだ、と幻庵が言った。

「小さな不始末は己が集落で断を下すが、大きな決断を要する時は、それぞれの集落の長老がいずれかの地に集まり、裁定を行う。その決定は絶対であるがゆえに、皆が守るという訳だ」

「そのようなひとり渡りに、若千代君を託してもよろしいのでしょうか」

「そうよな……」

「武家言葉を遣う、なかなかしっかりした者のようでしたが」

「そうか……」幻庵は立ち上がると、文箱《ふばこ》の中を探った。「何でも知っておるような顔をしているが、棟梁も里者なのだな。ひとり渡りを知らぬとはな……」

幻庵は絵図を見つけると、取り出した。相州から上野、甲斐、信濃の宿場、街道、城の詳細が書き込まれていた。

「大きく分けて山の者は二種類いる。山の高いところに集落を構える者と、麓《ふもと》の森などに集落を構える者のふたつだ。高いところの者は甲斐から北信濃に広がり、麓の者は甲斐の西部から南信濃、東海にかけてが多い。

また、高いところの者は、鉈と山刀の他に武器として杖を使う。山刀の柄《つか》が袋状になっており、杖を差し込み、目釘を打って手槍とするのだ。比べて麓に住む者は、鉈や山刀の他に竹をよく使うと聞いている。

その多十と申す者は、麓の集落の出であろう。武家言葉を話すのならば、その集落は戦乱の折、武器弾薬兵糧などを山城に運ぶ請け負いをしておったのだ。恐らく多十は子供の頃から侍の中で働いておったのであろうな。

そこまで分かれば、多十が何をして追放されたか調べるのは容易《たやす》かろう。山を去り、里に住み着いた者から訊き出すことは、難しくないであろうからの」

「よう分かりました」

「うむ、山の者のことで分からぬ時はいつでも参れ」

「いえ、幻庵様の凄さがでござりまする」

「遅いわ。儂は九十で、そなたは五十を過ぎておるのだ。もそっと早う気づけ」

二

多十らは蓼科山《たてしなやま》の麓にいた。新五の傷ついた身体が癒《い》えるまでは、少しでも追っ手から遠くにと考え、湯の湧き出す蓼科に移ったのだった。

渓流が間近に流れ、岩盤の間から湯が湧き出すこの地を見つけたのは、二年前になる。住み心地はよかったのだが、その時はなぜか人恋しさに耐え切れず、三ヵ月程で草庵を畳んでいた。

蓮と勝三は、湯を浴びてははしゃぎ、刻限になると水菜を摘み、岩魚《いわな》を釣った。鍋を拵《こしら》え、魚を焼くのがふたりの務めだった。

新五は源次郎に打ち据えられた傷の治りが悪く、まだドクダミの世話になっていた。

ドクダミの葉を焚き火で温め、汁を絞り出し、患部に塗る。凄まじいにおいに、最初勝三は後退《あとずさ》ったものだが、今では馴れてしまっている。その勝三が、しばしば頭を掻《か》くようになった。

「若様らしくないぞ」

蓮が勝三の頭髪を覗いた。忍び屋敷の一件以降、蓮はすっかり勝三を弟のように扱い始めている。

「虱《しらみ》じゃ。勝の頭に虱が湧いたのじゃ」

蓮に言われ、勝三の頭髪を指で分けると、根許に卵がびっしりとついていた。梳《す》き櫛があれば、まだ取れるかも知れないが、蓮が髪に刺しているのは目の粗い櫛だった。洗ってもすべてを洗い落とせる量ではない。

「剃《そ》ろう」

蓮の髪も調べた。量は少なかったが、やはり虱の卵が付着していた。

「嫌じゃ。私はまだ尼の真似などしとうない」

「勝も嫌だ。剃らぬ」

勝三までもが、逃げようとした。

「蓮が承知せぬと、勝三が言うことを聞かぬ」

「条件がある」

「何だ？」

「皆も一緒なら、剃る」

坊主頭が四つ並んだ。

§

その頃から新五の体調がよくなり、湯に入れるようになった。

「どうだ」と多十が言った。「皆で南に下らぬか。誰も我らのことを知らぬところで暮らすのだ。さすれば、追っ手は来ぬ」

追っ手――。

真田の忍びに、何ゆえ狙われるのか。それが御遺金の在り処を探り、手に入れるためであると分かったのは、忍び屋敷から逃げ延び、新五の治療を始めた時だった。

――御屋形様から、拙者が何か聞いておらぬか。勝三様が何か、御遺金の在り処を記したものを持っておらぬかを真田の次男・源次郎に執拗に問われ、この有様になってしもうた。

――御遺金!?

多十には縁のない話だった。

――幾らあるか知らぬが、そんなもののために……。

と言おうとして、蓮の様子が凍りついているのに気づいた。

――それじゃ。

と蓮が言った。

——川尻秀隆と大蔵十兵衛が、我らムカデが金を隠すのに働いた筈だと、生き埋めにまでして訊き出そうとしたのは、その御遺金の隠し場所じゃ。

——すべては武田の御遺金か。

——あるのか。

蓮が新五に聞いた。

——拙者には分からん。確かに若君の近くに仕えていたが、多十も見ておったであろう、田野では御遺金がどうしたなどという密談をする余裕は全く無かった。

——落ちるのが精一杯でしたからな。

——そうだ。その通りだ。

——しかし、御遺金があるのかないのかはっきりさせる必要は、あるようですな。

——それは、何ゆえだ？

新五が多十に食ってかかった。

——金に目が眩《くら》んだのか。

——そうではありません。武田の生き残りは勝三ひとりで、その供が新五ひとりとなれば、ないと分かるまでは、ふたりはどこまでも追われることになるのです。

——拙者らは何も知らぬのだぞ。

――知っておっても知らぬでも、同じです。ふたりを問い詰めるしか、隠し場所を知る方法がないのですから。

「どうします？」

と多十が、もう一度同じことを訊いた。

新五は同意したが、蓮は頷こうとしなかった。

「やはり、仇討ちは止められぬか」

蓮に訊いた。

「生き延びたは、そのためだからの」

蓮が川尻秀隆と大蔵十兵衛の名を口にした。

「父と弟と、ムカデ皆の仇じゃ」

甲斐の国主・川尻秀隆は、併せて諏訪も統治しており、二十一万石の大大名だった。

「古府中か」

見つかれば、逃げ場がない。一番足を踏み入れたくない場所だった。

「躑躅ヶ崎館におるのであろうな」

館と名づけられているが、武田氏の居城であっただけに、おいそれと忍び込めるとは思えなかった。

「大物だな」

「ちと難しいな」

新五が、首を横に振った。

「手伝うてくれとは言わぬ。黙っていてくれれば、それでよい」

「そうは行くか」

言い放ったのは、首を振ったばかりの新五だった。

「御屋形様や御台所様の仇でもあるのだ。勝三様のお手助けをし、拙者だとて仇を討ちたい」

新五の両の瞼から涙が溢れた。

「いたし方ありませんな」

多十が剃った頭の後ろを掻いた。

「加勢してもらえるか」

「火薬は使い果たしてしもうた。また手に入れぬとな」

「心当たりがある」

蓮が言った。

「黒川に行こう」

多十と新五が顔を見合わせた。

「隠してあるかも知れぬ」

§

墨染めの衣が四つ、街道を避け、野道を東に向かった。

多十が諏訪の古着屋で求めた僧衣だった。今まで身に着けていた刺子など山の者の衣装は、包んで背に回している。

野面《のづら》を渡る風が剃った頭皮に心地よかった。どうしていままで剃らなかったのかと、多十は頭をつるりと撫でては思った。

川があれば、頭頂を流れに浸した。耳許を水が流れた。気持ちがよかった。新五と勝三が真似た。蓮だけは手拭いを被り、笠を取らず、ひとり怒ったような顔をしている。

田の緑が風にそよいだ。

一日の距離を歩き、無住の寺に泊まった。

勝三と蓮を内側にして、四人並んで寝た。藪蚊の猛攻を受けたが、備えは出来ていた。絽《ろ》の古着を買い、四つに切り分け、大きめの袋を作っておいたのだ。それを頭に被り、手足を隠せば、蚊の攻撃から逃れられた。

三人の寝息を聞きながら、多十も眠りに落ちた。

雨の音で目が覚めた。夜明けには、半刻程もある頃合だった。

雨は一刻近く降り続いて止んだ。雲が唸り声を上げて、西から東へと流れている。僧衣の裾がはためいた。

二日目、竹林の脇を歩いていた時、思いつき、竹を一尺程切り取り、その夜籤《ひご》を作った。片方が太く、もう一方は細く、真っ直ぐに飛ぶように工夫をつけ、節を刳り貫いた竹筒に入れて腰から下げた。

三日目に、柳沢峠を越えたところから黒川山に入った。金山衆だけが知っている御山への登り口だった。南に大菩薩嶺の重厚な山稜が見えた。

蓮の足が、小気味よく進んだ。新五が顎を出し、勝三は多十の背中にしがみついた。

§

渋紙を被って夜露を避けて眠り、四日目の朝に、黒川千軒から三町（約三百二十七メートル）程離れた赤脚組の組屋敷の裏手に出た。

蓮は表に回ると、組屋敷の方を見た。人の気配はない。

組屋敷前の盛り土に目がいった。あそこに埋められていたのだ。生き残りがいたのだろうか。

穴は塞がれ、土が被せられていた。誰かが埋めてくれたのだ。

駆け寄り、土に顔を埋め、掌を合わせた。父と勇作、自らを犠牲にして助けてくれた甚蔵らの冥福を祈った。

「勝、遠くへは行くな。ここにおれ」

多十の声が届いてきた。新五に守《も》りを任せ、焼け残った小屋を見回っている。

蓮は立ち上がると、もう一度掌を合わせてから組屋敷に足を踏み入れた。中はひどく荒れていた。獣が食べ物を漁った跡ではなく、人が何かを探した跡のように見えた。

表に出た蓮は多十の許へと走った。

「誰かが荒らしておる」

「そのようだな」

「小屋もか」

蓮は、多十が出て来た小屋を見た。

「で、火薬は？」多十が訊いた。

「探してみる。待っておれ」

蓮は言い置くと、小屋の裏の崖を下って行った。

半刻後、蓮が大人の頭程の塊《かたまり》を着物に包んで、担いで来た。

「あったぞ」

蓮の手足から胸が濡れていた。

多十は塊に手を触れた。黄櫨《はぜのき》や漆《うるし》の実から採った木蠟《もくろう》で火薬を包み、沼に沈めておいたものだった。

水気に弱いものを水の中に隠す。盲点を突いた隠し場所であった。

「これだけあれば」と多十が、球形の木蠟を持ち上げた。「一騒動起こせよう」

「川尻秀隆の顔は分かるのか」新五が蓮に訊いた。

「あの顔は忘れようとて忘れられぬ」

「よし、とにかく古府中に入り、奴の居所を調べ、どのようにして襲うか策を練ろう」

それでよいな。新五が多十に尋ねた。多十が頷いて見せた。

「蓮、必ずそなたの仇を……」

新五が後の言葉を呑み込んだ。多十は、素早く新五の見ている方に目を遣った。十を越える影が、黒川千軒と呼ばれる小屋からの道を駆けて来ている。

「黒脚組の者だ」蓮が下唇を嚙み締めた。

「仲間ではないのか……」

「あれも仇と呼べるかも知れぬ」

「何だと……」

新五が、いつでも抜けるように刀を左手に持った。多十は、竹筒に仕込んだ鑯を手に取った。

「蓮、蓮ではないか」影の先頭にいた男が叫んだ。

「久八《きゅうはち》……」

蓮の唇が開いて、閉じた。

元黒脚組二の組組頭・八鍬の倅《せがれ》だった。

「よう生きておったな……」

そうか、と久八が、影を見渡してから訊いた。《籠》で脱したのは蓮だったのか。

「そうじゃ」

「ここで何をしておった？」

蓮は答えずに訊いた。

「なぜ合図をしなかった？」

「何？」

「なぜ黒脚組だけで逃げた？」

「突然襲われたのだ。仕方あるまい」

「仕方ないで済まされるか。赤脚組は皆殺しにされたのだ。父も弟も……」

蓮は拳を握り締め、続けた。

「言い訳は無用じゃ。そのための見張り、そのための火矢ではなかったのか」

「そんなことはどうでもよい」

久八が、訊いたことに答えろ、と言った。

「ここで何をしておった？」

「…………」

「だんまりが通ると思うてか、蓮様よ」

「それは何だ？」

久八の背後にいた男が、蓮の足許にある木蠟の包みを指さした。

男の手が木蠟に伸びた。男の顎を多十の足が捕らえた。鼻血を噴き出して、男が撥ね飛んだ。男どもが多十らを取り囲んだ。

「引っ立てろ」

「なぜだ？」

「訊きたいことがある」

「勝手を申すな」

「許さぬとでも言いたいか」

身を乗り出した久八に、

「止《や》めよ」と勝三が言った。「下がれ」

「何だ？　この餓鬼《がき》は」

新五が勝三の前に回り込んだ。

「新五、この者を懲《こ》らしめよ」

「ほざくな」

叫んだ久八の袖を、目の細い男が引いた。久八に耳打ちしている。ふたりの目が勝三に注がれている。

「引っ捕らえ、大蔵様に差し出すのだ」

「大蔵様？」蓮が叫んだ。「大蔵十兵衛が、ことか」

「呼び捨てにするな、我らが主《あるじ》を」

「己らも、裏切り者か」

「今頃気づくとは、やはり赤脚組はとろいな」

飛びかかろうとする蓮を、多十が制した。その隙を突いて、男どもが太刀を振り翳《かざ》した。

多十の山刀がひとりの胴を払い、もうひとりの肩を打ち据えた。

新五は片手で勝三の手を握り、一方の手で刀を振り回している。

「面白い、やるか」

久八が笛を吹いた。笛に応え、黒川千軒の方から駆けつけて来る新手の姿が見えた。争うには、相手の数が多過ぎた。

「ここは、一旦逃げるぞ」多十が身構えながら言った。

「何ゆえじゃ？」留まり、戦おうとする蓮と勝三を両の腕に抱え、新五が木立に飛び込んだ。木蠟を手に取った多十が続いた。

「追え」木立に駆け込もうとして、ふたりの男が顔を押さえた。目に鏃が刺さっていた。久八は振り向いて新手を見た。まだ遠い。瞬く間に四人が倒されたのだ。腕の違いは歴然としていた。

「追わずともよい。収穫はあった」

久八が、男どもに振り向き、唇の端を吊り上げた。「本当に生きておったのだ、若千代君がな。必ずや隠し金について何かを知っている筈だ。大蔵様が喜ばれるぞ」

三

古府中の町並みは少しも変わっていなかった。

墨染めを着た新五は、網代笠《あじろがさ》の縁を押し上げるようにして町を見回した。

「もそっと何気無くしておらねば、怪しまれてしまいますぞ」

「済まぬ。つい懐かしくてな」

多十に詫びつつ、また見回してしまう己に、新五は苦笑した。

躑躅ヶ崎館に出た。堀があり、土塁の頂には板塀があり、その奥に曲輪《くるわ》群があった。堀に沿い、ぐるりと回ると普請場に出る。人と喧噪に溢れていた。新五はそっと、掌を合わせた。

「参りますぞ」多十が言った。

立ち込める埃の中から木の香がにおった。

川尻秀隆は曲輪の増築と館の改築のため、躑躅ヶ崎館に程近い岩窪《いわくぼ》の地に、通称《陣屋》と呼ばれる館を構えていた。

武田氏の居城である躑躅ヶ崎館は、城と同様の機能を備えており、陣屋とは規模が違った。

（陣屋なら、襲える）

蓮の目が光った。

「川尻秀隆がいるかいないか、だな」

翌日、多十は蓮と勝三を供に岩窪の陣屋の周囲を巡り、燃え落ちた寺を再建したいからと寄進を頼みながら、川尻秀隆の在否を探った。

一方新五は、普請場の者が飲み食いに集まる飯屋で、酒に酔った小者を手懐《てなず》け、同じく在否を確かめた。

「関東管領の滝川一益を訪ね、上州厩橋《うまやばし》城に出向いており、古府中にはおらぬ」

新五がまとめた。

「戻りは、およそ半月後という話だ」

「どうする？」多十が蓮に訊いた。「火薬を抱いて上州まで行くか、どこぞに草庵を作って待つか。ふたつにひとつだが」

「行く」蓮が言下に答えた。「陣屋よりも道中を狙った方が、得策であろう」

「分かった」

多十と蓮が米、味噌などを買いつけ、その夜のうちに古府中を離れた。

佐久から岩村田に出、中山道に入り、碓氷峠《うすいとうげ》を越えて厩橋に出る道筋も考えたが、《猿》の忍び屋敷を脱した経緯《いきさつ》があった。

(ここは――)

塩山《えんざん》から山に入り、秩父《ちちぶ》の三峰口《みつみねぐち》に下り、秩父の盆地を通り、寄居《よりい》に出る道筋を取った。寄居から厩橋までは、約九里(約三十五・一キロ)。山で疲れた足を癒すには丁度よい距離だった。

古府中を抜けたところで墨染めを脱ぎ、山の者の姿に着替え、多十が間に合わせに作った蔓の籠に入れ、山に入った。

遊山にでも行くつもりなのか、勝三が先頭に立った。

「まだ、厩橋に留まっておるであろうか」蓮が多十に訊いた。

「おる」

「どうして、分かるのじゃ」

「儂らが行くからだ。そう信じて歩くのだ」

蓮の足が速度を上げ、勝三に追いついた。

「遅いぞ」蓮が振り向いて言った。

「遅いぞ。亀どもが」勝三が振り返って言った。

「いつ、いつあのようなお言葉を……」新五が、驚いたように多十を見た。

「成長されたのですな」

新五の目から涙が溢れた。

§

その頃、大蔵十兵衛は、八代郡《やつしろぐん》曾根《そね》の古刹《こさつ》・玄妙寺《げんみようじ》の山門前にいた。

「ここで待て」

新たにムカデの棟梁に就けた八鍬らに言い置くと、山門を潜り、庫裡へと向かった。

草の生い茂った境内を横切り、庫裡の戸口に立ち、案内を乞うた。

曾根下野守昌世《そねしもつけのかみまさただ》は、離れにいた。

昌世は、信玄、勝頼の二代に仕えた軍目付《いくさめつけ》であり、平時は各地の情勢などを分析し、進言するのを務めとしていた、所謂《いわゆる》情報通であった。

「お久しゅうございます」

十兵衛は土産の革袋を懐から取り出し、昌世の膝許に進めた。小粒の金である。昌世は革袋には気づかぬ振りをして、にこやかな表情のまま、

「聞いておるぞ」と言った。「このところ、川尻何某《なにがし》の尻馬に乗っておるそうだな」

「流石は、下野守様でございまする」

「尤《もっと》も、尻馬に乗る其の方でないことも、よう存じておるがな」

十兵衛が昌世と初めて会ったのは、十五年前になる。鉱脈や治水についての教えを乞われ、答えて以来、双方が知り得た知識の断片を教え合う仲になっていた。

(どのような人脈があるのかは不明だが、どこで何が起こっているのか、よう知っておられる)

十兵衛は昌世のそこに魅かれたのだった。昌世にしても、山と水に関して該博な知識があり、野心に富み、機略に長けたこの男に、己と似た体臭を嗅ぎ分けていた。

「今日来たのは、何用かな?」昌世が一歩踏み込んだ。「何か重要な話があってのことか」

「まさに」

「それは?」

「この乱世をともに生き残りませぬか。某《それがし》と組めば、生き残るだけでなく、面白おかしく生きられまするが、いかが?」

「これはまた、何と大胆な」

「下野守様に某をある方に売り込んでいただきたいのです」

「自身で売り込んではならぬのか」

「底が浅《あそ》うなります。そこで、下野守様にお願いいたす次第なのでございます」

「一体誰に？」

「徳川家康様にございます」

「では、織田様から徳川様に鞍替えすると」

「川尻秀隆と手を組みましたが、あの男は命じられるままに動くだけで、何も考えませぬ。あの男と組んでいては、こちらの資質まで疑われてしまいまする」

「使われるだけというのは、其の方には我慢ならぬところであろうな」

「まさに。だからこそ徳川様なのです。存分な働きを示せば任せて貰える御方です」

「果たして、御承知下さるかな」

「甲斐の経営に食指を動かしている徳川様ならば、必ず。それに、手土産がございます」

「それは？」

「少し話が長くなりますが」

「構わぬ。今は、夕餉まで何もすることがない身の上だ」

「では」十兵衛が膝を乗り出した。

§

五日後、家康の重臣である二俣《ふたまた》城主・大久保《おおくぼ》忠世《ただよ》の許を訪ねた男がいた。曾根下野守昌世である。

昌世は半身を起こすと、是非にも買《こ》うていただきたい内密の話があり罷《まか》り越したと言った。

「はてさて、内密の話とは穏やかではござらぬの」

忠世は、信濃方面での裁定などの一切を家康から委ねられていた。それがゆえに、忠世の許には、多くの武田の遺臣が訪れていた。下野守昌世も仕官を求めてのことだと、忠世は初手から軽く見ていた。

「内密の話とは？」

「買うと約定《やくじょう》して下されば、お話しいたしまする」

「如何程《いかほど》ですかな？」

「金子ではなく、この身共《みども》を、でございます」

(来よったな)

これまでの男か。忠世としては好むところの男ではなかったが、話を促した。家康から多少のことには目を瞑《つぶ》り、召し抱えよ、と言われていたためでもあった。

「私には、走る足も摑む手もござりませぬ。しかし、見る目と聞く耳と、それらを繋ぎ合わせる頭がございます。決して徳川様にご損はいたさせませぬ」

(信玄入道は、このような男を側に置いていたのか)

忠世は改めて昌世を見た。小賢しさが鼻についたが、何かの役には立ちそうにも思えた。

(駄目な時は、飼い殺しにでもするか)

「相分《あい》かった」

忠世は自慢のもみあげを捻りながら、首肯して見せた。昌世の顔が俄《にわか》に晴れた。

「で、話とは?」

「信玄公の御遺金についてでございます」

忠世も、その噂は聞いたことがあった。しかし、躑躅ヶ崎館の御金蔵の金は全部使い果たしたと聞いていた。

「新府城築城に使いましたが、まだまだあったのでございます」

「実《まこと》の話であろうな?」

忠世のもみあげを揉む指に力が入った。

「実も実。しかし、御遺金が突然消えたのでございます」

順を追って話しましょう。昌世は、話を六年前の天正四年（一五七六）に溯《さかのぼ》って始めた。

その年、金山衆《ムカデ》の黒脚組の五の組が務めに出、指揮官である蔵前衆筆頭の結城孫兵衛《ゆうきまごべえ》を遺し、全滅した。

「落盤流水ということでしたが、実は口封じに殺されたのでございます」

「隠したのか、金を」

「いいえ、この時はいつでも隠せるようにと器を作ったらしゅうございます」

「天正四年と申すと、長篠の合戦の翌年だな」

「はい。恵林寺《えりんじ》で信玄公の御葬儀が執り行われた年でございます。そして今年二月、躑躅ヶ崎館の地下にある石室から御遺金が消えたのです。同時に結城孫兵衛と黒脚組の六の組が忽然と姿を消しました」

「うむっ」

忠世が唸った。

「この者どもがいずこかへ金を隠し、その後、秘密を守るため、結城ともども自害して果てたのでしょう」

「では、隠し場所は分からぬのか」

「今のところは」

「それを、儂らに調べよと言う訳か」

「いえいえ、武田の遺臣が探しております」

「誰だ？」

「大蔵十兵衛と申しまして、結城孫兵衛の配下の者にして、滅法山に詳しい者でございます。身共ともどもこの十兵衛を是非とも御家中にお加え下され。役に立つこと、請け合いまする」

「どのような男だ？」

「己の力を評価されることに無上の喜びを覚える男にございます」

「下野殿は動かぬのか」

「身共は知ったことを伝えるだけで、動くのは、例えば十兵衛の役でございます」

「よい話を聞かせて貰うた。早速殿に言上《ごんじょう》いたそう」

昌世が平伏し、両手の間に顔を埋めた。

「さすれば半月程後、浜松《はままつ》の儂の屋敷にお越し願えますかな？」

「心得ました」

「大蔵十兵衛にも会いたいが」

「お任せ下され」

「遠路お疲れでござろう、今夜は城にお泊まりなされよ」

「かたじけのう存じ上げまする」

「何の今宵からは身内、遠慮は無用でござる」

四

多十らは、寄居の宿に着いたところで、川尻秀隆が厩橋城を後にして帰路についたという話を耳にした。

厩橋から商いに来ていた小間物屋が、その隊列の様《さま》を大仰《おおぎょう》に話していたのである。

多十は、蓮に貝殻を器にした紅を買い求めながら、巧みに隊列の人数や武器を訊き出した。

「跡を追うぞ」

紅を蓮に渡し、出立を告げた。蓮は紅を懐にしまうと、唇をきつく結んだ。

「恐らく今夜は松井田《まついだ》泊まりだろう。明朝碓氷峠で襲う。そのつもりでおれよ」

多十らは、人目を避けて山裾を伝い、走った。

勝三は眠ったまま多十の背と新五の背を往復した。

「様子を見て来る。ゆるりと後から来てくれ」

松井田の宿に入ろうとした多十の背後で、子の泣き声がした。子が泣いているなと思いはしたが、即座に勝三とは結びつかなかった。

（いつまで泣かせて……）

舌打ちしそうになって、泣き声に聞き覚えがあることに気がついた。

（勝三……）

駆け戻った。新五の腕の中で、勝三が泣き叫んでいた。例のしゃくり上げるような激しい泣き方に変わった。

交替であやそうとしたが、何の効果もなかった。息継ぎが上手《うま》く出来ず、顔色が白くなっている。

どこにいたのか、姿を見せずにいた鴉の黒助が鋭い鳴き声を発した。

「止むを得ぬ」と多十が言った。「戻るぞ」

新五に抱かれ、来た道を戻り、山に分け入った。その頃になってようやく、勝三の顔に血の気が射し、安らかな寝息を立てて眠りに就いた。

誰もが押し黙っていた。蓮も、多十も、新五も、言葉を失っていた。蓮の瞳から大粒の涙が落ちた。夕日を受け、光っては真下に消えた。

「どうしてじゃ？」蓮が叫んだ。「どうして泣いたのじゃ？　ばか勝が」

突っ伏し、草の根を摑み、背を波打たせて泣いている。

蓮の懐から紅が落ちた。多十はそっと拾い上げると、土を叩《はた》き、泣き止むのを待った。新五が勝三を抱いたまま泣いている。

遠くの山並みに日が落ちた。

蓮は暗く沈みかけた地面から起き上がると、裾や胸の汚れを落とし始めた。手が止まった。足許を探している。

多十が掌を差し出した。蓮が掌を覗いた。紅があった。

頰の涙を拭って、蓮が指を伸ばした。

§

浜松城三の丸に、大久保忠世の屋敷はあった。

三の丸には主立った家臣の屋敷が集まり、その西には二の丸と馬屋が控えている。二の丸の西には家康の居館である本丸が鎮座していた。

薬師の装束を解いた大蔵十兵衛は、曾根昌世とともに大久保屋敷の書院で忠世と対面していた。

夜来の雨が止み、風が湿り気を帯び、汗ばんだ肌に心地よかった。

昌世に比べ、山野を駆け回っていた十兵衛の顔は、黒い。

忠世は黒い顔が好きだった。男の価値は戦働《いくさばたら》きで決まる。戦場を駆け巡って来た男の基準は、そこにあった。

忠世は十兵衛に、信玄公の御遺金について知っているところを話すよう促した。

「ムカデは、務めのために黒川山を離れた時は、細大漏らさず覚書に認《したた》め、組頭に差し出します。ですから、膨大な覚書が組屋敷に残っている筈なのです。それが、まったく見当たらぬのでございます」

「誰ぞに持ち去られたのか」

「それか、分からぬところに隠されているか、です」

「どちらだと思う？」

「恐らく後者でございましょう。組屋敷などに、探し出された形跡はまったく見受けられませんでした」

「覚書で何を調べるのだ？」

「天正三年五月、長篠の合戦に敗れた頃から、御遺金をどこに隠すか検討を始めたのではないかと考えられます。結城孫兵衛が、ただひとり五の組組頭を伴い内密に山から出ているからです。内密と申し上げたように、このことは知られておりませぬ。某は結城に留守中のことを頼まれたので知っておるのでございます。

そして翌年の信玄公の御葬儀の後、五の組は全滅するのでございます。この間の覚書に、果たして何が書かれているのか、恐らく何も書かれてはおらぬとは存じまするが、是非とも目を通したいと思うております。

また本年二月、六の組が結城ともども忽然と姿を消しました。つまりこの時に、御遺金が躑躅ヶ崎館の石室から運び去られたと思われるのでございますが、その行き先について一言半句でも書かれておらぬか、調べたいのでございます。今暫くは、覚書を探してみたいと思うております」

「見つかればよいが」と、忠世が言った。「見つからぬ時は何とする?」

「見つけまする」

「その意気じゃ」

深く頭を下げた十兵衛が、顔を起こしながら、ムカデに、と言った。

「覚書を探させておるのですが、つい先頃黒川で珍しい子供を見つけました」

「珍しい?」

忠世と昌世が顔を見合わせた。

「誰だ?」昌世が聞いた。

「田野で没した四郎勝頼様の遺児・若千代君でございます」

「何と、生きておられたのか」忠世が身を乗り出した。「で、どうした? 勿論《もちろん》、どこぞにお連れいたしたであろうな?」

「残念ながら」

「どうしてだ?」

「一緒にいた山の者の腕が立ち、手出し出来なかったと聞いております」

「しかし、所詮は山の者であろうが」

「はい」

「他に誰ぞおったのか」

「年若い武家風の男と、それから、これは顔を見知っている者がおり分かったのですが、元赤脚組組頭の娘がいたそうにございます」

忠世は多十の年格好を詳細に尋ねると、

「その者のことは任せよ」と言った。「儂も手の者を出すが、そなたもムカデを使い、若千代君の居所を早急に摑み、知らせい」

「承知つかまつりました」

応えると、改めて十兵衛は、忠世に言った。

「お願いの儀がございます」

「申すがよい」

「某の朋輩と金山衆、別名をムカデと称しますが、その者どもを仲間に加えてもよろしゅうございましょうか」

「役に立つのか」

「我ら山に生まれ、山の霞《かすみ》を食らうて育ちました」

「山の者だの」

忠世が苦笑した。

「彼奴らは地べたの上。我らは地べたの下。まったく違いまする」

「相分かった。殿はいずれ天下人となられる御方だ。戦の費《つい》えは幾らあっても足りぬ。そなたらへの期待、大きいものがある。心してかかってくれよ」

十兵衛が畳に額を押しつけた。

忠世が手を叩いた。廊下を摺《す》り足《あし》で歩み来た足音が止まった。

「お呼びでございますか」

「入れ」

忠世が十兵衛と昌世に、息の新十郎《しんじゆうろう》だと言った。

「儂が留守の時は、息に伝えてくれればよい」

「新十郎忠隣《ただちか》にございます」

「曾根下野守昌世にございます」

「大蔵十兵衛長安《ながやす》にございます。よろしくお願い申し上げます」

後年、忠隣配下に属していた十兵衛は、その才能を買われ、大久保姓を貰い、大久保長安と名乗ることになる。この時、忠隣三十歳、十兵衛長安三十八歳、その最初の出会いだった。

五

「儂らは動き過ぎた。暫くは凝っとしていよう」

川尻秀隆への仇討ちを延期し、多十らは甲武信《こぶし》ケ岳《がたけ》の山裾に草庵を作って、ひっそりと暮らし始めた。

勝三は新五から読み書きを習い、蓮は多十から薬草を習った。

蓮を連れての山歩きを始めて六日目に、

「行かぬ」と言う。

「どうした？　具合でも悪いのか」

「行かぬ」

蓮が草庵の中に引きこもったまま出て来ようとしない。

妹のいた新五が気づいた。月の物だった。

「綺麗な布は山程あるからな。心配いたすな」

斬り殺した者から剥いだ布を裁断し、洗ったものだった。

蓮は始末を終えると、布を洗い、草庵の裏で干した。

「うわっ」と勝三が叫び声を上げた。

「蓮、怪我をしたのか」

蓮が小声で答えている。

「蓮が死ぬ」

勝三が泣き声を上げた。

「ばか勝。行け」

蓮が怒鳴った。

泣き濡れた勝三が、多十らのところに駆けて来た。

§

多十は、刈ってきた柴を折り分けている。勝三は、枝を筆にして文字を学んでいる。蓮は横になったまま目を閉じている。時折、新五が勝三を褒めたり叱ったりしている。鴉の黒助は、どこかへ狩りに行っては戻り、喬木の上から勝三の動きを見ている。

長閑《のどか》だった。

自分たちが、敵討ちをしようとしている者であり、御遺金の在り処を知る者として追われている身だとは、とても思えなかった。

このまま、誰にも知られずに老い、朽ち果てることが出来るなら、

（それも悪くない）

のではないか。多十は心をよぎる思いに苦く笑いながら、勝三を助けてからの僅か二月余《ふたつきあま》りの出来事に、今更ながら驚くのだった。

（儂はどうなって行くのだろう？）

新五と勝三をどうするか。蓮をどうするか。己ひとりなら、どこかで行き倒れればよかったが、勝三らを道連れにする訳にはいかなかった。溜め息を吐き、目を上げた。

蝶が飛んでいた。危うい飛び方をしている。片方の羽根が破れていた。

蝶は小さな白い花に止まると、羽根を休めたまま動かなくなった。

夜が来て、朝になり、また一日が始まった。蓮は眠り、勝三は学び、黒助は凝《じ》っとしている。

白い花の下に、昨日の蝶が落ちていた。凝っと動かず、土の上に横たわっていた。

足音がした。勝三の跳ねるような足音だった。

「多十と書けるぞ。見るがよい」

勝三が、たじゆうと土に書いて見せた。

「大したものだな」

「しよはたいせつなのだ。わかるな、多十」

「しよ?」

「書くことじゃ」

「書は大切だ。儂も学ばねばな」

「いつでも教えてとらすぞ」

新五が腰を屈《かが》めて来、勝三の背を押すようにして、連れ去った。

翌日は雨になった。

草庵の中で、勝三が身を持て余している。新五が囲炉裏で書を教え始めた。

その翌日も雨が降った。蓮がようやく動き始めた。勝三がまとわりついている。

多十は雨の中を出かけ、果実と岩の下に隠れていた川魚を捕って来た。

「雨で煙は見えぬ。盛大に焚いて食おう」

新五と勝三が即座に手を叩き、蓮も遅れて手を叩いた。

§

その二日後、狩りに出かけた新五と蓮が山の者らしい数名に姿を見られてしまった。

「慌てる必要はないが、念のため移ろう」

追われている身である。用心するに越したことはない。

山を下りる。そのためには、遣《や》ることはたくさんあった。ひとつは木の実や薬草の採取だった。麓に降りたら直ぐに庄屋か木賃宿を訪ね、当座の米や塩などと交換するのである。ひとりではなく、女子供含めた四人では、手に入れなければならないものもたくさんあった。

着るものにしても、洗い替えも余分に用意しなくてはならない。

「薬草を摘みに行く」

「供する」

蓮が応じた。薬草の知識があれば、ひとりでも生きていけるからと、少しずつ覚え始めていたのが、月の物のために中断していたのだった。

夏の山は、花をつけた薬草で賑わいを見せている。

多十と蓮は、薬草を摘む合間に木の実を採り、持ち帰る分を残して、口に放り込んだ。薬草でなくても食べられる野草は摘んだ。軽く湯掻《ゆが》いて灰汁《あく》を抜いたところで、湯に落とし、味噌を溶けば、それだけで立派な味噌汁が出来た。

蓮には薬草を摘む時に説明するのだが、忘れるのかよく訊かれた。

「一回聞いたら覚えるのではないのか」

「そうなのだが……」

たいがいのことは一度聞いたら忘れない蓮だったが、薬草に関しては別だった。葉の形を事細かに記憶するのに難渋するらしい。

「これは何と言ったか、忘れてしもうた」

「ユズリハだ」

「日干しにするのだったな」

「そうだ。葉とか樹皮を採り、よく洗い、日干しにする」

「これは、キブシじゃ」

「どうする？」

「枝を採り、刻んで日干しにする。尿が出易くなるから、身体の中の悪いものを出すには、これに限る」

「よう覚えておったな。日干しにしておけば、いつでも使えるぞ」

「オキナグサだ。この名は忘れぬ」

「下痢や腹痛に効くが毒がある。心の臓によくないので採らない方がよいだろう」

話に夢中になり、背後の気配に気づくのが遅れてしまった。振り向いた時には、山の者らしい三人が山刀を抜いていた。

「偉そうに講釈しているから何様かと思えば、掟破りのひとり渡りじゃねえか」ひとりが言った。

「ひとり渡りが女を連れているのは、よくねえな」ふたり目が言った。

「私は山の者ではない」

蓮が叫んだ。叫んでから、巣雲の弥蔵の名を思い出した。弥蔵の名を出せばどうにかなるかと思ったが、遅かった。山の者ではないと叫んでしまっている。

「見逃してやるから行け。その娘を残してな。分かるな？」

多十は蓮を背に隠すと、

「外道の真似がしたいのか」

「何とでも言え」三人目が、唇の端を吊り上げた。

「つべこべ吐《ぬ》かすと、殺して埋めてくれるぞ」

「仕方ないの」

「置いて行くか」

ひとり目とふたり目が、目尻を下げた。

「儂は気が短いのだ。まとめて三途《さんず》の川まで送ってやるから覚悟せい」

「ほざけ」

三人がほぼ同時に斬り込んで来た。刀の扱いに馴れていた。

（生かしておいても、為にならぬな）

多十は大きく跳び退くと、中央の男に鉈を投げつけた。男が身を竦《すく》めて躱《かわ》した。三人の呼吸が乱れた。多十は右側の男の腹をざっくり斬ると、間髪を入れずに左側の男に飛びかかり、首筋を払った。

「て、手前、ひとり渡りの癖に逆らいやがったな」

多十は逃げ出した男の背に山刀を投げた。弧を描いて飛んだ山刀が、男の背を捕らえた。

多十は蓮に薬草を採らせている間に、三つの死骸を集め、土をかけた。

「引き上げるぞ」

急いで草庵に戻った多十は、それぞれに荷物を纏《まと》めさせ、庵を畳んだ。まだ交換用の薬草は足りなかったが、移る方が先だった。相手に非があろうと、こちらはひとり渡りである。咎められた時には、言い分が通るとは思えなかった。逃げるに越したことはない。

山道を駆けるように下った。新五が勝三に気を取られ、転んだ。二度、三度と転がって止まった時には、足首を捻《ひね》っていた。冷やし、おとなしくしていなければならなくなった。

「拙者のことには構わず、もっと進もう」

新五は言ったが、足を酷使させたくなかった。

「これだけ離れておれば大丈夫でしょう」

佐久甲州道を見下ろす高台に草庵を作った。煙を出さないようにしていれば、暫くは暮らせるだろう。

多十は、木蠟を割り、隠しておいた火薬を取り出すよう蓮に言った。

「乾かして竹に詰め、火縄をつけておくようにな」

「分かった」

多十は火薬を仕込んだ竹筒を腰に、持ち合わせの薬草と、米と味噌を交換するために里に下りた。

（見えぬであろうな）

下から高台を見上げた。黒いものが草庵の上を舞っていた。黒助だった。

六

山に入った三人の男が、戻る日限を三日も過ぎているにも拘《かか》わらず、降りて来ない。

里者ではなく、山の麓に集落を構える山の者であることが、甚六の興味を引いた。

(何か、ある)

甚六は、道軒の許へ《猿》を走らせた。

「よう気づいた」

道軒らは、集落の長《おさ》からおおよその方角を訊き出し、山に入った。

「何ひとつ見落とすな」

翌日、土を被せただけの死骸を山中で見つけた。土を払いのけ、傷口を調べた。

「ひとりは刺され、ふたりは斬られておりますな」

近くの樹木を見渡した。鉈の刺さった跡があった。調べる範囲を広げた。

(どこぞに草庵の跡がある筈だ)

半刻程後に、草庵の跡に行き着いた。子供の足跡を見つけるのは、難しいことではなかった。

「奴らだ」と道軒が言った。「この近くにいる。街道を隈無《くまな》く探すのだ」

《猿》は山を降りると、四散した。

§

佐久甲州道を駆けていた鏑木道軒が、不意に足を止めた。

「いかがいたした？」

源次郎を手で制し、街道から外れた高台に目を遣っている。

「何だ、何を見ておる？」

黒い鳥が、空を舞っていた。

「鴉ではないか」

鴉は翼を広げて舞い降りて来ると、やがて街道に降り立ち、一本の脚で器用に跳ねながら小石を嘴《くちばし》で突っついている。

「脚が一本にございます」

「それが、どうした？」

「あの鴉には見覚えがございます」

炎に包まれた五番屋敷の空を舞っていたのが、一本脚の鴉だった。喬木に留まろうと脚を伸ばしたところを見ていた。

「源次郎様、ようやく見つけました。奴どもに相違ございませぬ」

「若千代君か」

「御意」

「よし」と源次郎が言った。

「実《まこと》、若千代君か調べ、そうであったなら、夜陰に紛れて逃げられぬよう明朝襲うぞ」

「心得ました」

道軒はサカキに犬目ら三名をつけ、山に入れた。サカキらの背が木立に溶け、見えなくなった。

「何としても」と、源次郎が道軒に言った。「若千代君を奪い返すのだぞ」

「元より」

§

夜明けを前にして、突然風が凪《な》いだ。山が静まり返った。

（…………）

草庵に伏していた多十が半身を起こした。胸騒ぎに似たものが、多十の胸を締めつけた。

己の勘を信ずる。それが山の暮らしで学んだすべてだった。

蓮の肩を揺すり、隠れろ、と囁き、新五の背を叩いた。蓮は寝藁を手で払うと竹で作った蓋《ふた》を開けた。勝三と蓮がすっぽりと入れる程の穴が掘られている。用心のために多十と蓮が工夫した穴だった。蓮は勝三を抱いて穴に入ると、多十に頷いて見せた。竹の蓋をし、土をかぶせ、寝藁を乗せた。

多十と新五は草庵を出、火薬入りの竹筒を仕掛け、木立の陰に潜んだ。

四半刻が過ぎ、半刻が経った。草が微かに揺れた。風がそよりと渡って来た。落ち葉が生き物のように地を這った。

影が草を折り、落ち葉を踏んだ。草庵に斬り込もうとして、飛来した竹槍に背を刺し貫かれた。

繁みから、多十らの潜む繁みへ、夥《おびただ》しい数の棒手裏剣が打ち込まれた。

「やったぞ」

犬目が繁みから飛び出した。甚六と四人の《猿》が後を追って繁みに向かい、赤水と三人の《猿》が草庵目指して走った。

その瞬間、光が弾けた。仕掛けられた火薬が大音響とともに爆発したのだ。腕や足をなくした《猿》がもがき、土に爪を立てている。草庵も竹の支柱を残して、吹き飛んだ。

「おのれ」

立ち上がった赤水の胸に、竹槍が刺さった。

「そこか」

道軒が宙を飛んだ。多十が木陰から飛び出し、鉈と山刀を構えた。道軒が太刀を抜いた。

「若千代君を貰い受けに参った。覚悟せい」

言い終えるのと同時に、太刀が多十を襲った。下段からすくい上げたかと思うと、中段からの突きが伸び、危うく寸で躱した多十の腕を、横に払った太刀が掠めた。

「よう躱した。が、それまでだ」

風が巻いた。足を紐で縛った《猿》が、木立から吊り下がり、滑空して来たのだ。右から左から、前から後ろから、鍛練された《猿飛》の技が繰り出された。

地を這うようにして躱した多十の目の前に、《猿》のひとりが落下した。新五が投じた竹槍が命中したのだ。

意を強くした新五が、太刀を抜き払い、片足をひきずりながら、走って来た。

「来るな、新五。戻れ」

しかし、多十の声より先に、《猿》が新五に襲いかかった。躱す間もなく、《猿》の刀身が新五の肩にめり込んだ。《猿》は反動をつけ、また木立の上に戻った。

「蓮、今だ」多十が叫んだ。

「何だ？」

《猿》が辺りを見回した。犬目が火薬のにおいに気づいた。

「飛べ」

叫んだ犬目の首の骨を、多十の投じた鉈が砕いた。

木立が炸裂した。節を刳り貫いた竹に紐を通し、それを引けば、火の点いた火縄が火薬を詰めた竹筒に落ちるよう細工しておいたのだ。竹の中を爆風が逆流したのか、草庵の隅から煙が漏れた。

「小賢《こざか》しい真似《まね》を」

サカキが、蓮と勝三が穴に隠れていることを見抜き、草庵に向かった。源次郎が続いた。

気づいた多十がふたりの前に回り込んだ。

（そうはさせるか）

迎え撃とうとした道軒に、新五が立ちはだかった。

多十の山刀がサカキの太刀を巻き取り、撥ね上げた。尚も、苦無《くない》を手にして組みつこうとしたサカキの顎を、多十の足が蹴り上げた。

源次郎が太刀を抜き、斬りかかって来た。太刀を払い、袈裟に斬り降ろした。源次郎の胸許から鮮血が噴いた。

「源次郎様」

道軒の太刀が、新五の額を掠めた。顔を朱に染め、新五が倒れた。

「若千代君、隠れておられるのは分かっておる。出て参られい」

道軒が叫んだ。草庵の床が持ち上がり、蓮と勝三が顔を出した。倒れている新五に気づいた蓮が悲鳴を上げた。

「多十、勝負だ」

道軒の手から、何かが舞った。それは吹き始めた風に乗り、多十の方に流れ、空中で火を吹いた。

あの時の妖しの術か。

（見るな）

自らに命じた。だが、既に遅かった。

（しまった……）

身体が固まり、動きが取れなくなった。

「頭を割ってくれようか、それとも首を刎ねてくれようか」

道軒が、ゆるりと多十に歩み寄った。

「多十！」

蓮の声は届いて来たが、固まった身体は言うことを聞かない。道軒の太刀が、多十の山刀を叩き落とした。

「死ね」

道軒が太刀を振り翳した。

「嫌じゃ」

勝三が血の出るような叫びを発した。

山が唸った。鳥だった。山鳥が一斉に飛び立ったのだ。道軒は、目の前の光景を身動きもせずに見ていた。大菩薩嶺の上空を埋め尽くしていた鳥の群れを思い出した。

(これだったのか)

道軒は呟くと、改めて太刀を振り上げた。

気配が道軒を襲った。

何だ？

振り返る余裕はなかった。振り上げた剣は、血潮を待っている。振り下ろそうとした。その道軒の胸に黒いものがぶつかった。息が詰まった。訳が分からなかった。

(何だ)

目と耳の奥が膨れ上がって来た。血のにおいがした。口中に血潮が溢れた。

黒いものが、ずるりと落ちた。鴉だった。脚が一本であると知れた。

傷口から血が迸《ほとばし》り出た。

(せめて、せめて、この男に一太刀浴びせねば……)

道軒が膝から崩れた。

§

息を吹き返したサカキが四囲に目を遣った。道軒も、配下の者どもも皆倒れていた。身構えようとしたサカキを制した多十が、

「もうやめだ」と言った。「手当をすれば助かる。連れて帰れ」

源次郎が寝かされていた。サカキが慌てて源次郎の傍らに走った。

「若様」

源次郎の胸には、薬草が塗られていた。

「かたじけない」

「生きられよ、と真田の若様に伝えてくれ。その代わりこの子供には二度と手出しするな、ともな」

「必ず」

§

多十は急ぎ草庵を建て直すと、寝床を整え、新五を寝かせた。

額の傷は浅かったが、肩の傷は深く、鎖骨を砕いていた。出血がなかなか止まらない。唇の色が紫になり、顔も黒くなり始めた。熱も上がっている。多十は必死に治療を試みた。

三日が過ぎ、四日目になっても、新五の容態は変わらず、意識も切れ切れの状態が続いた。駄目か。駄目なのか。

「……多十、変だと思わぬか」

不意に新五が口を開いた。

蓮が救いを求めるように多十を見た。

「……どうして若君は泣かれるのだ？」

「それは……」多十が、言いかけて言葉を切った。

理由が摑めなかった。漠とは分かりかけていたのだが、それが何かは分からなかった。

「考えておった。寝ながらずっと考えておった」

新五の唇が割れ、血が滲んだ。拭おうとするのを拒み、

「どこで泣かれたか、絵図に書いてみてくれ」

「東海道の奥津で泣いた」

枝を手にした多十が、囲炉裏の灰の下方に印をつけた。

「信濃の佐久でも泣いた」

多十は古府中への道筋を描き、そこから佐久、小諸、上田と点をつけた。

「そして、この辺りが倉賀野表《くらがのおもて》で、ここが松井田……」

多十の手にした枝が、奥津、佐久、松井田を指した。

「何か繫がりがある筈なのだが……」

覗き込んだ蓮が、考え込んでいる。枝がためらいながら三つの点を結ぶように動いた。

「円になる……」

「繫がった」

蓮の目が円の中心を見詰めた。

「何か、分かったか」

新五が蓮と多十の目を追った。

「円で繋がるのじゃ」と蓮が言った。「泣いたところが」

「中心は？」

「古府中か勝沼辺りだが」と蓮が言った。「心当たりは……」

蓮は、多十と新五の表情を見て、口を閉ざした。男ふたりの目から涙が溢れ、頰を伝っている。

新五が蓮に、田野の地名を教えた。

「御父上様と御母上様が御生涯を閉じられたところでござる」

多十は涙に濡れた頰を拳で拭うと、およその距離を頭の中で計ってみた。それぞれ田野から十八里（約七十・二キロ）か十九里（約七十四・一キロ）程だった。

「何ということだ！」多十が叫んだ。「儂らは勝三を見捨てぬ限り、十八里を越えてその先に行くことは叶わぬのだ」

「分からぬ。どういうことだ？」

蓮が多十の袖を摑んで引いた。

「儂らは甲斐・信濃から一歩も出られぬ。釘づけになってしもうたのだ」

§

翌朝、若千代君を頼む、と言い置いて、新五が死んだ。

蓮と勝三が、多十の許に遣された。

(どうすればよいのだ?)

多十は、無明《むみょう》の闇が己に覆い被さって来るのを感じた。

この三日後、京都で天下を揺るがす大事件が起こった。甲斐の支配者となって僅か三月《みつき》の織田信長が、家臣の明智《あけち》光秀《みつひで》の奇襲を受け、自刃して果てたのである。

世に言う本能寺《ほんのうじ》の変である。

逸速《いちはや》く光秀を討った羽柴秀吉《はしばひでよし》が、天下取りに乗り出す。その間隙《かんげき》をつき、主のいなくなった甲斐に、本腰を入れて乗り込んで来た者がいた。

徳川家康である。

甲斐の地を舞台にして、家康配下の伊賀忍群と熾烈《しれつ》な戦いをすることになろうとは、まだ知る由《よし》もない多十であった。

第六章　服部半蔵

一

夜来の雨も上がり、朝の日差しが松の下枝を掠《かす》めて差し込んで来た。

北条幻庵は、広げた渋紙の中央に座り、薬研《やげん》で走野老《はしりどころ》の根を碾《ひ》いていた。渋紙の上には、日干しにした幾種類もの毒草が並べられている。幻庵は時折碾く手を止めると、新たな毒草を取り上げ、薬研に入れた。

毒草を粉に碾く。薬草を碾く場合と違い、毒草を碾くのは、よく晴れた日の朝のうちに限られていた。碾いた時に舞い上がる微粉末を見定め、吸い込まぬようにするためである。京に暮らした二十代に、本草学《ほんぞうがく》を極めた陰陽師《おんみようじ》の許《もと》に通って身につけた知識だった。

しかし、若い時から毒草を碾き続けて来た幻庵は、毒に馴れ、多少の毒には耐えられる身体《からだ》となっていた。それでも朝にこだわっているのは、習慣に過ぎない。

三つの壺を引き寄せた。小魚と蛙《かえる》と山椒魚《さんしょううお》が入っている。幻庵は、碾き終えた毒を茶杓《ちゃしゃく》で掬《すく》うと、それぞれに等量ずつ落とした。

小魚は瞬《また》く間に腹を見せて浮いたが、蛙と山椒魚はなかなか死ななかった。やがて蛙の手足が痙攣《けいれん》し始めたが、山椒魚に変化が見えたのはもっと後だった。幻庵の思惑よりも毒の回りが遅かった。

（もそっと早う効かねば、使えぬな……）

梅蕙草《ばいけいそう》と福寿草《ふくじゅそう》を隅に退《の》け、別名馬殺しとも牛殺しとも呼ばれている馬酔木《あせび》の葉に手を伸ばした時、板廊下を摺《す》るようにして歩いて来る微《かす》かな音が聞こえた。

「幻庵様」風魔の棟梁・小太郎の声だった。

「どうした？」

「大事が出来《しゅったい》いたしました」

軽々しく大事などと言う男ではなかった。

何が起こったのか。

幻庵は、入るように言い、小太郎の顔を見詰めた。張り詰めたものが窺《うかが》えた。

「申せ」

「京に配しておいた者より知らせが届きました。過ぐる六月二日の払暁《ふつぎょう》、右大臣織田信長様、本能寺にて自刃《じじん》して果てられた由にございます」

「何？」

思いも寄らぬことだった。

「襲うたは、毛利《もうり》か」

「明智日向守《ひゅうがのかみ》様のご謀反《むほん》にございます」

僅《わず》か百名足らずの兵を従え、本能寺に投宿していた信長を、一万三千の光秀軍が襲ったのだと小太郎が話した。

「今日は何日じゃ？」

「六日にございます」

変が起こって四日が経っている。

「御屋形《おやかた》様には？」

「お城にも使いの者が走っておりますれば、知らせが届いた頃かと思われます」

「登城の支度をいたせ」

「既に申しつけてございます」

「流石に早いの」

言ってから、武田討伐の戦功で駿河一国を頂戴した御礼言上のため家康が京に上っていることを思い出した。足取りを訊いた。

「六月二日は堺におられたそうですが、その後のことは分かりませぬ」

「堺か」

幻庵は、京大坂の山野と街道を頭に思い描いた。

「そなたなら、どう動く？」

「手勢は僅か三十余名と聞き及びますゆえ、某《それがし》でしたら先《ま》ずは逃げるかと」

「どうやって？」

「襲われる危険がないのは海路でございますが、徒《いたずら》に時を費やしますので陸路と存じます。さすれば、伊賀を越える道でございましょう」

「伊賀は、信長憎しで襲わぬか」

「服部半蔵《はっとりはんぞう》がおります」小太郎が即座に答えた。「また伊賀の衆に対して家康様は寛大に振舞《ふるま》うて来られましたゆえ、ここは一族の先を睨《にら》み、襲わぬでしょう」

「よう出来た。それだな」二度大きく頷《うなず》いてから、ならば、と幻庵が言った。

「既に家康は、岡崎《おかざき》か浜松に着いておる筈《はず》だの？」

「恐らく」

「岡崎と浜松に、誰ぞ配しておらぬのか」

それぞれの地に、二名ずつ忍ばせていた。家康が戻ったならば、その者から知らせが入る筈だった。なのに、何の知らせもない。

考えられる理由は、ふたつ。家康が戻っていないか、戻った途端厳しい見張りで国《くに》境《ざかい》を固め、間者《かんじゃ》を殺しにかかったか、だった。

「腕の程は？」

「軽々《けいけい》に後れを取る者どもではござりませぬが……」

「どうした？」

「半蔵には伊賀の四天王がついております。彼《か》の者らが四方に飛び、固めたとなると」

「勝てぬか」

「とても」

「四天王とは、それ程の手練か」

「風魔が束になっても、勝てぬでしょう」

幻庵は、一声唸《うな》ってから、これで、と言った。

「甲斐に睨みを利かせる者はいなくなった訳か。乱れるであろうな」

「御屋形様も？」

「勿論甲斐に攻め入るであろう。そして家康も、何か理由をつけて入り込むわ」

「若千代君は大丈夫でございましょうか」

「鏑木道軒を倒した多十がついておるのだ。先ずは間違いなかろうが、それとても何の保証もない」

「その多十でございますが」

「分かったか」

「いずこの集落にいたか、何ゆえひとり渡りになったか、調べがつきましてございます」

「ようやった。申せ」

「しかし、御登城なさらねば」

「慌てるでない。御屋形様父子の考えることは見当がつく。直ちに御出陣となろうが、儂《わし》が先頭切って登城し、言い立てたのでは、若い者の立場がのうなる。論議が出尽くした頃にしよう」

「さすれば」

小太郎が、渋紙の上で膝《ひざ》をにじった。

約半刻の後、幻庵は小太郎に毒草と薬研に誰ぞ見張りを立てるように言い置き、登城の駕籠《かご》へと急いだ。

§

幻庵の思惑通り、登城した頃には、氏政・氏直父子は滝川一益が就いていた関東管《かん》領《れい》の職を北条の手に取り戻し、更には甲斐に攻め入り領土を得ようと出陣する決意を固めていた。

だが、家康の動きは、より素早かった。

小田原に第一報が伝えられる二日前、世に言う伊賀越えで逸速《いちはや》く難を逃れた家康は、甲斐の領土と野《や》に散った武田の遺臣を得ようと甲斐への出兵を企《くわだ》て、船上であらゆる命を下していたのである。

ひとりの男が、船を下りるや馬を乗り継ぎ、浜松へと駆けた。男の名は、服部半蔵正成《まさなり》。伊賀の忍びを束《たば》ねる棟梁であった。

半蔵正成は浜松城下にある服部屋敷に駆け込むと、父である前《さき》の棟梁・半蔵保長《やすなが》を隠居屋敷から呼び寄せた。半蔵保長、この時六十六歳。半蔵正成、四十一歳。

「火急とは穏やかでないの」

父半蔵が、白く伸びた鬚《ひげ》をしごいた。

隠居とは名ばかりであった。脂も抜けていなければ、枯れてもいない。一日に走れる距離と、眠らずに過ごせる時の長さが、倅《せがれ》に負けたからと棟梁の座を下りただけであった。

「親父殿」と、息半蔵が言った。「助けて下《くだ》さりませぬか」

「何をすればよいのだ？」

「人ひとり殺してほしいのです」

「造作もないことだ。引き受けよう」

「問題がひとつございます。と言うのは、親父殿自らが手を下されては困るのです。国人を煽《あお》って殺させるのです」

「詳しく申せ」

家康が甲斐への出兵を計画しているが、名目がない。そこで、甲斐国主の川尻秀隆を、国人に一揆《いっき》を起こさせて殺す。

「そこで殿が、騒乱を鎮《しず》めに甲斐に入られるという寸法です」

「成程《なるほど》の」と、父半蔵が頷いてから尋ねた。「なぜ、そなたがやらぬ」

「親父殿に頼めとの殿直々の御言葉なのです。親父殿の方が、国人を相手にした時、押し出しが利くと仰せられまして」

思わず父子に笑いが生じた。

「ありがたい仰せだの。確かにお引き受けいたした。して、いつまでに一揆を起こせばよいのだ？」

「早ければ、早い程」

「甲斐の国人どもに、それらしい動きはあるのか」

「まだくすぶっているところかと」

「揺さぶりを掛けねばならんな。譜代《ふだい》の者の命をひとつ所望するが、よいかの？」

「お望みならば、ひとつと言わずに」

「そうまで言える信《しん》を得たとは、喜ばしいことだな」

父と子は見詰め合い、この日二度目の笑みを零《こぼ》した。

§

三河《みかわ》譜代の臣・本多百助《ほんだひやくすけ》の家は浜松の城下にあった。

質実な三河衆の家が建ち並ぶ中、一輪の季節の花もない、一際《ひときわ》質素で粗野な作りの家だった。庭は畑にされており、菜が月明かりの下で萎《しお》れていた。

影がひとつ塀を飛び越え、潜《くぐ》り戸を開けた。

白い鬚をなびかせた影が戸を潜り、庭に足を踏み入れた。

「誰だ？」

「半蔵だ」鬚が答えた。

「珍客だな」

障子が開いた。左手に太刀が握られている。

「何用だ？」

「命を貰い受けに来た」

「殿の御為《おんため》になることか」

「そうだ」

「分かった。上がれ」

「よいのか」半蔵が訊いた。

「誰もおらぬ」

「御妻女は？」

「死んだ。一年前になる」

「息子殿がおられたであろう？」

「嫁を貰っての。若いのがいると生ぐさいので、別所帯にして貰った」

「お主らしいの」半蔵が歯だけを覗かせた。

「まっ、上がれ」

火が灯った。

半蔵は上がると、仏壇に手を合わせてから、百助に向き直った。

「話してくれ。何ゆえ、儂の命が要る？」

「お主の命ひとつで、殿が甲斐に攻め込むことが出来るのだ」

甲斐には川尻秀隆がおるぞ、と百助が言った。

「その川尻を国人どもの手で亡き者にしたいのだが、奴どもを動かそうにも、もうひとつ盛り上がりが足りぬのよ。そこでお主に、川尻を訪ね、甲斐を捨て引き上げるよう、勧めて貰いたいのだ」

「分からぬ。勧めると、どうなる？」

「信長は亡く、己の地位を奪おうとしている者の使いが、領地から去れと言って来たのだ。それも、引き上げると言うまでしつこくな。並の男ならば、逆上するであろうよ」

「斬られるのか」

「お主を斬れば、己が生き残る道はなくなる。生き長らえたければ、斬らぬ」

「とは言え、川尻秀隆は冷静に先が読める器ではない。儂は斬られる」

「そうなるだろうな」

「そこで」と、百助が言った。「殿が御登場なされるのか」

「まだだ。まずは儂が国人どもを煽る。お主を殺めた川尻の首を取れば、徳川家への仕官は思うがままだと言うてな」

「一揆か」

「それを鎮めるためと、お主の弔いのため、殿が甲斐にお入りになるという寸法だ」

「分かった。儂の命、好きに使うてくれ」

「済まぬな」

「いつでもよいぞ。支度は出来ている」

座敷に、余分なものは何もなかった。

「武士《もののふ》だの」

「何よりの言葉だ」

百助が鬼瓦《おにがわら》のような顔を崩し、

「このお役目」と言った。「何ゆえ儂を選んだ？」

「数多《あまた》の戦を、ともに戦い抜いた友だからだ」

「そうか」

「他の者には頼めぬわ」

「飲むか」百助が、椀を口許に運ぶ仕種をした。

「いいのう」

「肴《さかな》がある。作ったのだ」

「百助殿が、か」

「おうよ、食べてみてくれ」

「美味《うま》いのか」

「勿論だ」

「ならば、貰おう」

百助が立ち上がり、厨《くりや》に消えた。

半蔵とともに、その夜のうちに浜松を発った百助は、川尻秀隆を三日続けて訪ね、四日目に殺された。

「もう一日遅ければ、儂が殺すところであったわ」

半蔵は、ふっと息を吐くと、次は、と言った。国人どもを煽ってくれるか。

二

山から音が消えていた。

虫の鳴き音も、葉擦《はず》れの音も聞こえて来ない。気持ちのいい静けさではなかった。どこかねっとりとした、粘るような静けさであった。

多十はそっと草庵を出ると、石に腰を下ろし、身じろぎもせずに山の気配を探った。

追っ手には気づかれていない筈だった。

執拗《しつよう》に追って来た真田の《猿》は倒した。真田昌幸の次男源次郎に手傷を負わせたが、手当をし、《猿》生き残りの小頭サカキから、二度と若千代に手出しせぬとの言《げん》質《ち》を取り、父親の許へ送らせた。

新五の死を看取《みと》った後草庵を畳み、五日歩き、三日沢を溯ったところに新たな草庵を編んだのだった。

においも足跡も何も残してはいない。

追われる気遣いはなかった。

にも拘わらず、落ち着かぬものが多十にはあった。

（儂は怯《おび》えているのか……）

武田家の嫡流《ちゃくりゅう》である若千代を、そして川尻秀隆に家族と仲間を殺された蓮を連れているものの、突き詰めてみれば己一人だけのための命だった。命の他になくすものは何もなかった。怯える理由はどこにもない。

遠くで枯枝が鳴った。重さのある獣が、踏み抜いた音だった。多十の様子を窺っていたのだろう。多十は、己も一個の獣になっていることに気づいた。獣になっていれば、山の中で生きられる。それが多十のよりどころであった。

東の空に目を遣《や》った。夜明け前の冷気の中に暗く沈んでいた。

§

男がゆるゆると目を開けた。

昨夜は木立に凭《もた》れ、立ったまま眠った。木立を背にしていれば、夜露が凌《しの》げるだけでなく、背後の敵を防げ、また木に登れば猿飛の技も使える。

独りで務めに出た時の《猿》の習いだった。

男は懐から袋を取り出すと、干した木の実を嚙《か》み始めた。一粒口に入れては、丁寧に嚙み、六粒食べたところで竹筒の水を飲んだ。水には少量の酢が入っている。水を腐らせないためだ。

男は、袋を懐に戻し、竹筒を腰に下げると、西に向かって歩き始めた。

サカキだった。

真っ直ぐに三町（約三百二十七メートル）程行くと、多十らの新たな草庵がある。

正確な場所は調べてあった。

棟梁・鏑木道軒を亡くし、十六日が経っていた。源次郎を真田館に届け、当主・昌幸と水盃を交わしての弔い行だった。

《猿》の小頭として、ただ独り生き延びることは叶《かな》わなかった。それでなくともサカキには、ひとつの負い目があった。

多十らが忍び屋敷を襲った時、サカキは小頭として十分な働きを成し得なかった。火薬を仕込んだ竹槍に壁を崩され、武器庫に閉じ込められてしまったのだ。その間にまんまと若千代主従に逃げられたのである。

多十らの尾行は、手傷を負った《猿》に委ねていた。源次郎とともに連れ帰ると見せ掛け、動向を監視させたのだ。血止めが効いたのか、死に至る日まで、這《は》うようにして跡を尾《つ》けてくれていた。ために、行き先の方向を見定めることが出来た。

だからと言って、その《猿》を手厚く葬った訳ではない。土を被《かぶ》せたに過ぎなかった。直《す》グニ儂モ逝ク。経の代わりに唱えたのは、それだけだった。

その日からサカキは慎重に多十らの足跡を辿《たど》り、ついに草庵を見つけ、今日まで見張っていた。

正面から攻めて多十に勝てるとは、思っていなかった。サカキは、敗れ、死ぬために戦いを挑みに来たのだった。

最早足音を消すつもりも、気配を断つつもりもない。枯枝を、落葉を踏み、木立の向こうの草庵を見据えて足を運んだ。

草庵の入口に紐がかかっていた。《猿》の持ち物である。拾ってきたのだろう。サカキは紐を手で払い、草庵の中を覗《のぞ》いた。小さな棚が作られており、着替えなどを包んでいるのか、包みが幾つか置かれていた。どこかに移ったのではないと知れた。

(待つか)

サカキは石に座り、沢の下流に顔を向けた。出合の続く下流の方が、魚影が濃かった。

半刻が経った。幼子の声が聞こえ、それに女子《おなご》が答えている。声は徐々に近づいて来た。

声が突然熄《や》んだ。女子が若千代を抱き抱えて後退《あとずさ》りした。

男が女子の脇を擦り抜け、前に出た。多十だった。手から笹に通した魚を下げている。

サカキが腰を上げた。

「お主は……」

多十が男のことを思い出したらしい。

「《猿》の小頭を務めていたサカキと申す」

多十が辺りに気を配りながら、背の籠《かご》を下ろした。

「供はおらぬ」

多十の目が微かに揺れた。

サカキは、源次郎の命を助けて貰《もら》った礼を述べ、頭を下げた。

§

多十は、サカキから濃密な殺気が伝わって来ないことに当惑していた。しかも配下の者を伴っていないと言う。

（死ぬ気か）

棟梁以下多くの《猿》を死なせ、おめおめと生き長らえることは、小頭として許されぬのか。

「何用で来た？」

「生死を決したい」

「断ったとしたら？」

「どこまでもつけ狙うことになろう」

サカキの物言いは淡々としていた。逃げたとしても、必ず探し出し、仕掛けて来るだろう。

「どうやって儂らの居場所を知った？」

配下の者を尾けさせていたのだと、サカキが答えた。

「十分気をつけておった。沢を登り、水の中を歩いての。尾けられたとは思えぬが」

「手傷を負いながら、命の灯が消えるまで必死で尾けてくれた。それで逃げ行く方向は分かった」

「どうしても戦わなければならぬのか」

「甲斐は再び戦場《いくさば》となる。その前に片をつけたい」

「戦場?」

武田氏を滅ぼした織田信長が、川尻秀隆に甲斐を与えて三ヵ月が経過したばかりだった。信長の権勢は里を席巻しており、その御威光で川尻も思うまま振舞っている。甲斐が戦場になるというのならば、織田方が大規模な武田の残党狩りでもするとしか考えられなかった。

「里のことは、山の中には伝わらぬのだな。いや、そなたがひとり渡りだからかな?」

「何だ? 何があった?」

「信長が自刃して果てたわ」

では、信長の御威光にすがっている川尻は、どうなるのか。甲斐に留まってはおられまい。

「いつのことだ?」多十が訊いた。

「八日程前になろうか」

サカキが本能寺の変について簡略に話した。

「川尻は、川尻秀隆は、何をしておる?」蓮が蒼白になった頬《ほお》を震わせた。

「直ぐにも北条と徳川が攻め込んで来る。織田の援軍のない川尻に持ち堪《こた》えることなど到底出来ぬ。川尻が甲斐から引き上げるのは、時の問題であろうな」

「困るのじゃ、それでは」

蓮が目に涙を溜め、多十を見上げた。

「古府中に行くぞ。狙う機会があれば、槍の一本でも投げてくれよう」

蓮は激しく頷くと、

「どうせ死んだ命じゃ」と言った。「残っておる火薬を抱いて、飛び込んでくれるわ」

「死ぬと決めつけるな」

多十は蓮の髪に手を乗せ、揺すった。

「死ぬのは万策尽きた時だ。必ず仇討《かたきう》ちの道はある」

「おいっ」とサカキが言った。「儂のことを忘れておらぬか」

サカキはもう一歩前に進み出てから、仇討ちとは何だ、と訊いた。

「この娘は、川尻に皆殺しにされた金山衆の生き残りなのだ」

川尻秀隆と川尻に内通した大蔵十兵衛らに襲われ、ムカデ《ムカデ》赤脚組が皆殺しになった時のことを、多十は蓮を気遣いながら話した。

「生き埋めにされたのだが、ただひとり生き延びたのだ」

「生き埋め……」

（あれか……）

サカキは、男衆が穴の底で籠の形に肩を組み、息絶えていた光景を、まざまざと思い出した。あの籠の中にいたのが、この娘だったのか。

「よう抜け出したものよな」

「あの穴を」と蓮が訊いた。「見たのか」

「見た。遺骸を焼いて、埋めた」

「そうだったのか」

蓮の眉《まゆ》が開いた。蓮は小走りに近づき、サカキの目の前で頭を下げた。

「私は逃げることに夢中で、埋めてやらなんだのだ。あの穴が埋められているのを見た時は手を合わせたぞ。礼を申す」

「儂に礼を言うても無益だ。焼いたのも埋めたのも、棟梁が命じ、下忍どもがしたことだからな」

仇を討ちたい気持ちは分かる、とサカキが続けた。

「だが、その前に立ち合《お》うて貰う」

サカキは蓮を脇に退けると、忍び刀を抜いた。

「儂に勝てば、真田郷に戻れるのか」

「いや、勝ったとしても《猿》には戻れぬ。全滅《くずれ》の責めを負い、儂らは《墓場》と呼んでおるが、そこに九月の末までに行かねばならぬ」

《墓場》は姥捨《うばすて》の地である。入れば死ぬまで二度と出られぬ、と聞いたことがあった。

「遅れた時は？」

「追っ手が差し向けられる」

「四月《よつき》とは、ようくれたな」

「そなたを探し出し、討つためだからな。常は一月《ひとつき》だ」

「四月あるならば、儂は逃げはせぬ。どうだ、この娘に仇を討たせ、ともに死に花を咲かせぬか」

「死ねるのか」サカキが訊いた。

「儂も、ひとり渡り。集落から追われ、果ては朽ちて死ぬ身だ」

「若君がおろう。遺《のこ》して逝けるのか」

勝三が、木々の梢を見回している。鴉の黒助を亡くしてから、黒助に代わる鳥を探しているのだが、まだ見つけられないでいる。

「死ねぬ、か……」

「であろう。死ぬのは儂でよい」

「………」

多十はサカキが刀を鞘《さや》に納める仕種《しぐさ》に目を留めた。万一にも刃が蓮に触れ、怪我《けが》をさせぬよう身体に捻《ひね》りを加えている。

「ついて行くが」とサカキが言った。「それでよいか」

「よい。よいな？」

蓮がサカキに答えてから、多十に尋ねた。

「ならば、手伝うて貰うぞ」

「仇討ちを、か」

「いや、勝三の世話だ」

「勝三？」

里の者や追っ手の耳を考慮して、呼び名を変えたことを教えた。

「よい名であろう」

「勝頼公の御三男だからか」

「そうだ」

「よい名だ」

釣って来た魚を食べ、明朝出立しようと言う多十に、サカキが反対した。

「急いだ方がよかろう」甲斐の国人の動きが妙なのだ、とサカキが言った。「このままでは一揆が起こるかも知れぬ」

蓮が目を見開いている。

「火薬の残量は？」多十が蓮に訊いた。

「竹槍に仕込むとなると、あって三本分であろう」

「足りぬな……」

「と言うても、直ぐには……」

蓮の表情が曇り、目尻に涙が溜まった。

「忍び込み、塩硝蔵を爆発させ、混乱に紛れて襲う。それしかあるまい」

「鶏の血なら何杯でも被るぞ」

信州小諸城の塩硝蔵を襲った時に使った手だった。少女の白い裸身に鶏の赤い血が映え、見張りの兵が絶句したものだった。

「よしっ、草庵を畳むぞ」

蓮が草庵の中から包みを取り出し、柱を倒した。草庵が崩れた。

「どうして、どうして壊すの？」

勝三が蓮の周りを走り回った。

三

川を下り、裏街道を抜け、四日目に古府中に着いた。

即刻、町の外れにある百姓家の納屋を借りた。草庵を編む手間を省き、火薬を仕込んだ竹槍を早急に作るためである。子供の姿を見せたことで安心したのか、数日のことならと、快く貸してくれた。

この頃は、まだ旅籠《はたご》が各所にあるという時代ではない。旅をする者は民家か百姓家の納屋か軒先を借りることが多く、多十らの行動は奇異なものには映らなかった。

野良着に着替え、鉈を背帯に差し、多十は川尻秀隆が躑躅ヶ崎館に程近い岩窪の地に設けた館、世人が言うところの陣屋にいるか調べに町に入った。

納屋には蓮と勝三とサカキが残った。蓮には、竹槍に火薬を仕込んでおくよう言いつけ、サカキには見張りを頼んだ。

この四日の同行で、サカキを信じたのである。それが間違いであるか否かは分からなかったが、賭けるしかなかった。

多十は、武田時代の曲輪を修築し、更に新たな曲輪を増築しようと槌音の響いている躑躅ヶ崎館の周りをぐるりと回り、陣屋へと向かった。

本能寺の変を挟み、それ程間がないというのに、信長存命中に来た時とは雰囲気がまったく違っていた。国人が一揆を企てているという噂《うわさ》が、見張りの目を、多く、厳しくしていた。

「おいっ」

通り過ぎようとした多十を、警備の兵が呼び止めた。

「笠を取り、顔を見せろ」

菅笠《すげがさ》を脱いだ。生え揃っていない、短い髪の頭が現れた。

「何だ、その頭は？」

「虱が……」

勝三が虱を湧かせ、蓮にもうつった。根治するために剃髪《ていはつ》を勧めたが、嫌がった蓮が抵抗の末に、皆も揃って剃《そ》るならと条件を出した。その折仕方なく剃った髪が、まだ伸び切っていなかった。

「それで剃ったのか」

兵らは笑うと、破れ汚れた野良着を見回してから、行け、と言った。

「この辺りをうろついておると、命がないぞ」

多十は腰を折って礼を言い、その場を離れた。

門の中には武装した兵が組に分けられ、待機していた。

いる。確かに川尻秀隆は、奥にいる。焼き餅《もち》と山菜の煮物を求め、遠回りして町外れの納屋に戻った。

「どうじゃ、川尻はおったか」

蓮が、飛びつくようにして訊いた。多十は餅と煮物を手渡しながら頷くと、

「警備が厳重でな」と言い、一揆の噂があることを話した。「ふたりでは、襲うても犬死にするだけだ」

「では、どうすればよいのじゃ？　まさか、止《や》めると言うのではなかろうな」

信長配下の国主が住む館である。躑躅ヶ崎館が完成すれば、火薬の類《たぐ》いは塩硝蔵に納められるだろうが、それまでの間どこに保管しておくのか。恐らくは岩窪の陣屋の片隅であろう。しかし、それがどこだか分からなかった。忍び込み、在《あ》り処《か》を探り、その上で襲うとなると、徒に時を食ってしまうだろう。

「策は、ある」サカキが口を開いた。

「助勢してくれるのか」蓮の声が、弾んだ。

「そうではない。儂が加わっても、同じことだ」

「なら、どのような策があると言うのじゃ？」

「今言った一揆だ」

「起きるのか」蓮が多十に訊いた。

「噂に過ぎん」

「いや、起きる」サカキが身を乗り出した。「起きて不思議のない状況だ。調べてみる価値はある。一揆が起きれば、それに加わり、館に入り込み、川尻を追い詰める。どうだ？」

「一揆がいつ起きるか、分かっておれば出来ようが、どうやって一揆の日取りを知るのじゃ？」

探るしかあるまい、と多十が言った。

「国人の屋敷をな」

「そうだ」

サカキが、手伝おうと言って、鼻の頭を搔《か》いた。

「早く仇討ちを済ませて貰わねばならぬからの」

焼き餅と煮物を分け合い、四人で夕餉《ゆうげ》を摂った。焼き餅は布に包んで懐に入れて来たためか、まだ温みが残っていた。

「うまい」勝三が目を輝かせた。

「気が高ぶって、よう咽喉《のど》に通らぬが、うまい」と言って蓮が、両の手に持った餅を見詰めた。「弟の好物であった……」

弟の勇作は、川尻秀隆の軍に襲われ、赤脚組の者たちとともに殺されてしまっていた。

多十が話の接ぎ穂を探しかけた時、

「儂は、これで死に損なったことがある」

と言って、サカキが餅を咽喉に詰めた時の顔をした。

「幼い時のことか」蓮が訊いた。

「いや、二十幾つの時だ」

えっ、と叫んで蓮と勝三が顔を見合わせた。

「咽喉がカラカラなのに、腹が減っていたので食べたら、咽喉にくっついてしまったのだ」

「慌て者じゃの」蓮が言った。

「あわてものじゃ」勝三が言った。

「よう忍びになれたものだ」多十も加わった。

「そうじゃ」

「そうじゃ」

蓮と勝三が口を揃えた。

「そう言うな。腹が減っておったのだ」

　蓮が笑った。

　多十は、蓮と勝三の顔を見ながら餅を口に含んだ。

§

　蓮に勝三を任せ、日没の寸前に多十とサカキは納屋を出、二日掛けて当たりをつけておいた地侍の家に向かった。一揆を企てているのなら、動き出すのは夜だと踏んだのだ。

　作りは百姓家だった。家の内と外を隔てているのは、一枚の板戸だけである。叢《くさむら》に潜《ひそ》んだふたりの耳にまで、家の中から興奮した大きな声が聞こえて来た。どうやら、出掛けようとしているらしい。囲炉裏《いろり》の火が揺れ、影が戸口の方に動いているのが、撥ね上げ戸の隙間から見えた。

　家から出て来たふたりの地侍が、二手に分かれた。多十とサカキも二手に分かれて尾けることにした。多十が年嵩《としかさ》を受け持った。

　男は夜道を駆け、地侍を説いて回っている。ひとりがふたりになり、今や十三人になっている。板戸の陰で聞いたところでは、甲斐を織田の手から取り戻す好機だという話で、いつ一揆を起こすかには触れていない。

多十は苛立《いらだ》ちを抑え、男どもが首謀者の許に走るのを待った。

人数が二十名に達したところで、時が来た。一行が揃って走る速度を上げた。多十は手応えを感じながら、一定の距離を保って追った。

半刻の後、木立を抜けた一行が、火の気のない真っ暗闇の屋敷の門を潜った。

どこに警備の者の目があるか分からない。多十は木立の陰に潜み、門の周辺を凝《じ》っと見詰めた。血のにおいが微かにした。遠くではない。我が身の近くである。背筋に冷たいものが奔《はし》った。身動きせずに、目だけで辺りを探った。

闇の底で蠢《うごめ》くものがあった。背帯から鉈を引き抜いた。

「多十」

低いがはっきりとした声だった。声が広がらないよう、手で囲う、忍びの発声術《こえ》でもあった。

「サカキか」多十も呟《つぶや》くように言った。

闇が小さく動いた辺りに向かって、這い寄った。

「どうした？」

サカキが足を指さした。布が巻かれていた。

「恥ずかしい話だが、竹を踏み抜いてしもうた」

真田の忍び《猿》は、撒《ま》き菱《びし》などを踏み抜かぬよう、草鞋《わらじ》の中に蒲《がま》の穂から採った綿を打ち固め挟んでいた。サカキも《猿》仕様の草鞋を履いていたのだが、紐を通す乳《ち》が壊れてしまったので、途次買い求めていたのだった。

「足手纏《あしでまと》いになって済まぬな」

「何の、それよりここは誰の屋敷だ？」

サカキが多十の知らぬ国人の名を上げた。

「天井裏で大変なことを聞いた」

「忍び込んだのか」

「勿論だ。務めの前に、踏み抜くなどという愚かなことをするか。しくじったのは、知らせに走ろうとした時のことだ」

サカキが憤然として言った。

「何を、聞いたのだ？」

「そのことだが……」

一揆の決行日は明朝。各地の国人が人数を集め、夜明けとともに館を襲い、川尻秀隆の命を奪う。

「主立った者は明朝と知っておったようだが、今夜掻き集められた者どもは、裏切らぬとも限らぬゆえ、ぎりぎりまで知らせなかったのであろうな」

「よう調べてくれた。礼を言うぞ」

多十はサカキの腕を肩に回し、ゆるりと立ち上がった。

ふたりが闇の中に消えるのを見ていた影があった。影の一方が訊いた。

「あの者ども、いかがいたしましょうか」

他方が答えた。

「ひとりは真田の《猿》だ。見覚えがある」

「もうひとりは？」

「知らぬが、あの身体の動きは忍びではないの。ましてや武家でもない」

「何者でしょう？」

「尾けてみてくれ」

「始末、いたしますか」

「それには及ばぬ。真田は使い道があるゆえ、このようなことで面倒は起こさぬ方がよいであろう」

「心得ました」

「どこに行くか、それを突き止めたら戻れ。儂は陣屋の方を見張っておる」

ふたつの影は、落ち葉の上を足音も立てずにそれぞれの方角に駆けて行った。

§

サカキの手当をし、杖を作り、ぐっすり眠っている勝三をサカキに託した。

「そなたらが」と、サカキが言った。「帰らぬ時は？」

「小田原へ連れて行ってくれ」

「北条か」

「母親が先代・氏政公の妹なのだ」

「そうであったな。心得た」

「必ず戻る」

「当たり前だ。儂は子守ではない。そなたと戦うためにおるのだ」

「忘れぬ」

多十と蓮は、夜明けに十分《じゆうぶん》間のある刻限に、納屋を出た。多十は鉈と山刀の他、火薬を仕込んだ竹槍を三本抱えた。

蓮は、ここに至る日々を思い返しているのか、口をきつく結び、前方を睨んでいる。

ふたりは快調に歩みを重ねていたが、多十はふと心に違和感を覚えた。

地侍の姿がひとりも見えない。集合場所に急ぐ頃合ではないのか。嫌な思いが、胸をよぎった。

行程の半ばに差しかかったところで、東の地平が赤くなった。

(朝か……)

一瞬出立が遅れたのかと思ったが、夜が明けるような刻限ではなかった。まだ寅《とら》の刻(午前四時)を過ぎたばかりである。

(とすると……)

「火の手か」

方角からすると、古府中の真ん中辺りだった。

(岩窪の陣屋か!)

燃えているのだ。

「蓮」

多十は蓮の手を取り、瞳を覗いた。瞳の中に焼けた夜空が映っている。

「何が起こっているのか分からぬが、今の儂らに必要なことは、落ち着いて対処することだ。よいな」

蓮が夜空から目を移さずに頷いた。

「走るぞ。遅れずについて来い」

多十が地を蹴った。蓮が続いた。

黒い木立が背後に飛んだ。早い。足許も定かに見えぬ夜明け前の道を加減なしに走るのは、蓮には初めてのことだった。蓮は多十の背と腰の動きに合わせて、足を踏み出した。次第に呼気が重なってゆくのが分かった。息苦しさは、なかった。更に速度が上がった。

古府中の町中は騒然としていた。多くの者は戸口を固く閉ざした家の中で震えていたが、軒下まで出て様子を窺う者や、堂々と通りに居並び、炎を噴き上げている陣屋を見ている者も大勢いた。

一揆に加担した地侍衆に喝采を送り続けている人々を掻き分け、多十と蓮は前に進み出た。

この日、六月十八日――。

息半蔵が父半蔵に一揆を依頼して、十四日目のことだった。

川尻秀隆が曲輪の増築と館の改築のため、躑躅ヶ崎館の外に館を構えていたことと、信長の死により援軍の期待が持てぬ秀隆を見限った兵の離散などが重なったとは言え、異様な早さだった。

――何というお人だ。

後日、息の半蔵正成も驚いたが、紅蓮《ぐれん》の炎に包まれた館を前にしてもっと驚いたのは、多十と蓮であった。

「仇を討てぬ」

蓮が、涙を流し、譫言《うわごと》のように呟いた。

炎に炙《あぶ》られ、真っ赤な顔をした地侍が、門から転げ出て来た。着物の袖《そで》や袴《はかま》の裾《すそ》が焼け焦げ、煙を吐いている。

多十は竹槍を蓮に渡し、用水桶を手に取ると、地侍の側《そば》に駆け寄った。

「お侍様、水にございます」

おっ、と地侍の目が和んだ。

「おかけいたします」

頭と首筋に流し、背と腹にかけた。

「済まぬな。生き返ったぞ」

一息ついた地侍が、再び門の中に駆け込もうとした。

「お侍様」多十が呼び止めた。

「何だ？」

「私どもは、家の者を国主様の手の者によって亡き者とされましてございます」

多十は蓮を手で示した。蓮の頬についた涙の跡が光った。

「国主様は、どうなったのでございましょうか」

「死んだ」

「間違い、ございませぬか」

「この目で見た」

「お引き留めいたし、申し訳ございませぬ」

地侍は、友の名を呼んでいるのだろう、門の内側に入り込み、大声を上げている。

「聞こえたか」

「聞こえた」

「間に合わなんだな……」

言いかけて、多十の胸に引っかかるものがあった。

――ソナタト戦ウタメニオルノダ。

（まさか……）

唇《くちびる》を噛み締めている多十に、せめて、と蓮が言った。

「竹槍を投げ込みたいのだが、よいであろうか」

門の中には、地侍たちがいる筈だった。彼の者らに怪我を負わせると厄介なことになるのは、目に見えている。

「屋敷に向かって投げる分には、構わぬであろう。参れ」

門の内側に入った。血塗《ちまみ》れになった地侍らが肩を叩き合い、燃え落ちる館を見詰めていた。

多十は目敏《めざと》く先程の地侍を見つけると、許しを乞うた。地侍が仲間に話した。

「女子の身で仇討ちとは殊勝なり。やれい」

許しが出た。

「蓮、今日までよう生き抜いた。その手で仇を討てずとも、そなたは討ったのだ。そう思え」

蓮が竹槍を火中に放った。竹槍は弧を描いて飛ぶと、柱に当たって爆発し、それと同時に陣屋の屋根が崩れ落ちた。地侍の間から歓声が上がった。

多十は蓮の肩を抱き寄せようとして、微かな殺気を感じ取った。身構え、そっと振り向いた。

場所に不似合いな白い鬚の老人が、御門脇にいた。その老人は、昨夜国人の屋敷の外にいた影のひとりであったが、多十の知るところではない。

(気の迷いか)

多十は、蓮を促し、その場を後にした。

§

ふたつの足音が近づいて来た。

ひとつは重い。男の足音だった。もうひとつは軽い。女と覚《おぼ》しかった。多十と蓮に相違なかった。

（無事、戻ったか）

サカキは杖を手に取ると、腋《わき》に柄《え》を挟み、表に出た。

その瞬間を狙い、多十が鉈を投じた。鉈は唸りを上げて飛ぶと、杖を真っぷたつに圧《へ》し折った。支えをなくしたサカキが、倒れて転がった。

「なっ、何をする？」

多十は素早く駆け寄ると、刀を抜き払おうとしたサカキの腕を踏みつけ、拳《こぶし》をサカキの顎《あご》に叩きつけた。サカキの顔が歪《ゆが》み、気を失った。

「多十。どうしたのじゃ？」

蓮が、目を見張っている。

「此奴《こやつ》を殺したくないからだ」

直ぐに出立する、勝三を起こせ。多十はサカキを縛り上げると、荷物を纏《まと》めて籠に入れ、担いだ。

殺したくないというのは、蓮を気遣っての言葉だった。サカキが一揆決行の刻限で嘘を吐《つ》かなければ、陣屋襲撃に十分間に合った筈《ず》だった。儂を決闘の場に引き摺り出すまでは、危うい目に遭わせたくない。その思いから吐いた嘘だろうが、ために蓮は仇を討つ機会を逸してしまった。

「サカキは、あのままにしておくのか」

蓮が心配そうに尋ねた。

「あれくらいの縄脱《ぬ》けは、忍びなら簡単なことだ」

「追って来るのか」

「恐らくな」

サカキの足裏の傷は、思った以上に深かった。傷が癒えるまでには、それ相応の時がかかるだろう。それまでに、遠く離れてしまえばよい。多十は、蓮と勝三の足を急がせた。

四

川尻秀隆が一揆で殺されたという知らせは、伊勢長島に本領を持つ滝川一益に衝撃を与えた。

げた。

勝敗は僅か二日で決した。一益は、上野を捨て、信濃を抜けて脱することを兵に告

本庄原《ほんじょうばら》で戦い、翌日倉賀野表との中程にある神流川《かんながわ》で再度の合戦が行われた。

軍に厭戦《えんせん》気分が漂い始めたのを見透かしたように、北条氏直の軍が攻めて来た。

（関東でなど、果てたくはない……）

その頃——。

一揆を起こさせた後、上野の地を見回っていた服部半蔵保長が、浜松城三の丸にある大久保忠世の屋敷を訪ねていた。

「北条が勢いに乗り、信濃にまで攻め込みましてございます」

「そのようだな」

「殿が甲斐に進攻なされる好機かと存じまするが」

「まさに。殿も、そのおつもりである」

「となると、甲斐が決戦の場になりまするな」

「半蔵」忠世が遮《さえぎ》った。「北条との戦に関しては、当代棟梁に任す所存だ。其の方には、内密に頼みがある」

「何なりと」

うむ、と頷いた忠世が、声を潜めた。

「武田勝頼公父子が天目山の麓で死んだ。そこまでは知っての通りだ。だが、その折信勝公の御弟若千代君が、山の者の手を借り、追っ手の目を掠めて逃げ延びた。武田の御遺金の秘密を握ったままな」

頼みとは若千代君を捕らえることだが、と言って忠世が身を乗り出した。

「邪魔者がいる。その山の者だ。此度《こたび》は、其の方の手で殺せ」

「ありがたい。その方が、どれだけ楽か知れませぬ」

「手強いぞ。真田の鏑木道軒を倒した男だ」

真田の忍び《猿》の棟梁であった道軒は、妖《あやか》しの術で知られた凄腕《すごうで》の持ち主だった。

「どのような男でございます？」

「名は、蛇塚の多十。年の頃は三十前後だそうだ」

忠世が、勝頼との因縁から話を始めた。

「武田の御遺金を狙う者から若千代君をお守りいたしておるらしい」

「その者と川尻秀隆と、何か繋がりはございますか」

「あの川尻と……」

忠世は暫《しば》し考えていたが、ぽんと膝を叩いた。

「若千代君とともに女子がおるそうだが、川尻秀隆に皆殺しにされた金山衆赤脚組の娘だと聞いておる」

「成程……」

父半蔵が、遠くを見るかのように、目許を膨《ふく》らませている。

「いかがいたした？」

「もしやすると、その山の者と出会うておるやも知れませぬ」

父半蔵は、燃え落ちんとする川尻秀隆の館を見詰めていた男を思い出していた。試しに殺気を浴びせると、見事に感じ取り、身構えた。

「年は凡《およ》そ三十、痩身《そうしん》、鋭い目。刺し子を纏い、山刀と鉈を持つ。そのような男にございました」

「若千代君は？」

「それらしき御方はおられませんでしたが、女子はおりました。十四、五でございました」

「半蔵、正成に代を譲ったとは申せ、伊賀の棟梁として修羅場《しゅらば》を踏んで来た其の方の眼力に問う。その男は、蛇塚の多十か」

「恐らく。しかし……」父半蔵が口籠《くちご》もった。

「何だ、何かあるのか」

「その者は、《猿》の小頭と連れ立って動いておったのでございます」

「道軒の配下の者とか。見間違いではないか」

「そのようなことは……」

「ないか」

「あり得ませぬ」

「繰り返すが、其の方の目を信じる。何ぞ我らの知らぬ訳でもあるのやも知れぬ」

「恐れ入りまする」

頭を下げた父半蔵に、鋭い口調で尋ねた。

「倒せるか」

「大久保様、我らは伊賀者ですぞ。囲んで逃がしたことはございませぬ」

「そうであったな」

忠世はもみあげを捻ると、費《つい》えは要るだけ出す、と言った。

「四天王もつける。これで、見つかりませんでした、では通らぬぞ」

「四天王もでございますか」

「其の方が手塩にかけて育てた者どもだ。文句なかろう」

「それでは、棟梁が……」

「棟梁からの申し出なのだ。道軒を倒した剛の者でも、四天王を相手にしたのでは勝てまい、とな」

「分かりました。早急に若千代君を見つけ出し、多十とか申す男を始末して御覧に入れまする」

「吉報を……」

父半蔵が、忠世を制した。忠世が口を閉ざした。父半蔵は脇差を抜き払うと、障子を開け放った。黒い影が庭木を縫うように走り、塀を軽々と飛び越えた。

「お任せを」

ふたつの影が父半蔵に声をかけ、塀の向こうに消えた。

§

風魔にあって、走りの速さで鳴らした向笠《むかさ》だった。まさか追いつかれるとは、夢にも思っていなかった。

追いつき、並走し始めた影が、伊賀四天王のひとり百舌《もず》だと名乗った。百舌の走りには、まだ余裕があった。向笠の足が、生まれて初めて敗れたのである。背に悪寒が奔った。

（殺《や》られる）

向笠は、藪《やぶ》に走り込み、地に伏せたと見せて、這い進んだ。

百舌の姿も消えている。

(どこだ?)

地を這いながら、微かな風に乗せ、眠り粉を撒いた。粉が樹間を流れ、虫の音が熄《や》んだ。更に這った。風上に向かって、這って上がった。

「百舌、遊ぶでないわ」

風下からの声だった。振り向いた。眠り粉の漂う中に男がいた。男の頰には、薄笑いが浮かんでいる。

(効かぬのか)

向笠は、木立の奥へと走った。なだらかな道ではない。しかも、樹間を縫うように走らなければならない。離せるか。離せれば、生き延びられる。岩を飛び越え、藪を突っ切り、枝から枝へと飛び移り、なおも駆け、木肌を背にして振り向いた。

目の前にふたりの忍びがいた。向笠の額に汗が噴き出し、凍った。

「百舌」

「鬼杖《きじょう》」

鬼杖の杖が向笠の咽喉を砕き、倒れるところを百舌の太刀が襲いかかった。

§

忠世が、向笠の裸に剝《む》かれた死体を見下ろしながら言った。

「どこの忍びだ？」

「先ずは、風魔かと思われます」百舌が答えた。

「何ゆえだ？」

「あらゆる忍び道具を身につけておった点が上げられます。上杉の軒猿《のきざる》、真田の猿、北条の風魔、果ては我らが伊賀者の道具までをも取り揃えておりました。正体を絞られぬようにするためでございます。が……」

と言って百舌が、父半蔵を見た。

「それだけの備えをするのは、風魔しかおりませぬ」父半蔵が答えた。

「風魔とは、それ程用心深いのか」

「と言うよりも、敗れた時のことを考えるからでございましょう。勝つことしか考えぬ忍びは、細かなことにこだわりませせぬ」

「成程の」

忠世が、父半蔵に訊いた。

「ちなみに、伊賀はどうしておるのだ？」

「伊賀の道具《もの》しか持ちませぬ」

第七章

《蓑虫《みのむし》》

一

青い空に白い雲が流れて行く。

北条幻庵は、縁先に立って空を見上げながら、己が何者なのかを考えていた。

北条早雲の四男に生まれ、父の命《めい》で幼くして僧侶となり、若い頃には京に上ったこともあった。修行とは名ばかりで陰陽師の許に通い詰め、そこで身につけた余分な知識を振り翳《かざ》し、今では風魔を従え、長老などと呼ばれている。それだけの、ただ長生きをしているだけの、つまらぬ老人ではないか。

儂には別の生き方はなかったのだろうか。

箱根《はこね》権現《ごんげん》の別当《べっとう》職を辞さずにいたら、どうなっておったのか。この血腥《ちなまぐさ》い乱世から遠く離れたところで生きられたのだろうか。

父が死に、母が死に、兄が死に、長男が、次男が、三男が死に、甥が死に、姪が死に、しかし何の報いか、己ひとりだけ生き長らえている。

幻庵北条宗哲、お前は何者であったのだ？　何のために生まれて来たのだ？

ただひとり取り残されているのは……。

幻庵の脳裏に、不吉な二文字が浮かんだ。

滅亡。

儂は、北条の滅びをこの目で見るために、生まれ、生き、長らえているのか。

老いだ。老いが、つまらぬことを考えさせるのだ。

「誰か、ある」

首を振り、茶を所望しようとした時、板廊下に気配を感じた。気配は襖《ふすま》を挟んで止まった。幻庵は目許を拭《ぬぐ》い、座敷に戻った。

風魔の棟梁・小太郎だった。

「どうした？」

小太郎が口を開いた。

「真田が、御屋形様の傘下に加わる由《よし》にございます」

「よう主を変えるの」

口では詰《なじ》りながらも、意地や体裁を捨て、何とか領国を守ろうと足掻《あが》いている真田の生き方は、幻庵の心に炎を灯した。

「《猿》の力が削《そ》がれている今、暫《しばら》くは知恵ひとつで切り抜けねばならぬか」

「《猿》には、長年培《つちか》って来た技がございます。やがて新たな道軒が出て参りましょう。忍びとは、しつこい生き物にござりますれば」

「楽しみでもあるが、厄介な話でもあるな」

「あの道軒に、よう多十が勝ったものでございます」

「今でも信じられぬわ」

幻庵は、多十が《猿》の棟梁・鏑木道軒を倒したという知らせを、同じ座敷で聞いた。伝えたのも、小太郎だった。

ふたりは若千代の無事を喜ぶ前に、勝ち目のない多十がどのようにして道軒を倒したのか、考えあぐねてしまった。

「真田には、《墓場》と呼ばれるところがあるそうだな？」

「年老いた者と、務めをしくじった者が捨てられるところでございます」

「見たことは？」

「ございませぬが、聞いたことはございます」

不毛の地ゆえ作物は実らず、さりとて《墓場》から出て菜を摘むことも、狩りをすることも許されず、ために殆《ほとん》どの者が餓《が》死《し》するのだと小太郎が言った。

「死ぬるための場か」幻庵が尋ねた。「逃げる者はおらぬのか」

「忍びの里に残った家族が責めを負うことになります。親、兄弟、妻、子供。どこまでの者が殺されるかは存じませぬが、何人かは死ぬことになりましょう」

「これだけ戦乱の時代が続くとなると、忍びの掟《おきて》も厳しくなるのだな」

「速水らのことではお情けを賜《たま》わりましたが、風魔だとて例外ではござりませぬ」

「そうであったな」幻庵が茶を望んだ。

小太郎は、襖越しに配下の者に伝えた。やがて奥女中が茶を運んで来た。奥女中の姿をした風魔のくノ一である。くノ一が下がるのを待って、小太郎が言った。

「御屋形様は、上野から信濃、更に甲斐にまで食指を伸ばしておいでですが」

「ぶつかるな」

幻庵の言葉は簡潔だった。

「徳川でございますな」

「徳川は起請文《きしようもん》を乱発し、武田の遺臣を取り込んでおるのであろう。甲斐を我が物としようとしておるのだ」

幻庵の目が光を放った。

「恐らく真田を狙うて来る」

「真田をでございますか」

「そうだ。真田をよう見張っておれよ。甲斐は近いが、遠い。上野、信濃を経て兵糧《ひようろう》を送らねばならぬからな。糧道を断たれれば、北条の甲斐支配は夢と消える。鍵は真田だ。甲斐と信濃を庭にしておる真田だ」

「幻庵様」

「何じゃ？」

「ようやく幻庵様らしゅうなられました」

「そうかの」

「ちとご様子が違っておられましたので、些《いささ》か案じておりました」

幻庵は笑って誤魔化し、ところで、と言った。

「若千代君に、大事はなかろうな？」

「多十と女子が、川尻の陣屋が燃え落ちるところに居合わせたという話がございますが、若千代君のことは何も耳に入って参りませぬ」

「あの騒ぎの中に、多十はおったのか」まさか、と幻庵が言った。「若千代君は、捕らわれておいでなのではあるまいな？」

「それはなかろうかと思われます」

「ならば、多十奴《め》、よう守ってくれておるのだな」

「ところが、もうひとつ話がございます」

「何だ？」

「陣屋に、服部半蔵がおった由にございます」

「親父か、息子か」

「口が足りませんでした。父の半蔵保長でございます」

「嫌な予感がするの」

「私もでございます」

「一揆の裏に徳川のにおいを嗅ぎ分けたこともそうだが、《猿》の代わりに、今度は伊賀者どもが若千代君を追い始めたのではあるまいな」

「まさか……」

「儂なら四天王を使い、短時日で片をつけるぞ……」

幻庵と小太郎は、無言で見詰め合った。

大久保忠世の動向を探りに出かけたまま行方不明になっていた小頭・向笠の遺体を、風魔の下忍が浜松城下の林の中で発見するのは、この四日後のことだった。遺体は、木から吊り下げられていた。

二

川を溯《さかのぼ》り、沢を歩き、山の奥へと向かった。

権現岳《ごんげんだけ》、赤岳《あかだけ》、天狗岳《てんぐだけ》と連なる山並みが青く霞《かす》んでいる。

「草庵を編むのは、あそこか」

勝三が、正面の山々を見渡して言った。

「勝には、ちと遠過ぎる。ずっと手前に低い山があろう。あの山の向こう側の麓に編むつもりだ」

水の豊富な山だった。修験《しゅげん》の者は独鈷山《どっこやま》と呼んでいたが、山の者の間では井戸《いど》山で通っている。

「何ゆえ、向こう側なのじゃ？」

蓮が口を挟んで来た。

「向こう側は、山の者が寄りつかぬからだ。正面の高い山に登るか、下って来る者しか通らぬしな。それに」多十が言い足した。「勝に、一度山を越えさせたいのだ。麓を迂回《うかい》するのではなく」

「分かった」

蓮が井戸山と勝三を見比べた。

「白銀《しろがね》渡りをするのか」

勝三が目を輝かせた。

蓮が、ひとり渡りの小伏の双兵衛に連れられ、夜の渡りをした時、月に照らされ白く輝く尾根道を歩いたことがあった。白銀渡りである。話を聞いた勝三は、いつか同様の渡りをしたいと望んでいた。

「もう少し大きくなったら、夜の渡りをしてもよいが、今は我慢せい」

「いくつになったら、夜渡れるのだ？」

「後、二つかな」

「七さいか」

「そんなものだろう。その前に山に馴れぬとな」

「そうか」

大人びた顔をして頷きはしたが、足の出が鈍くなっている。疲れてきたのだ。休む間隔は変えず、歩く速度を落とした。それでも距離は稼げた。いつの間にか、辺りを見渡すところまで登っていた。

「山を歩く楽しさは、どこにあると思う？」多十が蓮に訊いた。

「高いところに行けるからか」

「それもある」

多十が歩きながら言った。

「歩く。歩く。歩く。そして、振り返る。歩いて来た道筋が見え、今いる高さを知ることが出来る。それが山を歩く醍醐味《だいごみ》なのだ。振り返れ。己が歩みを確かめろ。それをさせてくれるのが山だ」

蓮が立ち止まり、振り返った。多十と勝三が倣《なら》った。

山道がうねうねと木立の中に消え、緑の樹海が広がり、その上には青い山並みと、空と雲があった。

空の高みで生まれた風が雲を流し、樹海を渡り、山道を伝い、三人の伸び切らぬ髪をそよがせ、虚空《こくう》に抜けて行った。

「多十、私はどうしたらよいのだ？」

蓮が、空の尽きる辺りを見据えたまま言った。

「織田信長は死に、川尻秀隆も殺された。後は、蔵前衆《くらまえしゅう》の大蔵十兵衛と黒脚組の者どもだが、川尻の陣屋に竹槍を投げ込んでからは、何だか仇討ちが空しくなってしもうた」

「それでよいではないか。許すとか許さぬではなく、恨みを捨てられるのなら、無理に人を殺《あや》める算段はせぬ方がよい」

「この気持ちのままでいられるのか、また仇討ちに燃えるようになるのかは分からぬが、今は今の気持ちのままでいたいと思うておる」

多十は蓮の肩に腕を回し、揺すった。

「よう言うた。蓮は、またひとつ大きゅうなったのだ」

勝三が、駆け足になって多十に近づくと、刺し子の裾を握り締め、

「勝も今のままじゃ」と言った。

「今のままとは？」

「勝なのだ」

「そうか、勝は勝のままか」

「分かったならば、供せい」

勝三が先頭に立って足を大きく踏み出した。多十が笑みを浮かべて従い、蓮が続いた。

山肌を嘗《な》めるように雲の影が流れて行く。ふたりは時折振り向いては、また歩を進めた。勝三はふたりの真似をして、感慨深げに振り向いて見せた。

三

野火《のび》の弐吉《にきち》が、背後に異様な気配を感じて半刻になる。歩く速度を変えても、執拗に同じ間合を保っている。覚えは、あり過ぎて絞れない。

刃渡り九寸五分《くすんごぶ》（約二十八・五センチ）の鎧通《よろいどお》しを隠し持ち、悪事を重ねていた。仲間の山の者を殺し、ひとり渡りになり、それからも五人殺している。狙われるのには、馴れていた。

様子を窺っているのか、気づいたこちらを焦《じ》らしているのか、気配だけを漂わせ、襲って来ない。その気配の漂わせ方から尋常の者でないことが知れた。

（危ねえ）

弐吉は水辺に降り、竹筒に水を注ぎ入れる振りをして川に飛び込み、激流に身を任せた。弐吉の動きに呼応して、断崖の上で影が動いた。

（彼奴《あやつ》か……）

影は崖上を滑るように駆けている。弐吉は影を打ち捨て、逆巻く波に浮き沈みを繰り返し、川を下った。足に触れる川底の石が丸くなった。川から這い上がり、辺りを見回した。どこにも影の気配はなかった。

「儂を尾けるなんざ、十年早いわ」

弐吉は濡れた衣類を脱ぎ、木の枝にかけた。枝が撓《しな》り、垂れ、かけた衣類が地に落ちた。枝に切込みが施されていた。

（誰だ？）

まさか追いつかれたのではあるまいな？　弐吉は這い、倒木の陰に身を寄せ、半身を土に埋めた。

影が地表を歩けば、どのように工夫を凝らそうと聞き分ける自信があった。待った。影が動き出し、近づいて来るのを、息を潜めて待った。響いた。土につけた耳に、微かに響くものがあった。北だ。額を汗が伝った。

「伊賀四天王のひとり、天願《てんがん》」

背後で声がした。逃げることはおろか、振り向くことさえ、ままならなかった。背に鋭い刃物の切っ先が、当てられている。

影は、崖上に置き去りにした筈だった。

「あれは」と天願が答えた。「其の方に見せるための影だ。儂は崖を飛び、先回りしておったのだ」

「崖を飛んだ、だと？」

振り向こうとした弐吉の背に、激痛が奔った。皮膚を破り、五分《ごぶ》程切っ先が食い込んだ。

「汝《うぬ》が得物《えもの》、なかなか手入れがよいの」

反射的に、弐吉は腰を探った。鎧通しが鞘を残して抜かれていた。

（いつの間に？）

どのようにして近づかれたのか、鎧通しを抜かれたのか、見当もつかなかった。腕が違った。格段の差があった。

「動かずに、訊かれたことに答えろ」

「分かった」

「ひとり渡りか」

「見れば分かろう」

切っ先が更に食い込んだ。弐吉の唇から唸り声が漏《も》れた。

「蛇塚の多十なる者を知っておるか」

懐かしい名前だった。二年前の夏に出会って名乗り合い、そして北と南に分かれただけのつき合いだったが、気持ちのいい男だった。

弐吉は、それまでの渡りで、何人かのひとり渡りを見ていた。その者どもの多くが、顔に刻まれた横一文字の傷を持て余すか、誇示していたが、多十は違っていた。誇りもしなければ卑屈にもならず、ただ淡々と生きていた。

（お前さん、何でしくじりなさった？）

咽喉《の》に出かかった言葉を呑み込んで別れた日のことを、弐吉は昨日のことのように思い出した。

「名前くらいは知っているが……」

天願は値踏みするように弐吉の横顔を斜め後ろから見詰めると、

「その多十だが」と言った。「今どこにおるか知らぬか」

別れて以来、会ったことがなかった。

（何をしたのだ？）

此奴らの所為《せい》でひとり渡りになったのか、それともひとり渡りになってからの関わりなのか。

「そいつを、捕まえようってんですかい？」

天願が鎧通しの柄《つか》を回した。細身の刃先が捩《ねじ》れた。鋭い痛みとともに、傷口が熱く燃えた。

「汝は、死にたいのか」

「答えても殺されては、何にもならねえからな」

「殺さぬ」

「それにしては、穏やかな訊き方とは思えねえな」

「それもそうだ」

鎧通しが背から引き抜かれた。

「こちらを向いてもよいぞ」

弐吉は身構えながらゆるりと振り向いた。

「返そう」

天願が鎧通しをくるりと回し、柄を弐吉の方に向けた。

「いいのか」

怖《お》ず怖《お》ずと伸ばした弐吉の手に、天願が柄を握らせた。

「これで儂を信じるか」

「信じねえ」

弐吉は渾身《こんしん》の力を込めて、鎧通しを天願の腹に叩きつけた。

刃が天願の腹を抉《えぐ》った。血の海に果てる筈だった。

だが、

「裏切りは、よくないの」

天願は腹から鎧通しを引き抜くと、傍らに放り投げた。

「刺されても、平気なのか」

「儂に刃は利かぬ」

敵《かな》わない。この男には勝てぬ。逃げろ、多十。心の中で叫び、

「多十が」と訊いた。「何をしたのだ?」

「汝の知ったことか」

天願が一歩足を踏み出した。

(殺られる)

「言う。何でも話す」

多十について、何も知らなかった。どこの集落の出で、何の武器を得手とし、好んで草庵を張るのが水辺なのか叢なのか木立の中なのか、詳しいことは何も知らなかった。しかし、知らないと答えたのでは、命を長らえる芽を摘まれてしまう。

「訊いてくれ。答える」

「汝からは訊かぬ。もうよい」

天願の手許が光った。弐吉の網膜が光を捉えた。光は鋭い痛みを伴って額を砕いた。地平が揺れた。天願が斜めに立っている。

どうしてだ？　と思った次の瞬間、弐吉の視界が霞み、何も見えなくなった。

§

配下の下忍・九一《くいち》が駆け戻って来る。

速い、無駄のない走りである。呼気も、草を踏む足取りにも乱れがない。

この一年で、群を抜いた伸びを見せている。もう数年経てば、走るだけならば、伊賀の中でも指折りの者になるだろう。

困るのは、それを鼻にかけていることだった。ために、下忍の中でひとり浮いていていた。

水虎《すいこ》は、掌を開いては閉じ、閉じては開き、指先に力を込めた。手指の関節が鳴った。

「小頭」九一が、得意げに鼻孔を膨らませている。「ひとり渡りではございませぬが、三町程西にある沼の辺《ほとり》に、山の者らしき者どもがおりました」

「何人だ？」

「四人でございます」

「何か知っておるやも知れぬ。締め上げてくれよう」

四方に散り、合図とともに囲みの輪を縮めた。身構えている三人を残し、ひとりだけ囲みを破って猛然と逃げ出した。

「構わぬ。殺せ」水虎が言い放った。

ふたりの下忍が追った。ひとりは九一だった。間もなくして、九一が逃げた男の首をぶら下げて、木立の間から姿を現した。

「ああなりたくなかったら、逃げ出そうなどと思うな」

三つの顔が、微かに縦に動いた。

「よう聞き分けた」

では、と言って水虎が、蛇塚の多十について尋ねた。

「何でもよい。知っていることを教えてくれ」

「何も知らなんだとしたら？」

「死んで貰う」

「教えたら？」

「手出しせずに、儂らは行く」

「実《まこと》かな」

「信じるしかあるまい」

「そうは思わぬ」

言い終えた瞬間、三人が九一のいる方に走った。輪が広がり、三人に手裏剣が投じられた。ふたりの背に手裏剣が突き刺さった。無傷のひとりが、九一に飛びかかり、山刀で膝を叩き割った。九一の手から首が落ち、転がった。

「近づくな。この者を殺すぞ」

「構わぬ。殺せ」

水虎が半弓を引き絞りながら言った。弦《つる》が弾かれ、矢が放たれた。矢は真っ直ぐに飛び、九一の胸に吸い込まれた。九一が崩れて果てた。

盾《たて》を失った山の者どもが後退った。背に手裏剣を受けていたふたりが、腹と咽喉に矢を食らい、先に絶命した。

「水虎流弓術《霞《かすみ》》」

水虎はゆったりと矢を番《つが》えると、引き絞り、放った。

矢は躱《かわ》した筈だった。飛び来る矢を見て、咄嗟《とっさ》に横に跳ねた。だが、矢は己の胸にあった。

熱く生ぐさいものが、口に溢《あふ》れた。それが血であることを、経験が教えてくれた。なぜこのようなことで死なねばならぬのか、男には合点が行かなかった。

無念の思いに包まれたまま、膝を突いた。忍びどもが刀を抜いて、駆け寄って来た。膾《なます》に刻まれる前に息絶えたかったが、敵はもう目の前に来ていた。無念の思いが、更に募った。

四

井戸山の中腹に草庵を構えて、五日が経った。この間、誰とも出会わなかった。三人だけの、穏やかな日々だった。

勝三は蓮に手習いを教わり、多十は蓮に鉈遣いを教えた。

山にいる以上、身につけておかなければならないことは、たくさんあった。

空模様の見分け方。風の起こりと熄み方。草庵の編み方と畳み方。夜目の鍛え方。野草の見分け方。水の探し方などなどだが、蓮は既にかなりのことを習い覚えていたので、武器にもなる鉈にしたのだった。

鉈があれば、木《き》を伐ることも出来れば、小動物を倒すことも、骨を断ち、捌《さば》くことも出来た。力は要らなかった。鉈の重さを利用すればよかった。

母親を早くに亡くし、厨に立っていた蓮にしてみれば、

「容易《たやす》いこと」

だった。無駄のない動きで薪《まき》を割り、兎汁《うさぎ》を作ってみせた。

「兎は出来るが、狸《たぬき》は出来来ぬ」

狸には、肛門の近くに臭腺《しゅうせん》があり、誤って切ると肉ににおいがついてしまい、食べられなくなる。一度失敗してからは、捌く役目を貰えなかったのだ。

「馴れれば大丈夫だ。今度は狸を捕まえるぞ」

「狸は駄目でも、石は割れるぞ」

「鉈でか」

「……多分」

赤脚組では鏨《たがね》を使っていたが、石の目を読み取れさえすれば、鉈でも割れる筈だと

蓮が言った。

試しに蓮が、多十の腰掛け用の岩を鉈の峰で叩いて見せた。岩にぐるりと線が走り、真っぷたつに転がった。多十は目を見張った。蓮が取って代わって師匠となった。

「この岩の目を読んでみよ」

多十は大岩の前に立たされた。

「勝三の手習いを見てくるゆえ、分かったら知らせよ」

唸ってしまった。まるで見当がつかない。

「蓮は分かるのか」

「よう見えておるわ」

多十はもう一度唸ってから、腕を組み、岩に目を寄せた。

§

「ここじゃ」

蓮が指さしたところは、何の変哲もないところだった。

「岩の気が集まっておろうが」

岩肌に掌をつけ、触るように、と蓮が言った。多十も掌をつけてみた。

「ほんの少しだが、熱気があろう？」

やはり分からなかった。

「困った多十じゃ」

蓮は腰の高さまである大岩の前に立つと、鉈を振り翳し、峰の先で一点を痛打した。ぴしっと音がし、大岩が左右に割れ、埃くさいにおいが立ち込めた。勝三が手を打った。多十も手を打った。

「火薬で岩を砕くのも赤脚組の大事な御役目でな、火薬を仕掛ける場所を決めるには、石の目を読めねばならなかったのじゃ」

「随分と鍛練したのであろうな？」

「小さな時から両の手に石を持ち、カチカチとよう打ちつけておったわ。突然片方が割れるであろう。後は一日中割れ口を見ておった」

「幾つの時だ？」

「六つ七つの頃にはしておった」

「そうか……」

多十は、勝三の小さな肩を指先でつっ突き、

「これからは」と言った。「石割りお蓮とでも呼ぶか」

「いしわりおれん、いしわりおれん」

勝三が面白がって囃《はや》し立てていたが、不意に真顔になって言った。

「いしわりおれんとは、何だ？」

§

「多十」と、勝三が言った。「頼みがある」

後は寝るばかりという刻限だった。

「何だ、言うてみなさい」

多十は蓮と顔を見合わせてから、勝三に尋ねた。

「歩きたいのだ」

「どこを？」

「外だ」

「いいぞ。明日は天気もよさそうだし、猟《りょう》に連れて行ってやろう」

「違う」

「どこに行きたいのだ？」

「外を歩きたいのだ、これから」

「夜だぞ」

「だからだ」

白銀渡りの気分に浸《ひた》りたいのだと、蓮が勝三の思いを読んだ。

「そうであろう？」

「待てぬ。早う夜の闇を歩いてみたいのだ」

《猿》の小頭・サカキを振り捨ててから、井戸山に向かう道すがら、ずっと追っ手の気配は感じられなかった。完璧に撒《ま》いているのだと、多十は思った。ならば、少しくらいの夜行は許されるのではないか。

(それに……)

先のこともあった。勝三を夜の闇に馴れさせておくのは、悪いことではなかった。

「近くだけだぞ」

「よい。それでよい」

「よかったの、勝」

蓮が、勝三に負けないくらいの笑みを見せた。

蓮と勝三を先に草庵から出し、多十は草庵のぐるりに黒糸を張った。糸に触れれば切れるよう、細工が施してある。念のための仕掛けだったが、安心料でもあった。

「待たせたな」

「行こう」

勝三が先頭に立とうとした。

「川まで行くぞ。無駄に歩かずに、水を汲《く》むのだ」

多十は竹筒を見せ、先頭は、と言った。

「ふたりで立て」

鬱蒼《うっそう》と繁った木立が月明かりを遮り、地表は墨を流したように暗く沈んでいる。闇に不馴れな勝三の足取りは覚束《おぼつかな》無い。夜目の利く蓮が勝三の手を取った。

「白っぽい石か花か葉を探して見るのじゃ。どんなに暗くとも、闇ではないことが分かろう」

「石なんて、ない」

「勝の右足の前に、汁椀程の石があるであろう」

勝三が立ち止まり、凝っと見ている。

「あった」

「目をそのままゆるりと上げてみよ」

勝三の柔らかそうな顎が、徐々に伸びた。

「白っぽいものがある」

「光の射さぬところに生える白い茸《きのこ》じゃ」

「見えた」

「であろう。そうやって夜の森を歩くのじゃ」

「分かった」

勝三が落とし物を探すような格好をして、歩いて行く。蓮が振り向いて、笑った。

「ひっ」

と勝三の咽喉が鳴った。足許近くの叢を、小動物が駆け抜けたのだ。勝三が立ち竦《すく》んでいる。

「勝三」と多十が、呼びかけた。「獣の半分は夜になると寝る。残りの半分は、どうしているか、分かるか」

「起きてる……？」

「そうだ。夜起きて、昼寝ている。森の連中の半分は、今頃暴れ回っているのだ。何も案ずるな」

「人もそうならよいのに。半分の人は、夜ずっと起きているとか」

儂がそうだった、と多十は、ふたりの後ろ姿を見ながら思った。集落《むら》が砦《とりで》や山城に兵糧や弾薬を運ぶ務めを請け負うたびに駆り出され、昼夜を逆転させた暮らしをしていたものだった。

目端が利き、俊敏であったこともあり、物心がついた頃には便利に使われ始め、以来二十代の半ば近くまでずっと、侍と集落の者の間を跳びはねていた。

そうした中で、竹槍を覚え、火薬を竹筒に仕込む遣り方を覚え、薬草と毒草、食べられる茸と毒茸の違いなどを覚え、ひとりで見知らぬ夜の森や山を駆ける術も覚えた。

多十のいた集落では、七歳の七月七日の夜、ひとりで山に登ることが義務づけられていた。《回峰《かいほう》》と呼ばれ、決められた場所を通って峰々を回るのである。怖さはあったが、それが一人前の男になるための儀式であり、峰から戻ると相応の扱いを受けた。

乱世の真っ只中に生まれた多十は、従兄弟《いとこ》たちが戦塵に散るなど、人手不足も手伝って、《回峰》前から夜の山を歩かされていた。

勝三のはしゃいだ声が聞こえた。

目の前を塞《ふさ》いでいる藪が濃い。

（着いた……）

藪を抜けると川に出る。勝三が河原に降りたのだろう。

多十も藪を抜けた。

月明かりが真上から縞《しま》になって降り注いでいた。

水面が白く光り、河原の石のひとつひとつがくっきりとした陰影を作っている。蓮が月に向かって両手を広げた。深く息を吸い込んでいる。傍らに立った勝三が、真似をした。多十は声をなくし、空を見上げた。無数の星と月が、夜空を飾っていた。

　小石を踏む足音が近づいて来た。

「多十」

　と足音の主が、小さな声を出した。勝三だった。

「焚き火は、駄目か」

「夜の灯は、遠くから見えるでな」

「周りは山だぞ」

「焚き火の火は、特別なのだ。山をぐるっと回る」

　納得し難いのか、唇が尖《とが》っている。

「もうひとつ。焚き火をすると、月の光が褪《あ》せるのだ」

「あせる？」

「これ程きれいには、見えなくなる」

　それは惜しいのか、勝三が川面に目を遣った。

「人は何も手出しすべきではないのだ」

　勝三は、蓮の許に駆け戻ると、手を引き、水辺に誘っている。

　その時、微かに獣のにおいがした。振り向こうとしたが、身体が痺れたように動かない。

(何だ⁉)

叫ぶ間もなく、獣のにおいが濃くなった。大気が淀《よど》んだ。小石を踏む足音が、背後から続いて起こった。

「御免を蒙《こうむ》りやすです」

白い衣装を着けた者が、耳許で囁《ささや》いた。吐く息が、生ぐさく、暖かい。白い衣装の列が、蓮と勝三のいる方に、肩を揺すりながら歩いて行く。

(蓮、勝三)

名を呼ぼうとしたが、声にならない。白い列は、ふたりの両脇を擦り抜けるようにして川に入ると、ゆるゆると渡って行った。

それとともに痺れが解け始めた。力が抜け、足許がふらついた。蓮と勝三が、駆けつけて来た。

「あの者どもは、何だ？」

「身体が動かなくなったぞ」

ふたりが交互に叫んだ。

「見てみろ」

ふたりは慌てて向こう岸を見渡したが、白い衣装の者はどこにもいなかった。

「消えた」

「どこに行ったのじゃ」

「狐《きつね》だ。彼奴《きやつ》らは、人ではない」

「…………」

勝三が多十の足に抱きついた。震えている。

「勝三、これが山だ。分かったか」

多十は勝三を抱き締め、言い聞かせた。

「怖がるではない。彼奴らも必死で生きておるのだ。儂らを怖がらせぬよう人に化けるなど、可愛《かわい》いではないか。のう、蓮」

草庵への帰り道、蓮は多十にぴたりと寄り添って歩いた。

五

前を行く喜八《きはち》の足が、突然止まった。

踵を踏みそうになった晋平《しんぺい》が、危ういところで躱し、怒鳴った。

た。

語尾を呑み込んだ。喜八の額に棒手裏剣が突き刺さっていた。喜八が膝から崩折《くずお》れた。

そこに至り、何が起こったのか察知した米三《よねぞう》が、尻餅を突き、這って逃げようとした。

手で土を、落ち葉を搔き、足で地を蹴る。焦るだけで進まず、そのことで更に焦り、泥だらけの手で宙を摑《つか》むようにして駆け出した。米三に去られては、ひとりだけになってしまう。晋平は焦った。

「米、待ってくれよ」

追いかけようとした晋平の目に、弾《はじ》かれて昏倒《こんとう》した米三の姿が映った。遠目に見ても、額から棒が突き出ている。

（やられた……）

棒手裏剣の飛び来た方角からして、敵はひとりではなかった。少なくとも、前と後ろにいた。四囲を見回した。

（どこに隠れていやがる……）

次に狙われるのは、己しかいない。首筋に悪寒が奔った。

（どうしたらいいんだ？）

思いが錯綜《さくそう》した。

（おれらに何がおこったんだ？）

（おれらが何かやったのか）

（喜八か、米三か、あいつらが何かやったのか）

（あいつらがやったことに、おれは関わりねえぞ）

叫んでみた。

「おれは、晋平だ。二本松下の晋平だ。何もやっちゃあいねえ。狙われることなんぞ、してねえ。間違いだ。間違いなら許す。喜八と米のことは、見なかったことにする。聞こえたか」

返答がない。待った。答えが返って来るのを、動かずに凝っと待ち続けた。来ない。

（やはり、人違いだったのか……）

開いていた唇が乾いた。閉じようとしたが、突っ張っている。無理に力を込めようとした時、耳許を一条の風が吹き抜けた。

風は石に当たり、跳ね返り、晋平の頬を掠めた。晋平の目は、風が黒い棒であることを見ていた。

駆けた。晋平は有らん限りの力を振り絞って、足を踏み出した。藪が、木立が、背後に飛んだ。なおも、休まずに晋平は駆けた。逃げ切れるとは思わなかった。どこかで追いつかれると思っていた。だが、どうせ死ぬなら、死ぬまで駆けようと決めた。足腰は、山の者として恥ずかしくないだけの走りが出来るよう、山駆けで鍛えてあった。

四半刻が過ぎ、半刻が経った。川に出た。流れは速いが、細い。石を蹴り、岩を踏み、流れに幅が出来るのを待った。葉叢《はむら》の向こうから水音が聞こえて来た。

(滝だ)

岩棚に足をかけた。水が滝壺に流れ落ちていた。深い。水の色が違った。川下に目を遣った。流れに幅があった。

(助かった)

喜色を浮かべ、滝壺に飛び込んだ。水を切り裂き、泡に包まれた。水面に遥か高みから日が降り注いでいる。晋平は泡とともに浮かび上がり、大きく息を吸い込んだ。

「気持ちよさそうだの」声がした。「愚か者が、逃げ果《おお》せたと思うてか」

声の主が水辺に立った。

「儂は伊賀四天王のひとり、百舌。ちと訊きたいことがある」

§

「これは、何だ？」

鬼杖が、解いた荷から白いものを取り出して訊いた。

板のように重ねられており、白く、薄く、軽い。

額を割られ、顔を血だらけにしている男が答えた。

「凍《し》み豆腐だ」

「凍らせるのか」

「そうだ」

真冬に夜干しをして水分を凍らせ、それを繰り返して水気を取った豆腐である。

「日干しにはせぬのか」

「仕上げにするところもあるが、わしらは囲炉裏の火で乾かす」

「美味いのか」

「食えば分かる」

「これも、凍らせたのか」

鬼杖が凍み大根を手にした。

「……そうだ」

「汝が集落は、何でも凍らせるようだな」

「冬が長いでな」

「帰りたいであろう」

「…………」

男は答えずに目を閉じた。

「蛇塚の多十について知っていることを話せば、直ぐにも解き放ってくれるが、どうだ、話す気になったか」

「何度も言わせるな、知らぬものは知らぬ」

男が語気を荒らげた。折られた骨に響いたのか、眉根を寄せた。鬼杖の杖を受け、肋骨《ろっこつ》と右手足の骨を砕かれていた。

(此奴からは逃れられぬ……)

駆けることはおろか、歩くことさえ出来なかった。だからと言って、多十を裏切ってまで生きたいとは思わなかった。

多十とは、この五年の間に三度出会っていた。

ひとり渡りの多十と示し合わせて会った訳ではない。砂鉄を探して川の上流部を歩き回っている時に、偶然出会ったのだ。避けて通ろうとする多十を呼び止め、川底に黒い砂のある川を知らぬかと訊いたのが、口を利いた最初だった。二度目も三度目も、やはり川の上流部だった。山を歩くにも、癖や好みに左右される。多十が川の上流部を好んで歩いているのだと知った。

男の名は、千頭《せんず》の喜助《きすけ》。蹈鞴師《たたらし》に砂鉄を売る砂鉄屋である。家族は里の程近くにある集落におり、そこに戻る途中、鬼杖に襲われたのだった。

鬼杖の杖は生き物のようだった。山刀は抜いた途端に弾き飛ばされ、鉈は柄に手をかけることすら出来なかった。後はいいように弄《もてあそ》ばれた。ふたりいた仲間も同様に扱われ、喜助の目の前で血の塊を吐き出して死んでいった。

多十、と喜助は心の中で呼びかけた。

(こんな奴を相手に、何をしたのだ？)

「言わぬと決めたか」

鬼杖が、冷たい目を向けて来た。

「里の者には語らず」

鬼杖は鼻先で笑うと、杖を頭上でくるくると回し、

「冥土《めいど》の土産《みやげ》だ」と言った。「受け取れ」

言い終えたと同時に杖が伸び、喜助の胸を打った。息が詰まった。肺腑が潰れたのだと思った。口を開けた。開けただけで呼吸は出来なかった。目にちくちくと痛みが

奔った。杖が顎を打った。顎が外れ、血と涎《よだれ》が糸を引いて垂れた。杖が唸りを上げて振り下ろされた。頭蓋《ずがい》を砕く、一寸手前で止まった。

「止《や》めた」

鬼杖は杖を納めると、後は、と下忍に言った。

「儂の務めではない」

そこで喜助は気を失った。

数刻が過ぎた。夕闇が迫っていた。木立の奥から、足音が近づいた来た。

人の足音ではなかった。軽く、一歩を踏み出す間隔が短い。四つ脚の歩みだった。

（人か……）

血のにおいを嗅ぎつけたのだろう。脚音が突進して来た。

§

冬が来るまで、このままここにいよう。

蓮の申し出に、勝三が乗った。多十にしても、反対する理由は何もなかった。水や木の実や食べられる野草に不自由せず、しかも里人の気配はなく、得難い土地であった。

「そうと決まれば、漬物を作りたいのだが、よいかの？」

漬物には、大量の塩が要る。塩を得るには、交換する獲物が要る。薬草摘みと狩りをし、里に降りねばならなかった。

大雑把《おおざっぱ》に言えば、井戸山を挟んで東西に、佐久甲州道と甲州街道が走っている。少し足を延ばして離れた宿場で塩と交換すれば、たとえ何かあろうとも井戸山と結びつきはしないだろう。

「頼もう。美味いのを作ってくれ」

「うむ。任せるがよいと言いたいが、樽と塩がなければ漬けられぬ」

「ならば、明日は薬草を摘みに行くとするか」

「どっちの方へだ？」勝三が、ぐるりを見回した。

「川の方に決まっておろう」

勝三がひるんだ。

「狐は出ぬ」

「本当か。なぜ分かる？」

「この間のは、同じ森に住んでいるぞと挨拶に来たのだ」

「挨拶は、一度でよいのか」

「人と狐はな」

「なら、出ぬな？」

「出ぬ」

「分かった。川でもよいぞ」

その夜、勝三が寝息を立てているのを見計らい、蓮が小声で訊いた。

「狐の話、実か」

「多分」

「多分？」

「狐に縁者はおらぬ」

「ひどい」

「信じたのか」

「当たり前じゃ」

「出ぬから安心せい」

「どうして分かるのじゃ？」

「儂は山で生まれ育ったのだ。信じろ」

「信じる」

翌朝、ふたりを連れて、川を溯った。

最初に紫根《しこん》の群生地を見つけた。根が火傷《やけど》や痔疾《じしつ》に効く他、紫染めの原料になった。

　次いで、九蓋草《くがいそう》を摘んだ。根茎を洗い、日干しにしたものを煎じると、関節痛に効き、尿の出もよくなる。その他、赤升麻《あかしょうま》なども摘んだ。これも根茎を煎じて飲むと、風邪をひいた時や頭風《ずふう》(頭痛)に効能があった。

「凄いぞ」籠一杯になった。「明日も早起きをしなくてはな。塩と交換だ」

　勝三が跳びはねた。

　その夜、ふたりのために小さな竹笛を作った。

「勝は、何かの折には吹いて鳥を呼べ。相手が鳥に気を取られている隙《すき》に、逃げるのだ」

「そうする」

「私は?」蓮が訊いた。

「勝を呼ぶのに使えばいい」

「勝は、鳥か」

「勝、蓮が勝は鳥かと訊いておるぞ」

「鳥じゃ」

「鳥の若様だな」

「多十は」と蓮が言った。「持たぬのか」

「儂も、持つのか」

「もて、もて」勝三が囃した。

「よし。万一にも離れ離れになった時は、儂の居所を知らせるのに使うとするか」

「捕らわれた時も、助けに来たぞと知らせる合図に使うがよいぞ」

「そのようなことは、させぬ」

「万一じゃ。聞こえたら、待っておればよいのだからの」

「まっておれば、よいのか」勝三が訊いた。「そうしておれば、必ず助けに来てくれるのだな？」

§

翌朝、里に降りるために、森を抜け、川を渡り、また森に入った。

「遠いな」

「遠いぞ」

「でも歩く」

「そうだ」

ゆるやかな上りになった。峠を越えれば、甲州街道へと続くなだらかな下り道になる。勝三が鳥を見つけ、足を止めた。鳥は翼を広げ、宙に張りついていた。

「何をしているのだ？」

勝三が、鳥を指さした。

「山や峠には、形によって風が強く吹き抜けるところがある。風の通り道だ。その風を翼で受けて、浮いているのだ。よく見てみろ。風の呼吸に合わせて翼が動いておろう」

「遊んでいるのか」

「空にへばりついて、餌《えさ》を探しておるのだろうな」

「生きるというは」と言って、勝三が大真面目な顔をした。「大変なことなのだ」

「蓮、聞いたか」

「聞いた。やはり苦労はさせるものじゃ」

峠を越えた。木立が深く、樹影が濃い。ひんやりと湿った土を踏み締める。

冷えて来た身体が陽光を求め始めた頃、森を抜けた。輝く太陽が頭上にあった。一瞬身体が膨らんだような思いに捕らわれ、大きく伸びをした。

「多十……」

蓮と勝三が足を止め、振り返っている。

「どうした？」

多十は小走りになって、ふたりに並んだ。

山の者らしい三人組が、大岩の手前で休んでいた。顔は見えない。

多十は、ふたりに頷いて見せると、庇うようにして行き過ぎようとした。

「おっ」

という声が、三人組から上がった。

「多十じゃねえか」

声に聞き覚えがあった。

男たちを見た。多十がかつて暮らしていた涌井谷集落《わくいだにむら》の者たちだった。

「元気そうだな」与市《よいち》が言った。「どうしてるかと、心配したぜ」

「何か困っていることはないか」

助太《すけた》と飾り松《かざまつ》が多十の手を取り、握り締めた。

「懐かしい……」

三人に応えようとした時、大岩の上に男が飛び上がった。佐助《さすけ》だった。佐助の手から、白いものが放たれた。

空《から》の鶏卵に、木灰と唐辛子と硫黄の混ぜ物を詰めた目潰しだった。両腕を摑まれた多十に躱す術《すべ》はなかった。まともに食らってしまった。刺すような痛みが目に奔った。それでも何とか両の腕を振り解《ほど》き、山刀を引き抜いたが、方向は完全に見失っていた。蓮の叫び声と勝三の泣き声が、聞こえて来た。

（卑怯者奴等《めら》……）

口に出す前に、硬いものが腕と頭部を捕らえた。目眩《めまい》とともに、山刀を取り落とした。

「やっちまえ」

四方からこん棒が襲いかかってきた。肩を打たれ、背を突かれ、息が詰まった。更に脇腹、腕、足、腹と続き、多十は気を失いかけた。

混濁する意識の中で、縄帯《なわおび》を解かれ、裸にされているのが分かったが、抗《あらが》いたくとも手足に力が入らなかった。下帯ひとつにされ、転がされた。

樹間に蔓紐《つるひも》が張られているらしい。男たちが何をしようとしているのか、多十にも呑み込めた。

蔓紐から吊り下げた多十を濡れた革紐で縛り、身体中を傷つけ、晒すのである。革紐は乾けば縮む。首に巻いた革紐が首を締めるのが早いか、傷から流れ出た血が命を奪うのが早いか、血のにおいを嗅ぎつけた山犬が襲うのが早いか、どの道助かる術はないに等しかった。

誰かに助けられない限り、脱することは出来ない。それが山の刑《蓑虫《みのむし》》と呼ばれるものだった。木から吊り下げられた血の衣を纏った蓑虫である。

足音が近づいて来た。

「多十、久し振りだな」

声の主が誰であるか、直ぐに分かった。佐助、与市、助太、飾り松……。奴らを従えていたのは、束《たば》ねの倅《せがれ》だった。

「嘉門《かもん》か」

「そうだ」

嘉門が何かを命じた。目に水がかけられた。目を懸命に見開いた。

黒い影が、人の形になろうとしている。首を振り、目の焦点を合わせた。間違いなく嘉門だった。嘉門の脇から黒い影が現れた。

「多十よ、儂が分かるか」

男が、顔を覗《のぞ》かせた。分からなかった。

「無理もねえが、てめえのお蔭でこんなになっちまった」

斬られたのだろう、右の手首から先がなかった。

「一度だけ、遠くからだが目を合わせたことがある」

新府城から落ちて来た武田勝頼の一行が、鶴瀬宿を前にして休んだことがあった、と男が言った。奥女中が、てめえに塩と味噌を恵んでくれた時だ。

「あの時の案内人が、儂よ。てめえが若様を連れて逃げたお蔭で、妙な忍びにてめえの居所を訊かれ、挙げ句がこの始末だ。きっちりと落し前をつけさせて貰うぜ」

妙な忍びが真田の《猿》であることは読めたが、この男が何ゆえ嘉門らと組んでいるのかが読めなかった。

「てめえの歩き癖を知るには、てめえを追い出した集落に訊くのが一番早いからな。束ねとは直ぐに通じ合えたぜ」

山の者たちは、集落の長《おさ》をそのまま長と呼ぶところもあれば、棟梁とよぶところもあったが、多十のいた涌井谷集落では、長を《束ね》と呼んだ。

「束ねは、誰がやっているのだ？」

「誰って嘉門の兄イ《あに》に決まっているだろうが」

「俺では気に入らねえか」

嘉門の顔が再び視界の中に現れ、天に張りついた。

「岩松が、旨《うま》い話を持って来てくれてな。武田のお宝だ。手を組んで、掟破りのてめえを探していたんだよ」

岩松が森の方をちらと見た。

「井戸山か、見事に当たったな」

「取り敢《あ》えず褒美の方は間違いないだろうな？」

「若様をお見せすれば、望みのままよ」

「だとよいがな」

嘉門は頬を歪《ゆが》めて笑うと、多十を見下ろしながら、与市に命じた。

「吊るせ」

与市は、玉三《たまぞう》と文吉《ぶんきち》、伊之助《いのすけ》を呼び集めると、助太を加えた五人で縛っていた手首に太めの蔓紐を通し、引き上げた。足が地から離れた。

「止めて、足を抑えろ」

片足にふたりが取りつき、抱えた。身動きが出来なくなった。

「切り刻んでやるからな」

嘉門が茶褐色に汚れた山刀を抜いた。蓮の悲鳴と勝三の泣き声が重なった。

突然、鳥が騒いだ。木立を揺らし、空を覆った。

「何だ?」嘉門が空を見回した。「どうしたんだ?」

岩松らも、天を振り仰いでいる。

「蛇塚」と岩松が多十に言った。「あの鳥は、てめえの仕業《しわざ》か」

多十は知らぬ振りをして、鳥が鳴き騒ぎ飛び交う様を見ていた。

「気にするな。鳥が何かに驚いただけだ」

嘉門が刀身に唾を吐きかけ、指で伸ばした。

「二度目になるか、因縁だな」

刀身が多十の胸をすっと走った。皮膚と肉が切れ、血が滲み、傷口の奥から血潮が溢れて来た。身体を震わせ、泣きながら見ていた勝三を、蓮が胸に抱き締めた。

「次は、腹だ」

刀身を腹に宛《あて》がい、横に引いた。

「どうだ、腸《はらわた》には届いてないだろう?」

「浅からず深からず、作法通りでございやす」

「多十の顔で、骨《こつ》は呑み込んでいるからな」

顔に傷を入れられた時は、丸太に縛りつけられていた。やはり、手を下したのは嘉門だった。

丸太に額と口をきつく縛りつけられ、胸から足は若い男衆に抑えつけられていた。

集落の者全員が見守る中で、ひとり渡りとして放逐される儀式が行われた。

小刀が右の耳許から横に動き、鼻を越え、左の耳許まで切り裂いた。

滴る血を拭うことも許されず、集落を出され、山をふたつ越えたところで解き放たれた。

それから五年が経っていた。

「背を向けさせろ」

背にも、二条の傷が刻まれた。

「後は、直ぐには死なねえよう、適当に斬っておけ」

嘉門は佐助と飾り松に命じると、蓮と勝三《なご》に、来い、と言った。

「若様のお着きを、今か今かと首を長うして待っておられる方のところへ、お送りして進ぜよう」

§

地上二尺（約六十センチ）のところに、垂らした足の先があった。

全身を伝い流れた血が滴り落ち、地面に黒い染みをつけている。

吊るされて一日が過ぎた。藪蚊《やぶか》がたかり、蠅《はえ》が傷口に卵を生みつけ、虫が這い、鳥が生死を確かめに来ていた。

山犬は、まだ来ない。来たら逃げようがなかった。何としても山犬の跳ねる高さより上にいなくては、助からない。

蔓を手繰《たぐ》った。まだ運が残っていた。掌が無傷だった。握った蔓が血で滑ることはない。摑める。蔓を手首に巻きつけた。掌の分だけ上がった。手首が痛い。皮が剝けた。更に手繰り、地面が徐々に遠退《とおの》いて行った。咽喉に巻かれた革紐が、汗に濡れた分だけ緩んだ。

二日目、藪蚊と蠅が数を増した。

三日目に、狐が現れた。物問いたげに凝っと多十を見詰めてから、藪の中に消えた。

四日目の朝、狐が仲間を連れて来た。十三匹いた。

足を縮めていようとも、跳ね飛んで襲われたら、とても躱しきれるものではない。

(山犬が来ぬと思えば、狐か……)

勝三と蓮の顔が浮かんだ。これまでか。咽喉に巻かれた革紐が乾き、気道を塞ぎかけている。

「山犬と一緒にするのは、ひどかありやせんか」

多十は驚いて辺りを見回した。人の姿も気配も、どこにもなかった。

「拾って来て上げやしたぜ」

群れを掻き分け、山刀と鉈と身に纏《まと》っていたものを銜《くわ》えた数匹の狐が前に出て、口を開いた。銜えていたものが地に落ちた。

「森の外れで見つけやした。あんさんの持ち物は、使いたくないんでやすかね」

狐は多十の表情を読むと、

「驚くことはねえでしょう」と言った。「この間も声をかけたじゃありやせんか」

笑ったのだろう。狐の口の中で舌が躍った。

「蔓を解いてやりたいんでやすが、人に化けることは出来ても、指先が利きやせん。とは言え、同じ森のものとして、何か手助けをしてあげたいんでやすが」

「頼めるのか」

「出来やすことなら」

「指が利かぬなら、首を締めている革紐を切るのは無理だろうな？　息が苦しいのだ」

「革でやすか」

狐は振り向くと、もう一匹の狐を呼び、何やら二匹で相談している。

「革なら何とかなりやしょう。ちと首をこうして」

小首を傾げるような仕種をした。

多十も、同じ動きを取った。

「そのままにしていて下さいやし」

狐が、コンと鳴いた。向こうから一匹の狐が走って来た。狐は、多十の手前二間（約三・六メートル）程のところで踏み切ると、ふわりと宙に浮き、多十の首筋目がけて突っ込んで来た。牙が革紐を捕らえた。革紐が締まった。咽喉が詰まった。狐の身体がくるりと回った。革紐が音を立てて千切れた。多十の咽喉に、大量の空気が流れ込んだ。地に降りた狐を、他の狐たちが取り囲んでいる。

「どうでやす？」

多十は礼を言い、首を回した。これで数日は命が長引くだろう。

「他には？」

「まだよいのか」

「ですから、出来やすことなら」

「水が飲みたい」

「お安いことでやす」

数匹の狐が藪に駆け込んだ。間もなくして、枝を銜えて戻って来た。たわわに実った猿梨《さるなし》の実がついていた。実がなるのは秋である。早い。

「訝《いぶか》しく思われるでしょうが、毒という訳じゃありやせん。ここは黙ってお食べなさいやし」

そうすることにした。

狐たちは、横に並ぶと、他の狐たちがその背に乗り、瞬く間に櫓《やぐら》を組んだ。そして一番上になった狐が、口に銜えた枝を差し出して来た。淡い緑色をした猿梨の果肉は、甘く、程よく酸味もあり、乾いた咽喉に心地よかった。

「あんさん、ちと困ったことになってやすが」

「どうしたのだ？」

「傷口が膿《う》み始めておりやす。蛆《うじ》が湧いているところもありやすね」

「そうか……」

「食べさせてくれやすか」

「何を？」

「蛆でございやす。お互いに好都合でやしょう？」

「よいのか」

「なかなか珍味なんでやす」

「では、頼む」

「引き受けやした」

狐は再び櫓を組むと、舌先を尖らせて、こそげるようにして傷口を嘗め始めた。

初めはざらついた舌に痛みを覚えたが、唾液《だえき》に何か特別なものでも入っているのか、次第に痛みがなくなり、身体全体が蕩《とろ》けたような感じになった。

「これで傷口はきれいになりやした」

地に降りた狐が口の回りを嘗めながら言った。

「何と礼を言ったらよいか」

「まだまだ礼を言われる訳には参りやせん。ものはついででやす。もう二日程、傷口を嘗めやしょう。そうすれば、傷は塞がりやす」

「そんなに早くか」

「狐をばかにしちゃあいけやせん。あっしらは、皆嘗めて治すんでやんす」

それから二日の間、狐は多十の周りで眠っては起き出し、傷口を嘗めて過ごした。

三日目の朝を迎えた頃には、傷の痛みは癒えていた。

「後は蔓を切るか、助けを呼べば助かりやすが」

「切れるのか」

「太過ぎて、あっしらには切れやせん」

「呼べるのか、助けを」

「呼べますが、どこの誰というのは無理でして、近くにいるのになりやすが、よろしいでやすか」

「贅沢《ぜいたく》は言わぬ。急いでくれ」

「心得やした。でもその前に一言」

「何だ？」

「あっしらが助けたこと。出来たらあまり人には言わんで下さいやすか」

「言ってはまずいのか」

「妙な力があると知れると、困ったことが起こらねえとも限りやせん。そこらの狸と一緒くたにされている方が楽でやんすから」

「分かった」

「では」

狐はぐるりと輪になると、目を閉じ、低い唸り声を発し始めた。

§

前方の風景が、微かに揺らいだ。揺らいだ瞬間、微妙に風景が変わった。

男は一旦立ち止まって痺れた頭を振ってから、足を踏み出した。

何かが道の尽きる辺りを横切った。

草だった。

草が地面から抜け出し、根を足にして、こそこそと移動している。

木立も、根を使って歩き、草に続いた。

道がぐにゃりと曲がった。新たな道が生まれた。

足が勝手に動く。男は新たな道をずんずんと歩いた。歩くに従い、下草が慌てて避けた。藪が割れ、木立が動いた。

木立の向こうに人の姿が見えた。吊るされている。

(どうしたのだ?)

男は、地を蹴った。男の頰に笑みが弾けた。足を傷めた己を殴り飛ばし、行方を晦《くら》ませた男が、そこにいた。

「多十、探したぞ」

サカキが刀の柄に手をかけた。

第八章　涌井谷《わくいだに》衆

一

東海道の奥津宿から身延道に入って四里（約十五・六キロ）、宍原《ししはら》宿の外れに、当代棟梁・服部半蔵正成が設けた甲斐との連絡所である《繋ぎ屋敷》があった。

買い取った百姓家を奇襲に備えて僅《わず》かに改築しただけで、屋敷と呼ぶにはためらいがあったが、務めに出た者との繋ぎの家としては十分だった。

奥の座敷で、甲斐と信濃の絵図面を見詰めているふたりの男がいた。父半蔵保長と息半蔵正成である。

「北条奴《め》」と父半蔵が、絵図面から顔を起こして言った。「いささか図に乗っておるな」

滝川一益を上野国から追い払った北条氏直は、関東管領の地位を取り戻した勢いに乗り、上野から信濃、信濃から更に甲斐へと軍を進めていた。

「しかし、先ずはこれまででしょうな」

氏直軍は、古府中、新府城と軍を移して来た家康と若神子《わかみこ》で対峙《たいじ》し、そのまま膠着《こうちゃく》状態に陥ることになる。

「我らが御大将は、戦に勝つ術をよう心得ておられます」

武田の遺臣を続々と徳川に迎え入れ、北条陣営の取り巻きにかからせていた。

「それと」と、息半蔵が言った。「あの寝返り男でございます」

「真田か」

「大久保様に、真田を取り込むよう御下命されました」

忠世は佐久甲州道の間道を抜け、小諸まで足を運んでいた。

「これで真田が徳川についた時は、北条としては、甲斐を引き払うしかありますまい」

「成程の」父半蔵は満足そうに頷くと、存分な、と言った。「働きをしておろうな？」

「御懸念なく」

「そうか」

「父上は？」

「そのことだが」

若千代一行を四天王が探し歩いているが、一向に埒《らち》が明かずにいた。

「子供連れだから、直ぐに見つかると思うた儂が甘かったわ」

「ために《猿》の道軒は敗れたのでございましょう。油断は禁物でございますぞ」

「負うた子に教えられ、か」

「はて、親父殿に背負われたこと、ありましたでしょうか」

「分からぬぞ。儂とて鬼ではない。一度くらいは間違って背負うたであろうよ」

父子は、声に出さずに笑うと、直ぐに真顔に戻った。

「棟梁の鏑木道軒が死に、小頭のシキミも死んだ。《猿》の立て直しが急務だと言うに、もうひとりの小頭のサカキを《墓場》に送ったそうじゃ」

「真田昌幸という男。矢張り恐ろしい男でございますな」

「己は鵺《ぬえ》のようにしぶとく生きておるに、サカキには生き残りを許さなんだ」

「忍びとは損な役でございますな」

「今の手柄がすべてだからの」

親父殿、と息半蔵が、膝を寄せた。

「若千代君の行方《ゆくえ》でございますが、大蔵十兵衛が何か摑んでいるような気がしてなりませぬ」

「それはまた、何ゆえじゃ?」

「大久保様の命《めい》により、御遺金の在り処を探るべく、金山を調べてみたのでございますが、大蔵十兵衛は黒川山以外の金山も実に丁寧に調べて回っております。また、その調べに遺漏《いろう》がございませぬ。十兵衛のような男に追われて、いつまでも逃げ延びられるとは、とても思えませぬ」

「では、何かを掴んだとして、何ゆえそれを大久保様に、延《ひ》いては我らに隠しておるのだ？　手柄を独り占めしようとしてか」

「はい。大蔵十兵衛、信用出来ると思われますか」

「切れ者と言われ、己もそう思うておる輩《やから》は危ないからの」

「正《まさ》に」

「御屋形様は御幼少の頃から人質暮らしをなされ、長じても築山殿《つきやまどの》の一件などなど思うに任せぬことが多かった御方だ。相当ひねくれておられる。そのような御方の前では、表裏《ひょうり》なく振舞うのだぞ。そなたは切れるゆえ、敢《あ》えて言うておくが」

「確《しか》と承《うけたまわ》りました」

息半蔵が頭を上げるのを待ち、ところで、と父半蔵が言った。

「蛇は、あるかの？」

息半蔵が右手を上げ、箸を持つ手つきをして訊いた。

「食されたいのですか」

「勿論じゃ」

「二、三匹はおるでしょう」

「焼いてくれぬか。無性に食いたくなった」

「父上の蛇好きも変わりませぬな」

「蛇は脱皮して新たな命を得るという。儂もな、蛇のように脱皮しようと思うたのよ」

「意気、ますます盛ん、とお慶びを申し上げます」

「何の、体裁のよいことを言うたが、実のところは、食い物の嗜好《しこう》は変わらぬということだ。生涯な」

息半蔵が、手を叩いて配下の者を呼んだ。襖が開いた。

「父上が蛇をご所望だ。取分け凶暴なのを焼いてくれ。儂の分もな」

二

日は中天を過ぎ、西に傾き始めていた。

多十は、サカキの手で蔓を解かれ、草に横たわっていた。背を地につけるのは七日振りになる。板のようになった背筋と、皮が擦り剝けた手首が痛んだ。両手首の治療を終えたサカキが、どうしたのだ？　と訊いた。

「そなたらしゅうもない」

「不意を衝《つ》かれてな。油断であった」

多十は、吊り下げられた顚末《てんまつ》を語ったが、狐については約束通り触れなかった。

「誰だ、襲うたのは？」

武田勝頼主従を案内していた岩松という山の者と、己を追放した涌井谷集落の者どもであることを話した。

「岩松は、そなたの山癖を知っている者を誘い入れた訳か」

「そのようだな」

「若様と蓮は？」

「連れ去られた」

「行き先は、分かるのか」

「分からぬ」

「どうする？」

「調べる手は、ある」

「涌井谷衆か」

「そうだ」

「確か」とサカキが、思いついたように言った。「ひとり渡りは、元の集落に立ち入ることを禁じられていた筈だが」

「そんなことに構ってはおれぬ」

「禁を破れば死罪になるのであろう？」

「らしいな」

「それでも行くのか」

「助けねばならぬ。約束なのだ」

「若様とのか」

「その父親と母親ともな」

「そうか」

「お主との決闘、少し待ってくれぬか」

「仕方あるまい。そなたの身体が弱っている今は、絶好の機会なのだがな」

「済まぬの」

「なに、言ってみただけだ」

サカキは笑みを見せると、多十の身体を嘗めるように見詰めた。

「それにしても驚くべき身体をしておるな。手首を除くと、傷口はすべて塞がっておるわ」

「山の力だ。いや、森と言うべきか」

「森？」

「森だ。森が治してくれたのだ」

「分からぬことを申す奴よ」

サカキは首を振って話を打ち切ると、何やら忙《せわ》しなく動き回り始めた。多十は目を閉じ、サカキの動きが一段落するのを待った。

「こんなものか」

サカキが見様見真似で草庵を編んでいた。入り口があり、屋根がある。渋紙を乗せれば、何とか格好はつくだろう。

「立派なものだ」

「よし。二、三日休んだら、若様を取り戻しに出立だ」

サカキは草庵の中に多十を寝かせると、火を熾《おこ》して粥《かゆ》を作り始めた。

§

四角く切った囲炉裏の中で、小枝が燃え落ちた。サカキが燃え残った枝先をひとつひとつ拾い上げては、また火にくべている。枝に火が燃えつき、小さな炎が立った。炎の上に青葉を乗せた。炙られ、膨らみ、弾けて燃えた。

「頸の調子が悪いぞ」

「まだ」と、サカキが呟くように言った。

多十が殴り飛ばした一件を言っているのだった。

「仕方あるまい。お主が国人の襲撃の刻限を偽ったからだ」

「済まぬとは思うたが、そなたに死なれては困るでな」

「お蔭で、蓮は敵を討ち損ねたわ」

「まあ、許せ」

「それで済むか」

「手は血で汚さぬ方がよいのだ。ましてや女子はな」

《猿》では、そのように教えるのか」

「まさか……」

「勝手なことを言うな」

「他人様《ひとさま》の言うことは、いつも勝手なことばかりだ。そうではないか」

《猿》に生まれ、《猿》として育ち、命ぜられるままに動き、手柄を立て、小頭に推《お》された。《猿》のサカキと言えば、少しは知られるようになって来ていた。力量もつき、これからというところで、思わぬ強敵が現れ、しくじり、《墓場》に送られる身となった。一度でもしくじればそうなる、と教えられて来た。不満はなかった。だが、己が采配を振ってのしくじりならともかく、棟梁の命に従って動いただけだった。独り生き残ったことが、《墓場》に送られる程のしくじりなのか。納得出来るものではなかった。

今強敵は満身に傷を得て、目の前で横になっている。

（この男に）

鉈と山刀と竹槍という、およそ武器とも言えぬ程度のものしか使わない、この男に、

（己も《猿》も、打ちのめされた）

しかし、不思議なことに恨みは湧いて来なかった。損も得もなく、ただ懸命に若千代を守り、蓮の手助けをしようとしている男に、己よりはるかに深い心の傷があることを、サカキは嗅ぎ分けていた。

「訊いても、よいか」

多十が顎を咽喉許に寄せるようにして頷いた。

「何ゆえ、ひとり渡りになったのだ？」

多十は暫くの間口を閉ざしていたが、ゆっくりと開くと、

「女を」と言った。「死なせてしまった。儂の所為《せい》でな……」

「それだけで、追放か」

「死んだ者は生き返らぬ。十分であろう」

「そなたがいた集落に儂も行くのだ。もう少し、聞かせては貰えぬか」

多十は再び黙っていたが、やがて、いいだろう、と言った。

「いずれは、話した方か聞いた方か、どちらかは死ぬのだからな」

三

五年前になる――。

涌井谷集落の束ね市兵衛《いちべえ》が砦への兵糧の輸送を請け負った。信濃の豪族同士の争いであったが、その根は古く、これまでも争う度に数多《あまた》の死傷者を出していた。

目的の砦は自軍から遠く離れ、敵軍の中に孤立していた。その状況を打破しようと、力攻めで兵糧を渡そうと試みたが、徒《いたずら》に兵を損なうばかりであった。

困り果てた豪族は、自らの力で兵糧を運ぶことを諦め、涌井谷衆を雇った。

務めを遂行する頭《かしら》として市兵衛が選んだのは、多十だった。

多十には、大胆な部分と緻密《ちみつ》な部分とが備わっていた。それは幼い時から、父親に連れられて務めに出、見聞きし、また体験したことで、自然と身についた感覚だった。

多十は七名の配下を伴い、夜陰に紛れて砦に兵糧を運び込んだのだが、退路を断たれ、砦の兵とともに三ヵ月近く籠城《ろうじょう》をする羽目になってしまった。

ようやく援軍が来て、解放され、涌井谷集落へと戻った時には、集落を出て半年が経っていた。

三ヵ月の籠城は長いというものではなかったが、足軽との喧嘩でひとり、頭である多十に内緒で脱走しようとして三人が死んでしまった。

多十は涌井谷で束ねらに詰問《きつもん》を受けた。

向こう一年、務めを外され、集落の作業に従事することが言い渡された。

──少し出来ると思うて、図に乗ったのよ。

──いい薬になるわ。

それが大方の意見だった。

多十が集落に戻って二ヵ月後に、新たな依頼があった。領地争いから戦になり、前線の砦へ兵糧を運ぶという務めだった。

──儂がやる。

言い放ったのは、束ね市兵衛の倅・嘉門だった。

嘉門は鉈遣いの名手であり、人の上に立つ器量もないではなかったが、狡猾さが時に目に付いた。だが、束ねの子として一目置かれている男の申し出に、長老らも首肯した。

嘉門が七名の配下を従えて務めに出た二月《ふたつき》後、七月の《回峰》の時期になった。七歳になった子供が、夜ひとりで峰々を回り、胆力を鍛える儀式である。

一月《ひとつき》前から歩く道順を決め、印をつけた。そして隠れて子供らを見守る場所決めを行い、《回峰》の当日となった。

多十も、水と雑穀の握り飯を貰い、指図されたところに散った。

日が傾き、山の端《は》にかかった。蟬《せみ》の鳴き声も疎《まば》らになり、山が夜の到来を待ち構えている。

眼下に涌井谷の集落が見えた。日が沈み、中央に小さな火の手が上がった。子供らの目印のために灯した火だった。

一年にただ一度、夜に焚く火である。集落の皆が火に顔を炙られ、浮き立っている。集落からの獣道を誰かが登って来た。

（何事か……）

人影が女の姿になった。直ぐに胡桃《くるみ》だと分かった。

元束ねの孫娘の胡桃は、嘉門の許婚《いいなずけ》だった。嘉門が今回の務めを無事果たして集落に戻って来たら、祝言《しゅうげん》を挙げることになっていた。

胡桃は、幼い頃から多十の近くにいた。務めの合間に集落で過ごす多十の後を追いかけ、山を走り、谷に降り、渓流を溯り、水に潜《もぐ》ったりした。十代の半ば頃の話だ。薬草を採りにふたりで山に入った時のことだった。不意に姿を消した胡桃を探しあぐねていると、川岸の岩に胡桃の刺し子が脱ぎ捨てられていた。

――胡桃。

川に踏み込んだ多十の足許に、白いものがあった。胡桃だった。裸で仰向けになって川底に寝そべり、多十を見上げていた。流れる水を挟んで目と目が合った。胡桃の手が僅かに浮いた。招いているのだと分かったが、身体が応えようとしなかった。多十は、そっと首を横に振った。胡桃は眉《み》間《けん》に皺《しわ》を寄せると、両の手を差し延べて来た。多十は水から上がり、背を向けた。遅れて水音が立った。

――どうして？

胡桃が言った。

――あしが嫌いか。

――いいや。

――だったら、なぜ抱かない？

――また務めに出なくてはならぬのだ。今度の務めは、ひどく難しいという話だ。

死ぬかも知れん。だから、今は抱けぬ。

――あしを見て。

振り向いた多十の手を取り、

――待てない、と胡桃が言った。

多十は胡桃の刺し子を拾い上げ、身体を包んだ。

――死んだら、抱けないのだぞ。それでもいいのか?

――生きて帰る。約束する。

――待たない。多十なんか嫌いだ。

それが胡桃とのすべてだった。務めから務めへと駆り出されているうちに、胡桃の少女時代は終わり、知らぬ間に嘉門との縁談が進んでいた。

暗がりを歩み寄って来た胡桃が、竹筒を軽く振って見せた。微かな水音が立った。仕種で酒だと分かった。

――《回峰》の見張りだ。飲めぬ。

知り抜いた峰々だが、夜の山である。何が起きるか分からない。見張りの者は、酒を禁じられていた。

――構やしないさね。どうせ、皆飲んでいるんだ。

胡桃が酒を口に含み、唇を寄せて来た。

濃い液体が多十の咽喉を駆け降りた。薬草のにおいがした。

胡桃が竹筒を多十の胸に押しつけた。もう一口飲んで、酒に溶け込んだ薬草の種類が知れた。藪虱《やぶじらみ》と棗《なつめ》の実に鬼胡桃《おにぐるみ》の種。どれも強精効果があった。

——こんなもの飲ませて、どうする気だ？

——あしは嫁に行ってしまうのだぞ。それでもいいのか？

胡桃が草の上に寝転んだ。白い脚が、星々の明かりを孕《はら》み、輝いた。

——待っていた、と胡桃が言った。ずっと。

川の中の出来事が、多十の脳裏を掠めた。

——待たぬと言うたではないか。

——それでも、待っていた。

娘になった胡桃が目の前にいる。多十から抗う気力が抜け落ちた。酔いと欲望に身を委ねた。

むせ返る草の香の中に、胡桃の熟《う》れた乳房があった。多十の脳は灼《や》けた。

身体を離した。露《あらわ》になった胡桃の胸が盛り上がり、沈んでいる。呼気が荒い。

並んで星の瞬《またた》きを見上げた。流れ星がふたつよぎった時に、名を呼ばれた。

——多十、どこだ？

隣の森で見張りをしている佐助だった。胡桃が慌てて身繕《みづくろ》いをした。

——胡桃……。

佐助は胡桃と多十を見比べてから、ひとり、と言った。

——そこの谷に落ちたらしいぞ。

多十は、佐助を急き立てるようにして谷に降りた。子供は途中の木の枝にひっかかり、足の骨を折っていた。

《回峰》は中止になり、多十が皆の前に引き立てられた。酒を飲み、胡桃といたことが問われた。

——お前がそそのかしたのだな？

籠城で身内を亡くした遺族の者が口々に叫んだ。

——そうなのか。

長老のひとりが訊いた。胡桃は嘉門の許婚である。集落においては、許婚は嫁と同等に扱われた。

仲間の妻に手を出した者、出そうとした者は、追放処分とする。集落の掟である。

——仲間を殺した次は、仲間の嫁か。

——酒を飲み、星を見ていただけだ。誤解だ。

胡桃には女としての将来がある。隠し通し、守ってやらねばならない。

——酒は、どちらが用意した？

——儂だ。

——本当だな？

——嘘は言わぬ。

——胡桃に訊くぞ。

しかし、胡桃の姿は、集落のどこにおる？どこにもなかった。

翌朝、集落の程近くにある断崖に、胡桃の草履《ぞうり》が残されているのが見つかった。

（胡桃が断崖から川に身を投げた……）

集落に多十を非難する声が満ちた。多十は、一切口を閉ざしたまま、長老らの下した裁《さば》きに従った。嘉門の務めが終わり、集落に帰り次第、ひとり渡りとして追放されることになった。

急遽《きゆうきよ》産屋《うぶや》が改造され、牢屋になった。柱の脇に穴を掘り、板を両側に渡した上に裸で座らされ、柱に縛りつけられた。排便と排尿の手間がかからぬようにと考え出された拘束の術だった。食べ物は、雑穀の粥が日に一杯。それだけだった。

十日が経った時、嘉門が務めを終え、急ぎ集落に戻って来た。気を失うまで殴られた翌日、柱に縛られ、小刀で顔に横一文字の傷をつけられた。流れる血潮が頬を伝い、顎で結び、胸に落ち、足先へと流れた。

護送の者に挟まれ、ふたつの山を越え、刺し子一枚と下帯ひとつを渡されて追放となった。夏の暑い盛りだった。

§

「よう死ななかったな」

サカキが、呻《うめ》くようにして言った。

「鉈に山刀がなければ、狩りは出来ぬし、竹槍も作れぬ。渋紙がなければ雨漏りして草庵を編むことも出来ぬ。それらのものを手に入れるだけでも、大変だったであろう？」

「ところが、そうでもないのだ」

ひとり渡りになるとは夢にも思っていなかったが、務めをしくじって追われた時に備え、集落から北に当たる山の麓に、密かに鉈と山刀を渋紙に包み、隠しておいたのだ。

「死んだ父の言いつけを守っただけだが、思わぬところで役に立った……」

「親父様はいつ亡くなったのだ？」

「儂が十五の時だった。務めを終えた帰り道、野盗に襲われてな。相手は全員叩き殺したのだが、親父を含め半数の者が殺された。呆気《あっけ》ない最期だった」

「母御は生きておるのか」

「お袋も既に死んでいる。だから、ひとり渡りになった時、妙なものだが、心のどこかでほっとしたのだ。これからは、死ぬまで我が身ひとつだ、とな」

「それが」

と言ってサカキは言葉を切った。多十が、後を受けた。

「蓮と勝三だ。心底戸惑ったわ」

サカキが囲炉裏に小枝を置いた。

暫く燻《くすぶ》っていたが、弾けたように火を噴き、小さな炎を上げた。

「では」とサカキが言った。「追放されても死のうとは思わなんだのか」

「堕《お》ちるところまで堕ちたからな。死ぬ気にもならなんだ」

「胡桃とやらが死なねば、追放は免《まぬか》れたかの？」

「有り得ぬな。ともかく人ひとりを死なせたのだ。自ら命を絶つことは出来ぬ。死ぬまで生きようと思うた」

「死ねぬものだな」

サカキが溜め息を吐いた。

「無茶をしても、死ねぬ」

「まっこと」

サカキの頰が歪んだ。

「お主、家族は？」

「父と母と、妻と息子がいる」

「《猿》の里にか」

サカキが頷いた。

「だから、逃げられぬのだ。儂が逃げれば、惨《むご》く殺されるだけだからな」

「難儀だの」

「何の。これから死ぬまで《墓場》で暮らせばよいのだ。大したことではないわ」

サカキの持つ小枝が震えている。多十は闇の中に身を引き、瞼《まぶた》を閉じた。

四

三日休んだお蔭で足が軽かった。

多十とサカキは、鬱蒼とした木立の中を駆け抜け、甲州街道に出、腹拵《ごしら》えを済ませて釜無川《かまなしがわ》に沿って分け入った。

多十にすれば、勝手知ったる土地である。川岸のひとつひとつにも見覚えがあった。瀬を渡り、砂地を越え、岩から岩へと飛び移ったところで、多十がサカキに屈むよう手で合図を送った。

「誰ぞ、おるのか」

「五年前は、この先に見張り台があった」

多十が、川に突き出した岩場を見上げた。

「あそこか？」

サカキの声と同時に、頭がひとつ岩場の上に現れた。頭は川下の方を見やると、岩陰に隠れた。

「あれは……」

年格好からして、五年前はまだ十歳程の子供と思えた。当時の子供たちの顔を思い浮かべた。だが、見張りの顔とは結びつかなかった。それが五年の歳月というものだと知った。

多十とサカキは岩を降り、藪に入って大きく迂回し、川を二刻（約四時間）程溯り、急場しのぎの草庵を編んだ。

街道の露店で求めた餅を食い、水を飲み、眠り、夜明け前には川沿いの藪を歩き始めた。

日が昇り、朝日が木立に斜めに射し込んだ。葉に乗っていた夜露が、自身の重さに耐え兼ねて零れ落ち、朝日の中できらめいた。サカキが見蕩《みと》れ、足の出が鈍った。

「雨の森、と儂らは子供の頃、呼んでいた」

「いつも、こうなのか」

サカキが頭上を見回した。

「いつもだ。夜中に霧が湧き、露が葉に留まるのだ」

「そうか」

「行くぞ」

きらめきの中を多十らは足を急がせた。森を抜け、濡れた身体が陽光を受けて乾いた頃、涌井谷を見下ろす高台に出た。

「どこから降りるんだ？」

「道はふたつあるが、使えぬ。見張りがおるでな」

「崖を降りるなんて言うなよ」

「儂が餓鬼《がき》の頃に使っていた道がある。誰も使わぬ道がな」

雨の森や周りの山々から集まった水滴が、小さな流れとなって山の中を抉り、集落までの洞穴《ほらあな》を作っていた。

「皆は知らぬのか」

「知らぬ。知っていたのは、儂ら父子だけだ」

「それでよいのか。集落の者への裏切りではないのか」

「備えとはそういうものだ、と親父から教わった」

道を僅かに戻ったところで藪に入った。繁った葉と枝が顔を打ち、足に絡んだ。

「枝を払うなよ」

「分かっておる」

藪をしごいた先に大岩があった。大岩はブナの大木の根によってふたつに割られていた。

「凄いものだな」

サカキがブナの根を掌で撫でた。

「こっちだ」

多十に呼ばれ、サカキがブナを離れた。大岩を回ったところに多十がいた。多十の足許に蔓が密生している。

「どこだ？」

「ここだ」

多十が蔓を持ち上げた。垂直に穿《うが》たれた穴が口を開けている。

「降りるのか」

「嫌か」

「好みではないが、ここまで来たのだ。付き合うが」

多十は穴に降りると、壁をまさぐっている。

「何をしているのだ？」

「あったぞ」

折り畳まれた油紙の中に、二本の蠟燭《ろうそく》が仕舞ってあった。多十は腰の竹筒から火種を取り出し、蠟燭に火を点けた。

サカキは蠟燭を目の上に持ち上げると、穴の先を見やった。

穴はくねくねと曲がって下方へと続いていた。

「よう見つけたな」

「親父が子供の頃、雨水が流れ落ちているのを見て気づいたのだそうだ」

「話だけでも、そなたの親父様が並の者でないことが分かるな」

「その言葉、ありがたく頂戴しておく」

「行くか」

多十が先になって、穴を降りた。

岩がある、足場にせい。滑るぞ。大事ないか。

うるさい。

もう直ぐだ。狭いぞ。

儂は餓鬼ではない。

近いぞ。大声を出すな。気づかれてしまうからな。

本当に世話焼きだな、そなたは。

蔓の壁を透かして外光が射し込んでいる。蠟燭を吹き消し、身体を縦に並べて外の様子を窺った。

池があり、岩場があり、青い空が見えた。

蔓をどけようとした多十の手を、サカキが止めた。

（何だ？）

目で尋ねた多十に、サカキが顎で指して答えた。

女が水を浴びていた。

女は水から上がると、岩の上に横座りになって髪を梳《と》かし始めた。肉置《ししお》きの豊かな女だった。腋《わき》から覗く乳房も、白く、たわわであった。

サカキは生唾を呑み込むと、多十に冗談を言おうとして、男の顔が強ばっているのに気づいた。

「どうした？」

「胡桃だ……」

いる。

§

胡桃が髪を梳かす手を止め、刺し子を摑んだ。摑んだまま、凝っと辺りを見回している。

一寸ずつ、刻むように、気配を感じたのが間違いだったかどうかを確かめている。

多十とサカキは呼気を抑え、気配を断った。数瞬が流れた。胡桃は立ち上がると刺し子を羽織り、岩場を駆け上がった。

「暫く出られぬな」

「その方がいいだろう」

「あれが胡桃か」

「死んだ筈のな」

「見間違いではないな？」

「胡桃だ。間違いない……」

「どうする？」

「確かめずば、なるまい」

「何を？」

「決まっている。胡桃が生きて……」

多十が途中で言葉を呑み込んだ。

「そうだ」とサカキが言った。「儂らが来たは、若千代君が行方を知るためぞ」

一刻が経った。朝方の日差しが嘘のように、厚い雲が空を覆い始めた。雲は量を増し、黒く重たげに垂れ込めた。

更に一刻が過ぎ、雨が落ち、木々の葉を、池の水面を、岩を、土を打った。

穴に落ち込んだ雨水が、川となって多十らの足を掬《すく》った。蔓を外して外に出、集落の近くまで藪を走った。集落は撥ね上げ戸を下ろし、雨の中にうずくまっていた。

多十が、北隅の小屋を指さした。五年前に、仮の牢屋として多十を閉じ込めた産屋だった。

産気づいた女がいないのか、妊婦がいる目印の赤い布が戸口に出ていない。

ふたりは雨音に隠れて産屋に忍び込むと、撥ね上げ戸を僅かに押し上げ、集落の様子を窺った。人が表に出て来る気配はなかった。

「仕方ないの」

雨の中に飛び出した多十が、二軒向こうの家の戸を爪でコツコツと叩き、物陰に隠れた。戸が開き、男が顔を出した。男は暫く辺りの様子を窺っていたが、戸を閉めてしまった。少し間を空けてから、多十がもう一度戸を叩いた。男の顔が再び戸口に現れた。

男は家の者に何か言い置くと、刺し子の襟を引き上げ、頭をすっぽりと覆い、真向かいの家に向かって走り出そうとした。その瞬間を狙って、多十が脇に躍り出た。男が手を襟にかけたまま、多十の方を見た。男が目を剝くのと同時に、多十の拳が男の鳩尾《みぞおち》に食い込んだ。男の膝から力が抜けた。多十が男を肩に担いで産屋に戻って来た。

「此奴は誰だ？」

サカキが訊いた。

「佐助と言うてな。恐らく勝のことも、胡桃のことも、知っている筈だ」

「ここで責め問いにかけるか」

「声を出されては困るしの、穴を抜けて、森に連れて行くか」

「それがよかろう」

サカキは佐助に猿轡《さるぐつわ》をかませると、懐から紐を取り出し、両の手を縛り上げた。

§

池のほとりに着き、蔓の覆いを外し、穴に潜り込んだところで、佐助が気づいた。

佐助の目の焦点が合った。多十とサカキが目の前にいる。咄嗟《とっさ》に暴れようとした佐助の脇腹を、サカキの苦無《くない》が刺した。切っ先が脇腹に埋まっている。

「おとなしゅうせぬと、抉るぞ」

佐助の動きが俄《にわか》に萎《な》えた。

「無駄なことはするな」

多十は佐助の両手を縛っている紐の端を摑むと、雨水が滝となって落ちて来る穴を登り始めた。

「よう覚えておけ。妙な動きをしたら、遠慮なく打《ぶ》っ刺すからな」

サカキが苦無で佐助の尻を突いた。

「登ったぞ」多十の声が伝わって来た。

引き上げてくれ。サカキが穴奥に声をかけた。佐助の身体が宙に浮き、サカキが後に続いた。穴を潜り抜け、大岩を背に藪の奥へと進んだ。

雨に煙る草の原に出た。

「ここでよかろう」

「責めるか」

サカキに蹴られ、佐助が転がった。

「どうせ聞こえぬだろうが、大声を上げたら、その場で殺すからな」

佐助の猿轡が外された。

「どうやって《蓑虫》から逃れたのだ？」

佐助が多十を見上げた。

「訊くのは、こっちだ。答えるだけにせい」

サカキの苦無が、ぐいと脇腹を押した。

「分かった」

身をよじるようにして佐助が答えた。

「胡桃を見た。水浴びをしておった……」

多十は一旦言葉を切ると、佐助の周りをゆるりと歩き、足を止め、屈み込んだ。

「胡桃は死んだ筈ではなかったのか」

佐助が、いやいやをするように首を横に振った。

「嘉門の嫁は誰だ？」

佐助が口を固く閉ざしたまま首を振った。

「のう、佐助とやら」

サカキがぽつりと呟いた。何か、とサカキに目を遣った佐助の口に、苦無の柄尻が打ちつけられた。血潮が飛び、佐助が縛られた両の手で顔を覆った。

「手をどけろ」

転げ回っている佐助の尻を、サカキが蹴飛ばした。

手が顔から離れた。歯が折れ、唇が裂け、血が迸《ほとばし》り出ている。雨滴が血を洗い流した。

「早う、答えろ」サカキが言った。

「胡桃だ」

「嘉門の嫁は、胡桃なのだな？」

「そうだ」

「嫁《とつ》いだのは、いつのことだ？」

「てめえが」とサカキから多十に目を移し、「ひとり渡りになって、間もなくだ」

佐助が横を向いて、口に溜まった血と雨水を吐き捨てた。

「多十」とサカキが言った。「そなたは仕組まれたのだ。そうだな、佐助？」

「俺は知らねえ、本当だ」

サカキは佐助を寝転ばせ、手を上げさせると、多十に押さえるように言い、自身は佐助の足を跨《また》いで腰を降ろした。佐助は身動き出来なくなった身体を長く延ばした。

「佐助、儂は真田の忍び《猿》の者でな。《猿》は何で知られているかと言うと、拷問で、なのだ。儂らは小さな時から、遊びと言えば、拷問をし合うことだった。嫌でな、それが。お前が口を割らぬとあらば、やるしかないが、早く喋った方が楽なことは、申しておくからな。よう分かったな」

サカキは佐助の刺し子に手をかけ、左右に開いた。佐助の露《あらわ》になった腹を雨が叩いた。掌で撫で、汚い腹だ、とサカキが言った。

「皮を剝ごう。これは面白いんだ。お前も」と佐助に言った。「蛙の皮を剝いで、焼いて食ったことがあろう？　儂は剝ぐだけで食わぬから、その点は案ずるな」

サカキは、佐助の血だらけの口に煮染めたような手拭を突っ込むと、腹に噛みつき、食い千切った肉をぺっと吐き出した。腹から流れ落ちる血の筋が雨に消えた。サカキは笑みを浮かべながら傷口を爪で搔き、皮を剝がそうとした。

佐助が唸り声を上げた。

「話すのか」

佐助が懸命に首を縦に振った。

「もう少し待て。今いいところなのだ」

佐助の唸り声が、更に大きくなった。

「ここまでやらせて止めるくらいなら、素直に話せばよいものを、困った奴よ」

サカキが手拭を取り外した瞬間、佐助の胸が膨らんだ。叫び声を上げようとしたのだ。しかし、一瞬早く手拭が口に押し込まれていた。

「一度は叫ばぬと落ち着かぬであろうが、二度とやるな」

佐助の目が怯《おび》えで歪んでいる。サカキが手拭を抜き取った。

「……仕組んだのは、鬼胡桃の奴だ」

「鬼胡桃とは胡桃のことだな？」

「そうだ。怖い女でよ、陰では皆そう呼んでいる」

「話せ」サカキが促した。

あの頃、多十と嘉門のどちらかが、次の束ねになるだろうと皆思っていた、と佐助は言った。そんな時、多十が半年の務めから戻って来た。七名のうち四名が死に、多十の落ち度とされた。多十に頭として欠けたところがあった訳ではなかったが、四名の者が死んだことと、身内に死なれ騒ぎ立てた者がおったこともあり、長老たちも落ち度として取り扱った。向こう一年、務めから外し、それで落着としたのだが、胡桃はこれで多十が束ねになる目は弱まった、と踏んだ。

束ねの嫁になって思うさま振舞うのを夢見て来た胡桃は、執拗に言い寄ってくる嘉門に身を任せた。一旦嘉門と出来てしまうと、女なんて分からねえものだ、胡桃は急に多十が集落にいるのが目障りになった。

――多十を追い出そう。追い出せば、束ねは嘉門のものだ。喜んで嫁になる。

嘉門に否やはなかった。俺らを呼んで、どうしたらいいかと策を練った。《回峰》の夜に罠を仕掛ける。そうと決まったのは、新たな務めの口が来た頃だった。

きっちりと計画を立てておけば、却《かえ》って嘉門はいない方がよいということになり、嘉門は務めに出た。

「谷に落ちた子供の件は、仕組んだのか」

「足場に細工した」

「胡桃は、崖から飛び降りずに、どこに隠れていた？」

「裏山に、俺たちだけの小さな秘密の小屋を建てておいたのだ。胡桃は、てめえが追われるまで、そこに隠れていたのよ。そして頃合を見て、下流まで流されたが里の者に助けられた、と集落に戻って来たという訳だ」

「騙《だま》されたわ」

「そうだろう。一昨年《おととし》東ねが病いで亡くなってからは、嘉門が新しい東ねに収まり……」

多十の蹴りが佐助の腹に決まった。鈍い音がして、佐助が跳ね飛んだ。

「無茶をするな、まだ訊き出すことがあるのだからな」

サカキは佐助の襟首を摑んで引き摺り起こすと、頰に平手を食らわせ、

「起きろ」と耳許で言った。「若千代君をどこにやった？」

佐助の真っ赤な口が開き、何かを呟いて閉じた。

「知らないと言うておるが」

「そんな筈はない」

「と言うておるぞ」

「殺さねえか。命だけは、助けてくれるか」

佐助が、すがるようにしてふたりを見比べた。

「殺さぬ」サカキが言った。

「多十は？」

「儂が罠に嵌《は》められたことを明かす証人《あかしびと》だからな、殺さぬ」

「本当だな？　嘘はないな」

「《猿》の名にかけて誓おう」

佐助は額を地面に擦りつけるようにして礼を言うと、大蔵十兵衛の名と館の場所を口にした。

「女子の仇の館か」

「そうだ」とサカキに答え、岩松も、と佐助に訊いた。「そこにおるのか」

「その筈だ」

「彼奴が、涌井谷衆を誘わなければ、知らずにいられたものを……」

多十は、込み上げて来るものを呑み込み、

「来るのではなかった」と言った。「知りたくなかった……」

「どうする？」

「何が？」

「若様を助けに行くか。そなたを罠に嵌めた奴どもを殺しに行くか」

「涌井谷衆がことは私《わたくし》の遺恨だ。勝がことは、男の約束だ。重さが違う」

「多十、そなたはいい男だな。佐助、どうだ？」

佐助が上目遣いに首肯した。

「ところで」

と多十が、佐助に言った。雨音が一層激しくなった。

「先程の約束だが、儂は取り消すことにする」

よく聞こえなかったのか、佐助が耳をそばだてた。多十が同じ言葉を繰り返した。

「取り消す？」

「儂は証人など要らぬ。本当のことを知り、儂を罠に嵌めた奴どもを殺せば、それでよいのだ」

佐助が口をぽかんと開け、サカキを見た。

「儂もな、汝どもはどうも好かぬ。約束は、なかったことにしてくれぬか」

「そ、そんな……」

佐助の睫《まつげ》を伝い、雨粒がぽたぽたと落ちている。サカキの腰間から光るものが走り出た。光るものは、佐助の首を刎《は》ね、鞘に納まって消えた。

「《猿》の名に」と多十が言った。「かけたのではないのか」

「儂は《猿》を追われたのだ。かけたとて、何の歯止めにもならぬわ」

五

大蔵十兵衛の館は、古府中から信玄の菩提寺《ぼだいじ》である恵林寺に行く中程に位置していた。

甲斐が滅ぶや織田につき、その織田から徳川に寝返った十兵衛を待っていたのは、信長の死であり、家康の甲斐進出であった。十兵衛の館は、徳川への仕官を頼みに来る武田の遺臣で溢れていた。

「先の読めぬ奴輩《やつばら》ばかりよ。何の役にも立たぬわ」

十兵衛は、早々と応対の間から引き上げると、奥の座敷へと向かった。奥の座敷には、八鍬以下のムカデ衆が控えていた。

「どうだ？　何ぞ気づいたことはないか」

十兵衛は座敷に入るや、座る間も惜しんで訊いた。

「それが……」

八鍬が皆の顔を見やりながら答えた。

「これと言って……」

「決めたぞ。本日限り文書のことは忘れることにいたす」

「しかし、それでは」

「何だ？」

「確か大久保様に、間違いなく文書はあると……」

「言うた」

「でございますから、ないとは……」

「あるのか、文書が？」

「分かりませぬ」

「あるかないか分からぬものに、いつまでもかかずらってはおれぬわ。現に儂らは、武田滅亡の日から今日まで、文書探しに明け暮れて来たが、何の進展もないではないか」

「それでよろしいのでしょうか。大久保様が何と思われるか、心配ではございませぬか」

「構わぬ。どうせあの連中は、何も分かってはおらぬのだからな」

十兵衛は白湯《さゆ》を一口飲み下すと、

「武田が掘り進めた金山は」と言った。「すべて見て回った。一度ではなく、二度、三度とな」

甲斐のみならず駿河の奥地にまで足を延ばしたが、金山に御遺金を隠した様子もなければ、文書を運び込んだ形跡もなかった。

ムカデが務めに出た時の詳細を認《したた》めた文書は、御遺金とともに姿を消した結城孫兵衛が始末したと考えれば、筋が通った。

「あの結城様のことだ。儂らが直ぐに考えつくような手掛かりなど残しはせぬわ」

十兵衛は居並んだ者たちを見渡し、だが、と言って続けた。

「御遺金を使う者のために、若干《なにがし》かの手掛かりを残していかれたことだけは間違いない。それでなくては、御遺金は見つからぬからな。それが何かを考えるのだ」

八鍬、どうだ？　十兵衛がムカデ衆二《に》の組組頭だった八鍬に訊いた。

武田滅亡に際して、十兵衛の一派に与しなかった一の組の大部分と三、四の組の何名かが殺されるか逃亡し、二の組の組頭だった八鍬を中心に新たなムカデ衆が結成されていた。

「今はまだ思案の最中でございまして」

八鍬が額に浮かんだ汗の粒を拭った。

「誰か、何か思い浮かばぬのか」

「よろしいでしょうか」八鍬の倅・久八だった。

「申せ」

「はっ」

久八は膝をにじって十兵衛に向かい合うと、人は、と言った。

「何かを隠そうとする時、見知らぬ場所には隠しませぬ。十分知悉《ちしつ》している場所に隠すものでございます」

「だから、金山を調べたのであろうが」

「しかし、何もございませんでした。結城様御ひとりで隠されたのなら、恐らく金山にこだわったでしょうが、手伝った者がおります」

「黒脚組の五の組と六の組だな」

「左様でございます。結城様が山に詳しいことはよく存じておりますが、ムカデは実際に山に潜っております。結城様は隠し場所を決める際、先に全滅したと伝えられている五の組の知恵を借りたと思われますので、五の組がどのような務めをしていたのか、調べる必要があるかと存じます」

「出来《でか》したぞ、久八。よう気づいた」

久八が低頭した。

「五の組について、何か他の組と違うところはなかったか。結城様がわざわざ五の組を選んだには、何か理由があった筈だ」

「際立っていたのは、水を得意としたことでしょうか」

八鍬が言った。

「ムカデにも乾いた土を得意とした組、岩場を得意とした組などがございましたが、五の組は川底など出水している場所を得意といたしておりました」

「金は、水の中に隠しておいても腐らぬか……」

十兵衛は手応えを得た時の癖で、拳を握り締めた。

「絞れたではないか。甲斐に於《お》ける五の組の務めの箇所に、水のため余り人が寄りつかぬ箇所を重ね合わすのだ。何か見えて来るやも知れぬぞ。早急に進めい」

八鍬、と十兵衛が、立ち上がりながら言った。後刻書院へ参れ。

「儂は若千代君を問い質《ただ》してみる。今度は泣かれぬとよいが」

§

書院の文机《ふづくえ》に、目釘を抜かれ、鞘と刀身と柄《つか》に分けられた三日月刀が載っている。

腕組みをして凝っと見詰めていた十兵衛が、勝三に尋ねた。

「御兄上様から貰われたのでございまするな」

「そうじゃ……」

勝三が涙目になっている。

(これしきのことで、泣き出しそうになるな。それでも甲斐武田氏の御血筋か)

怒鳴りたい気分を隠し、十兵衛は穏やかな表情を作って見せた。

「その時に、何か仰せになられたのではございませぬか」

「覚えておらぬ」

「大事にせよとか、宝の在り処が記してあるとか、何か仰せになられた筈なのですが、覚えておられぬのですな?」

「何も言われなかった」

「若千代君」

十兵衛が勝三に顔を近づけ、嚙んで含めるように言った。

「何も言われなかったのと、覚えておらぬとでは、まったく違うことは分かりますな。覚えておらぬは、何か言われたが覚えておらぬのであって、言われたことになるのですぞ……」

勝三の目から、大粒の涙が零れて落ちた。

（勝手にせい。何かというと、直ぐに涙ばかり流しおって……）

泣き声を上げないだけ、まだましだと、十兵衛は自らの心を抑え、問うのを止め、再び三日月刀に目を落とした。

（若千代君が脱する時に持たされたのは、この小さな刀だけだ。となれば、御遺金の在り処を解く鍵は、これしかないことになるが……）

手に取った。鞘にも柄にも刀身にも、どこにも御遺金の在り処を示す細工は施されていなかった。

溜め息を吐こうとした時に、笛の音が聞こえた。童が使う、鳥寄せの笛のようであった。

屋敷のうちではない。外かららしいことは、音の遠さで分かった。十兵衛は舌打ちをして、鞘を嘗めるように見詰めた。

勝三が何かで手遊びを始めたらしい。刺し子の擦れる音が耳についた。十兵衛は、手を止めて勝三を見た。首からぶら下げた、小さな竹笛で遊んでいた。

雲が切れたのか、日が射して来た。書院の障子が俄に明るくなった。

（たけ……ぶえ……）

勝三が竹笛に唇を当てた。

§

多十とサカキは、館の大門を見渡す藪の中にいた。

「先程の笛は、何の合図だったのだ？」サカキが耳許で尋ねた。

「助けに来た知らせだ」

「用意がよいの」

多十が小さく笑って見せた。

「それにしても」とサカキが言った。「大層な羽振りだな」

「お蔭で忍び込み易そうだ」

多十は、館の周囲を見回し、庭を見下ろせる喬木《きようぼく》を探した。

高い樹木《き》は伐り倒されていた。

「裏に回ろう」

サカキの後に続き、多十は屋敷を囲う土塀をぐるりと回った。

「覗いてみるか」

サカキはふわりと土塀に上がると、笠瓦に身を横たえた。

サカキの首筋が動いている。庭を見回しているらしい。警備の者が見えぬのか、サカキの掌が、来いと招いた。多十も土塀に飛び上がった。

植え込みに降り、身を屈めたまま池のほとりの岩陰まで進んだ。

（まさか、地下に閉じ込められてはおらぬであろうな）

多十が首を伸ばしかけたのに合わせ、竹笛が鳴り、辺り一帯が夥《おびただ》しい羽音に包まれた。

「何だ？」

サカキが首を竦めながら空を仰いだ。空を黒く覆うように小鳥の群れが飛び交っている。

「若千代君か。若は、いつでも自在に鳥を呼べるのか」

多十は頷くと、竹笛の音のした方へと走った。

障子を突き破って小鳥が書院に飛び込んで来た。一羽ではない。百羽を超える小鳥が羽を唸らせ、飛び交っている。

十兵衛は顔を覆って障子を開け、回《まわ》り縁《えん》に飛び出した。頭に、肩に、両腕に鳥を止まらせた勝三の目に、白壁に移った模様が見えた。

三日月刀の刀身に当たった陽光が、反射して壁に模様を描いたのである。

模様は寺にある鐘のような形をしていた。

（何だろう？）

白壁に近づき、模様をなぞってみた。鐘の一方に、星のように一際白く輝くところがあった。勝三は、文机の側《そば》に行き、刀身を手に取った。白壁の模様が消えた。

（あっ）

口の中で呟いた時、回り縁から十兵衛が怒鳴った。

「触れるでない」

勝三は刀身を放り出して、板襖に走り、板廊下に出た。

「待て」

勝三を追おうとした十兵衛に、小鳥が襲いかかった。鳥を払おうとした手を、嘴《くちばし》が突く。

「おのれ！」

十兵衛は脇差を振り回した。

竹笛に続いて起こった羽音を聞き、蓮は勝三が鳥を呼んだのだ、と思った。

屋敷の外からの竹笛は多十で、今のは勝三か。勝三が逃げ惑うておるのか。

蓮は、手首を縛られていたが、腕を背に回されていたのではなく、泣いた勝三をあやすために前で縛られていたことに感謝した。竹笛を胸から引き出し、強く短く間を空けて数度吹いた。

子供の足音が板襖の前で止まった。開いた。勝三だった。

「蓮」

「入って、閉めて」

座敷の隅に、畳まれた夜具が置かれていた。

「壁に沿うて横になれ」

「何ゆえじゃ？」

「何でもよい。言われた通りにするのだ」

夜具を退け、勝三を寝かせ、夜具を押しつけた。勝三の姿が、夜具の後ろにすっぽりと隠れた。

「よいな。私が名を呼ぶまで、決して口を利くな」

「分かった」

乱暴な足音が、板廊下を走って来た。

板襖が引き開けられた。ムカデ衆黒脚組の者がふたり、座敷の中を見回した。蓮が尋ねた。

「何が起こったのだ？」

「何でもない」

板襖を音立てて閉めると、走り去って行った。蓮は庭に面した障子を指で突き、外の様子を窺った。

（多十……）

祈りながら、右から左、左から右へと多十を探し求めた。黒いものが植え込みから滑り出て来た。

サカキだった。サカキの隣に多十がいた。蓮は障子を破り、桟《さん》の間から掌を出し、懸命に上下に振った。

六

「遅い。助けに来るのが、遅い」

土塀から飛び降りた蓮が、多十が降りるのを待って詰《なじ》った。

「済まなかった。《蓑虫》から脱するのに手間取ってしまったのだ」

「もう来てくれないのかと思うたわ」

「勝もじゃ」

多十は、ふたりを両腕に抱き締めた。勝三の腰から三日月刀が消えていた。

「どうした？」

「とられた」

「十兵衛か」

勝三がこくんと頷いた。

「奴に預けておこう。また後で取り返せばよい」

「なくさない？」

「後生大事に持っている。大丈夫だ」

「急がねば、逃げ切れぬぞ」

サカキが大門の方を見ながら言った。追っ手の猛々《たけだけ》しい声が聞こえて来た。サカキと蓮に続き、多十が勝三を背負って、木立の中に駆け込んだ。

「いたぞ」

追っ手の姿が、樹木の向こうに小さく見えた。足の速い者を集めたのか、追っ手の走りはしっかりとしていた。

竹林があった。青い竹がつややかに輝きながら群生していた。

（いい竹林だ……）

多十がサカキに言った。

「済まぬ。お主、追っ手を引きつけて、そこらをひと回りし、竹林に誘い込んではくれぬか」

「何ゆえだ？」

「竹林に、ちと仕掛けをしたいのだ。一網打尽《いちもうだじん》にしてくれる」

「どちらから戻る？　北か南か」

「西だ」

誘う道筋を指した。

「承知した」

「逃げぬから、気を回すな」

「それを聞いて、安堵したわ」

多十らは繁みの濃い方へと走り、ひとりサカキのみが繁みを突っ切った。

間もなくして、サカキの走りが鈍くなった。足を引き摺っている。

追っ手が間合いを詰めた。

「大丈夫か」

蓮が追っ手をやり過ごしてから訊いた。

「案ずるな。儂らも使うことのある、千鳥《ちどり》の法だ」

「何だそれは？」

千鳥の親鳥は、雛《ひな》や卵を守るため、怪我をした振りをして敵を誘い、巣から遠ざける。千鳥の習性を真似た術だった。

「凄い」と蓮が言った。

「とてもすごい」と勝三が言った。

「さっ、ふたりとも手伝え。感心している場合ではないぞ」

「何を作るのじゃ？」

「竹槍と弓矢だ」

「またか」

「これしか知らぬのだ」

多十が竹を伐り始めた。青竹が倒れた。竹の先の細い部分は矢にし、次いで中細の部分は竹槍にし、根に近い太い部分は割って弓にした。

「小石を拾って来てくれ。遠くに行くな、儂らの周りでだぞ。大きさは……」

矢の先に重しとして埋め込むのである。矢を見せ、勝三に大きさを教えた。

「うむ。任せよ」

「蓮は、竹槍の先端《さき》に小石を詰め、土で蓋をせい」

「分かっておる」

多十は、四つに割った竹を二枚重ねて弓を作り、竹に縛りつけ、続いて番えた矢を射出す場所に、苦無の先を錐《きり》にして穴を開けた。

「その穴は、何じゃ？」

蓮が覗いている。

穴に矢を通し、矢尻を弦にかけ、思い切り引く。

指を離せば、矢が勢いよく飛び出すという仕組みだった。

「これで、よいか」

勝三が小石を拾って来た。使えるものもあれば、大き過ぎるものもあった。蓮が首を振って、地面を探し始めた。

「よし、次は見張りだ。サカキが見えたら知らせてくれ」

戻って来る方角を、勝三に教えた。

蓮と矢の先に小石を詰め、最低限の仕掛けは整った。

「火薬があればの」蓮が呟くように言った。

「急場では、ないものにこだわるな。あるもので戦うのだ」

「言うてみただけじゃ」

「サカキだよ」

勝三が声音を抑えて叫びながら、駆け戻って来た。

§

サカキは多十らを認めると、素早く駆け寄り、地に伏せた。息に乱れがない。

「流石だな」

サカキは応えず、それよりも、と言った。

「儂は、何をすればよいのだ？」

多十が矢の番え方と射方を教えた。

追っ手がそこまで近づいている。十四、五人はいた。先頭に岩松と、八鍬の倅の久八の姿があった。

「ゆるりと引けよ」

多十とサカキと蓮、それぞれの弦が引き絞られた。追っ手の足が竹林に入り、散り敷かれた笹の葉を踏んだ。

「放て」

二本の矢が真っ直ぐに飛び、ふたりの追っ手の腹に刺さった。残る一本の矢は青竹に当たり、軌道を変えて端にいた男の股《もも》を抉った。

追っ手が身構える前に、次の三本が飛んだ。一本は胸を射たが、二本は青竹から青竹に跳ねて外れた。更に三本の矢が放たれた。三人の肩や胸に当たった。

残りの矢をサカキと蓮に与え、多十は竹槍を手に取ると、次から次へと投げつけた。

竹槍は蛇のように身をくねらせて、追っ手の中に飛び込んだ。ふたりが腹や足を抱えてのたうち回った。そのうちのひとりが岩松だった。

「おのれ、多十」

岩松は腹から竹槍を引き抜くと、山刀を振り翳した。その岩松の咽喉に、蓮の放った矢が刺さった。

「蓮、てめえ！」

六人だけになった追っ手から、久八が飛び出して来た。

「打《ぶ》っ殺してやる」

大きく踏み出した久八の足を、鉈が払った。鉈は久八の足首をもぎ取ると、柄に結びつけられた紐に引かれ、多十の掌に戻った。

「面白い使い方だな」サカキが言った。

「紐が丈夫だからだ」

「分かっていればよい」

聞いていたふたりが刀を投げ捨て、竹林の外へと逃げ出した。

「話は後だ」

「そのようだな」

立ち竦んでいる三人に、サカキが斬りかかった。背に一太刀浴びせ、返す刀でふたりの胴と首筋を斬り裂いた。竹林が赤く染まり、血潮がにおった。

這って逃げようとしている久八の脇腹を蹴り、仰向けにさせ、多十が言った。

「大蔵十兵衛によう言うておけ。御遺金のことは忘れろ、とな」

多十は勝三の近くまで戻ると、膝を突き、両の手を伸ばした。勝三が飛びついた。

勝三は抱かれ、はしゃいでいる。蓮が多十に寄り添い、刺し子の袖を握った。

サカキは追っ手がのたうつ様《さま》に目を遣っていたが、やがて多十らの後を追った。

（下巻に続く）

本書は二〇〇四年一月・三月・六月に中央公論新社より刊行された『嶽神忍風1〜3』に加筆・訂正し、上・下巻に分冊したものです。

|著者|長谷川 卓　1949年、神奈川県生まれ。早稲田大学大学院文学研究科演劇専攻修士課程修了。'80年、「昼と夜」で第23回群像新人文学賞受賞。'81年、「百舌が啼いてから」で芥川賞候補になる。2000年、『血路——南稜七ツ家秘録』で第2回角川春樹小説賞受賞。主な著書に『死地』、「戻り舟同心」シリーズ、「雨乞の左右吉捕物話」シリーズ、『逆渡り』などがある。

嶽神《がくじん》(上)　白銀渡《しろがねわた》り

長谷川《はせがわ》 卓《たく》

2012年5月15日第1刷発行
2013年12月20日第9刷発行

発行者——鈴木　哲
発行所——株式会社　講談社
東京都文京区音羽2-12-21　〒112-8001
電話　出版部（03）5395-3510
　　　販売部（03）5395-5817
　　　業務部（03）5395-3615

Printed in Japan

講談社文庫

定価はカバーに
表示してあります

デザイン—菊地信義
本文データ制作—講談社デジタル製作部
印刷———豊国印刷株式会社
製本———株式会社若林製本工場

ISBN978-4-06-277255-6

講談社文庫刊行の辞

二十一世紀の到来を目睫に望みながら、われわれはいま、人類史上かつて例を見ない巨大な転換期をむかえようとしている。

世界も、日本も、激動の予兆に対する期待とおののきを内に蔵して、未知の時代に歩み入ろうとしている。このときにあたり、創業の人野間清治の「ナショナル・エデュケイター」への志を現代に甦らせようと意図して、われわれはここに古今の文芸作品はいうまでもなく、ひろく人文・社会・自然の諸科学から東西の名著を網羅する、新しい綜合文庫の発刊を決意した。

激動の転換期はまた断絶の時代である。われわれは戦後二十五年間の出版文化のありかたへの深い反省をこめて、この断絶の時代にあえて人間的な持続を求めようとする。いたずらに浮薄な商業主義のあだ花を追い求めることなく、長期にわたって良書に生命をあたえようとつとめるところにしか、今後の出版文化の真の繁栄はあり得ないと信じるからである。

同時にわれわれはこの綜合文庫の刊行を通じて、人文・社会・自然の諸科学が、結局人間の学にほかならないことを立証しようと願っている。かつて知識とは、「汝自身を知る」ことにつきていた。現代社会の瑣末な情報の氾濫のなかから、力強い知識の源泉を掘り起し、技術文明のただなかに、生きた人間の姿を復活させること。それこそわれわれの切なる希求である。

われわれは権威に盲従せず、俗流に媚びることなく、渾然一体となって日本の「草の根」をかたちづくる若く新しい世代の人々に、心をこめてこの新しい綜合文庫をおくり届けたい。それは知識の泉であるとともに感受性のふるさとであり、もっとも有機的に組織され、社会に開かれた万人のための大学をめざしている。大方の支援と協力を衷心より切望してやまない。

一九七一年七月

野間省一

講談社文庫 目録

福井晴敏　平成関東大震災〈いつか来るとは知っていたが今日来るとは思わなかった〉
福井晴敏　人類資金1～5
福井晴敏作　霜月かよ子画　C-blossom《シーブロッサム》〈case《ケース》729〉
藤原緋沙子　遠花火〈見届け人秋月伊織事件帖〉
藤原緋沙子　春《はる》疾風《はやて》〈見届け人秋月伊織事件帖〉
藤原緋沙子　暖《ぬくめ》鳥《どり》〈見届け人秋月伊織事件帖〉
藤原緋沙子　霧の路《みち》〈見届け人秋月伊織事件帖〉
藤原緋沙子　鳴《なる》子《こ》守《もり》〈見届け人秋月伊織事件帖〉
藤原緋沙子　夏ほたる〈見届け人秋月伊織事件帖〉
福島章　精神鑑定　脳から心を読む
椹《ふし》野《の》道流　暁天の星〈鬼籍通覧〉
椹野道流　無明の闇〈鬼籍通覧〉
椹野道流　壺《こ》中《ちゅう》の天〈鬼籍通覧〉
椹野道流　隻《せき》手《しゅ》の声〈鬼籍通覧〉
椹野道流　禅定の弓〈鬼籍通覧〉
古川日出男　ルート3《サン》5《ゴー》0《マル》
福田和也　悪女の美食術
藤田香織　ホンのお楽しみ
深水黎一郎　エコール・ド・パリ殺人事件〈レザルティスト・モウディ〉

深水黎一郎　トスカの接吻〈オペラ・ミステリオーザ〉
深水黎一郎　ジークフリートの剣《つるぎ》
深見真　猟犬〈特殊犯捜査・呉内冴絵〉
深見真　硝煙の向こう側に彼女〈武装強行犯捜査・塚田志士子〉
藤谷治　遠い響き
深町秋生　ダウン・バイ・ロー
冬木亮子　書けそうで書けない英単語〈Let's enjoy spelling!〉
辺見庸　永遠の不服従のために
辺見庸　いま、抗暴のときに
辺見庸　抵抗論
星新一　エヌ氏の遊園地
星新一編　ショートショートの広場①～⑨
本田靖春　不当逮捕
堀江邦夫　原発労働記
保阪正康　昭和史七つの謎
保阪正康　昭和史忘れ得ぬ証言者たち
保阪正康　昭和史七つの謎Part2
保阪正康　あの戦争から何を学ぶのか
保阪正康　政治家と回想録〈読み直し語りつぐ戦後史〉

保阪正康　昭和の空白を読み解く〈昭和史忘れ得ぬ証言者たちPart2〉
保阪正康　「昭和」とは何だったのか
保阪正康　大本営発表という権力
堀和久　江戸風流女ばなし
堀田力　少年魂
星野知子　食べるが勝ち！
北海道新聞取材班　追及・北海道警「裏金」疑惑
北海道新聞取材班　日本警察と裏金〈底なしの腐敗〉
北海道新聞取材班　実録・老舗百貨店凋落〈流通業界再編の光と影〉
北海道新聞取材班　追跡・「夕張」問題〈財政破綻と再起への苦闘〉
堀井憲一郎　『巨人の星』に必要なことはすべて人生から学んだ。あ。逆だ。
堀江敏幸　熊の敷石
堀江敏幸　子午線を求めて
本格ミステリ作家クラブ編　紅い悪夢の夏〈本格短編ベスト・セレクション〉
本格ミステリ作家クラブ編　透明な貴婦人の謎〈本格短編ベスト・セレクション〉
本格ミステリ作家クラブ編　天使と髑髏の密室〈本格短編ベスト・セレクション〉
本格ミステリ作家クラブ編　死神と雷鳴の暗号〈本格短編ベスト・セレクション〉
本格ミステリ作家クラブ編　論理学園事件帳〈本格短編ベスト・セレクション〉
本格ミステリ作家クラブ編　深夜バス78回転の問題〈本格短編ベスト・セレクション〉

本格ミステリ作家クラブ編 大きな棺の小さな鍵〈本格短編ベスト・セレクション〉
本格ミステリ作家クラブ編 珍しい物語のつくり方〈本格短編ベスト・セレクション〉
本格ミステリ作家クラブ編 法廷ジャックの心理学〈本格短編ベスト・セレクション〉
本格ミステリ作家クラブ編 見えない殺人カード〈本格短編ベスト・セレクション〉
本格ミステリ作家クラブ編 空飛ぶモルグ街の研究〈本格短編ベスト・セレクション〉
星野智幸 毒身
星野智幸 われら猫の子
本田靖春 我、拗ね者として生涯を閉ず(上)(下)
本田透 電波男
本城英明 警察庁広域特捜官 梶山俊介〈広島・尾道「刑事《デカ》殺し」〉
堀田純司 スゴい雑誌〈「業界誌」の底知れない魅力〉
本多孝好 チェーン・ポイズン
穂村弘 整形前夜
堀川アサコ 幻想郵便局
堀川アサコ 幻想映画館
松本清張 草の陰刻
松本清張 黄色い風土
松本清張 黒い樹海
松本清張 連環
松本清張 花氷
松本清張 遠くからの声
松本清張 ガラスの城
松本清張 殺人行おくのほそ道(上)(下)
松本清張 塗られた本
松本清張 熱い絹(上)(下)
松本清張 邪馬台国 清張通史①
松本清張 空白の世紀 清張通史②
松本清張 カミと青銅の迷路 清張通史③
松本清張 天皇と豪族 清張通史④
松本清張 壬申の乱 清張通史⑤
松本清張 古代の終焉 清張通史⑥
松本清張 新装版大奥婦女記
松本清張 新装版増上寺刃傷
松本清張 新装版 彩色江戸切絵図
松本清張 新装版 紅刷り江戸噂
松本清張他 日本史七つの謎
松谷みよ子 ちいさいモモちゃん
松谷みよ子 モモちゃんとアカネちゃん
松谷みよ子 アカネちゃんの涙の海
眉村卓 ねらわれた学園
眉村卓 なぞの転校生
丸谷才一 恋と女の日本文学
丸谷才一 闊歩する漱石
丸谷才一 輝く日の宮
丸谷才一 人間的なアルファベット
麻耶雄嵩 翼ある闇〈メルカトル鮎最後の事件〉
麻耶雄嵩 夏と冬の奏鳴曲《ソナタ》
麻耶雄嵩 木製の王子
松浪和夫 摘出
松浪和夫 非常線
松浪和夫 核の柩
松浪和夫 警官魂〈激震篇〉〈反撃篇〉
松井今朝子 仲蔵狂乱
松井今朝子 奴《やっこ》の小万《こまん》と呼ばれた女
松井今朝子 似《に》せ者《もん》
松井今朝子 そろそろ旅に
松井今朝子 星と輝き花と咲き

町田　康　へらへらぼっちゃん
町田　康　つるつるの壺
町田　康　耳そぎ饅頭
町田　康　権現の踊り子
町田　康　浄土
町田　康　猫にかまけて
町田　康　真実真正日記
町田　康　宿屋めぐり
町田　康　猫のあしあと
舞城王太郎　煙か土か食い物〈Smoke, Soil or Sacrifices〉
舞城王太郎　世界は密室でできている。〈THE WORLD IS MADE OUT OF CLOSED ROOMS〉
舞城王太郎　熊の場所
舞城王太郎　九十九十九
舞城王太郎　山ん中の獅見朋成雄《しみともなるお》
舞城王太郎　好き好き大好き超愛してる。
舞城王太郎　N《ネ》E《ッ》CK《ク》
舞城王太郎　SPEEDBOY!
舞城王太郎　獣の樹
松尾由美　ピピネラ

松　久淳 田中　渉・絵　四月ばーか
松浦寿輝　花腐《くた》し
松浦寿輝　あやめ鰈ひかがみ
真山　仁　虚像の砦
真山　仁　レッドゾーン(上)(下)
真山　仁　新装版　ハゲタカ(上)(下)
真山　仁　新装版　ハゲタカII(上)(下)
毎日新聞科学環境部　理系白書
毎日新聞科学環境部　「理系」という生き方〈この国を静かに支える人たち〉〈理系白書2〉
毎日新聞科学環境部　迫るアジア　どうする日本の研究者〈理系白書3〉
前川麻子　すきもの
町田　忍　昭和なつかし図鑑
松井雪子　チル☆
牧　秀彦　裂《れっ》帛《ぱく》〈五坪道場一手指南〉
牧　秀彦　凛《りん》々《りん》〈五坪道場一手指南〉
牧　秀彦　雄《ゆう》飛《ひ》〈五坪道場一手指南〉
牧　秀彦　清《せい》冽《れっ》〈五坪道場一手指南〉
牧　秀彦　美《び》剣《けん》〈五坪道場一手指南〉
牧　秀彦　無《む》我《が》〈五坪道場一手指南〉

真梨幸子　孤《こ》虫《ちゅう》症《しょう》
真梨幸子　深く深く、砂に埋めて
真梨幸子　女ともだち
真梨幸子　クロク、ヌレ！
まきの・えり　ラブファイト(上)(下)〈聖母少女〉
牧野　修　黒娘　アウトサイダー・フィメール
毎日新聞夕刊編集部　女はトイレで何をしているのか？〈現代ニッポン人の生態学〉
前田司郎　愛でもない青春でもない旅立たない
間庭典子　走れば人生見えてくる
松本裕士　兄〈追憶のhide〉弟
枡野浩一　結婚失格
円居　挽　丸太町ルヴォワール
円居　挽　烏丸ルヴォワール
松宮　宏　秘剣こいわらい
松宮　宏　くすぶり亦《また》蔵《ぞう》〈秘剣こいわらい〉
丸山天寿　琅《ろう》邪《や》の鬼
三好　徹　政・財　腐蝕の100年
三好　徹　政・財　腐蝕の100年　大正編
三浦哲郎　曠野の妻

三浦綾子 ひつじが丘
三浦綾子 岩に立つ
三浦綾子 青い棘《とげ》
三浦綾子 イエス・キリストの生涯
三浦綾子 あのポプラの上が空
三浦綾子 小さな一歩から
三浦綾子 増補決定版 言葉の花束〈愛といのちの792章〉
三浦綾子 愛すること信ずること
三浦光世 三浦綾子 愛に遠くあれど〈夫と妻の対話〉
三浦明博 死《し》水《すい》
三浦明博 サーカス市場
三浦明博 感染広告
宮尾登美子 東福門院和子《まさこ》の涙
宮尾登美子 新装版天璋院篤姫(上)(下)
宮尾登美子 新装版 一絃の琴
皆川博子 冬の旅人(上)(下)
宮崎康平 新装版 まぼろしの邪馬台国 第1部・第2部
宮本輝 朝の歓び(上)(下)
宮本輝 ひとたびはポプラに臥す1～6

宮本輝 骸骨ビルの庭(上)(下)
宮本輝 新装版二十歳《はたち》の火影《ほかげ》
宮本輝 新装版命の器
宮本輝 新装版 避暑地の猫
宮本輝 新装版 ここに地終わり 海始まる(上)(下)
宮本輝 新装版 花の降る午後(上)(下)
宮本輝 新装版 オレンジの壺(上)(下)
宮本輝 にぎやかな天地(上)(下)
峰隆一郎 寝台特急「さくら」死者の罠
宮城谷昌光 俠骨記
宮城谷昌光 夏姫春秋(上)(下)
宮城谷昌光 花の歳月
宮城谷昌光 重耳《ちょうじ》(全三冊)
宮城谷昌光 春秋の色
宮城谷昌光 介《かい》子《し》推《すい》
宮城谷昌光 孟嘗君 全五冊
宮城谷昌光 春秋の名君
宮城谷昌光 子産(上)(下)
宮城谷昌光他 異色中国短篇傑作大全

宮城谷昌光 湖底の城一〈呉越春秋〉
宮城谷昌光 湖底の城二〈呉越春秋〉
水木しげる コミック昭和史1〈関東大震災～満州事変〉
水木しげる コミック昭和史2〈満州事変～日中全面戦争〉
水木しげる コミック昭和史3〈日中全面戦争～太平洋戦争開始〉
水木しげる コミック昭和史4〈太平洋戦争前半〉
水木しげる コミック昭和史5〈太平洋戦争後半〉
水木しげる コミック昭和史6〈終戦から朝鮮戦争〉
水木しげる コミック昭和史7〈講和から復興〉
水木しげる コミック昭和史8〈高度成長以降〉
水木しげる 総員玉砕せよ！
水木しげる 敗走記
水木しげる 白い旗
水木しげる 姑《クー》娘《ニャン》
宮脇俊三 古代史紀行
宮脇俊三 平安鎌倉史紀行
宮脇俊三 室町戦国史紀行
宮脇俊三 徳川家康歴史紀行5000㌔
宮部みゆき ステップファザー・ステップ

宮部みゆき　震える岩〈霊験お初捕物控〉
宮部みゆき　天狗風〈霊験お初捕物控(二)〉
宮部みゆき　ICO《イコ》―霧の城―(上)(下)
宮部みゆき　ぼんくら(上)(下)
宮部みゆき　新装版 日暮らし(上)(下)
宮部みゆき　おまえさん(上)(下)
宮部みゆき　小暮写眞館(上)(下)
宮子あずさ　看護婦が見つめた人間が死ぬということ
宮子あずさ　看護婦が見つめた人間が病むということ
宮子あずさ　ナースコール
宮本昌孝　夕立太平記
宮本昌孝　影十手活殺帖
宮本昌孝　おねだり女房〈影十手活殺帖〉
皆川ゆか　機動戦士ガンダム外伝〈THE BLUE DESTINY〉
皆川ゆか　新機動戦記ガンダムW（ウイング）外伝～右手に鎌を左手に君を～
皆川ゆか　評伝シャア・アズナブル〈《赤い彗星》の軌跡〉
三浦明博　滅びのモノクローム
三好春樹　なぜ、男は老いに弱いのか？
見延典子　家を建てるなら

道又力　開封 高橋克彦
三津田信三　忌館《いかん》〈ホラー作家の棲む家〉
三津田信三　作者不詳〈ミステリ作家の読む本〉(上)(下)
三津田信三　蛇《じゃ》棺《かん》葬《そう》
三津田信三　百《ひゃく》蛇《じゃ》堂《どう》〈怪談作家の語る話〉
三津田信三　厭魅《まじもの》の如き憑くもの
三津田信三　凶鳥《まがとり》の如き忌むもの
三津田信三　首無《くびなし》の如き祟るもの
三津田信三　山魔《やまんま》の如き嗤《わら》うもの
三津田信三　水魑《みづち》の如き沈むもの
三津田信三　密室《ひめむろ》の如き籠《こも》るもの
三津田信三　スラッシャー 廃園の殺人
宮下英樹と「センゴク」取材班　センゴク合戦読本
宮下英樹と「センゴク」取材班　センゴク武将列伝
三輪太郎　あなたの正しさと、ぼくのセツナさ
三輪太郎　死という鏡〈この30年の日本文芸を読む〉
汀《みぎわ》こるもの　パラダイス・クローズド〈THANATOS〉
汀《みぎわ》こるもの　まごころを、君に〈THANATOS〉
汀《みぎわ》こるもの　フォークの先、希望の後〈THANATOS〉

宮田珠己　ふしぎ盆栽ホンノンボ
道尾秀介　カラスの親指〈by rule of CROW's thumb〉
村上龍　海の向こうで戦争が始まる
村上龍　アメリカン★ドリーム
村上龍　ポップアートのある部屋
村上龍　走れ！タカハシ
村上龍　愛と幻想のファシズム(上)(下)
村上龍　村上龍全エッセイ〈1976～1981〉
村上龍　村上龍全エッセイ〈1982～1986〉
村上龍　村上龍全エッセイ〈1987～1991〉
村上龍　超電導ナイトクラブ
村上龍　イビサ
村上龍　長崎オランダ村
村上龍　フィジーの小人
村上龍　368Y Par4 第2打
村上龍　音楽の海岸
村上龍　村上龍料理小説集
村上龍　村上龍映画小説集
村上龍　ストレンジ・デイズ

諸田玲子 末世炎上
諸田玲子 昔日《せきじつ》より
諸田玲子 日《にち》月《げつ》めぐる
諸田玲子 天女湯おれん これがはじまり
森福都 楽昌珠
森津純子 家族が「がん」になったら〈誰も教えてくれなかった介護法と心のケア〉
森達也 ぼくの歌、みんなの歌
桃谷方子 百合祭
森孝一 「ジョージ・ブッシュ」のアタマの中身〈アメリカ「超保守派」の世界観〉
本谷有希子 腑抜けども、悲しみの愛を見せろ
本谷有希子 江利子と絶対〈本谷有希子文学大全集〉
本谷有希子 あの子の考えることは変
森下くるみ すべては「裸になる」から始まって
茂木健一郎 「赤毛のアン」に学ぶ幸福《しあわせ》になる方法
茂木健一郎 セレンディピティの時代〈偶然の幸運に出会う方法〉
茂木健一郎 漱石に学ぶ心の平安を得る方法
茂木健一郎 with ダイアログ・イン・ザ・ダーク まっくらな中での対話
望月守宮 無貌伝〈〜双児の子ら〜〉
森川智喜 キャットフード

山口瞳 常盤新平 編 新装版 諸君！この人生、大変なんだ
山田風太郎 婆沙羅
山田風太郎 甲賀忍法帖〈山田風太郎忍法帖①〉
山田風太郎 忍法忠臣蔵〈山田風太郎忍法帖②〉
山田風太郎 伊賀忍法帖〈山田風太郎忍法帖③〉
山田風太郎 忍法八犬伝〈山田風太郎忍法帖④〉
山田風太郎 くノ一忍法帖〈山田風太郎忍法帖⑤〉
山田風太郎 魔界転生(上)(下)〈山田風太郎忍法帖⑥⑦〉
山田風太郎 江戸忍法帖〈山田風太郎忍法帖⑧〉
山田風太郎 柳生忍法帖(上)(下)〈山田風太郎忍法帖⑨⑩〉
山田風太郎 風来忍法帖〈山田風太郎忍法帖⑪〉
山田風太郎 かげろう忍法帖〈山田風太郎忍法帖⑫〉
山田風太郎 野ざらし忍法帖〈山田風太郎忍法帖⑬〉
山田風太郎 忍法関ヶ原〈山田風太郎忍法帖⑭〉
山田風太郎 妖説太閤記(上)(下)
山田風太郎 新装版戦中派不戦日記
山田風太郎 奇想小説集
山村美紗 三十三間堂の矢殺人事件
山村美紗 ヘアデザイナー殺人事件

山村美紗 京都新婚旅行殺人事件
山村美紗 大阪国際空港殺人事件
山村美紗 小京都連続殺人事件
山村美紗 グルメ列車殺人事件
山村美紗 天の橋立殺人事件
山村美紗 愛の立待岬
山村美紗 花嫁は容疑者
山村美紗 十二秒の誤算
山村美紗 京都・沖縄殺人事件
山村美紗 京都三船祭り殺人事件
山村美紗 京都絵馬堂殺人事件〈名探偵キャサリン傑作集〉
山村美紗 京都不倫旅行殺人事件
山村美紗 京友禅の秘密
山村美紗 京都・十二単衣《じゅうにひとえ》殺人事件
山村美紗 燃えた花嫁
山村美紗 千利休・謎の殺人事件
山田正紀 長靴をはいた犬〈神性探偵・佐伯神一郎〉
山田詠美 晩年の子供
山田詠美 熱血ポンちゃんが来りて笛を吹く

講談社文庫　目録

3年12月15日現在